Daniela Mimm

Der
Zwanzig-
Minuten-
Mann

Zu diesem Buch

Eine kaputte Ehe und kein Job, eine Wohnung, aus der sie vertrieben werden soll und ein Sohn, der nichts „anbrennen" lässt, kurz: Tessa Hofnagel hat alles, was *frau* nicht braucht. Dass ihr ausgerechnet in dieser Situation auch noch Jobst Birnbaum, einst in ihrer Abi-Klasse und zugleich kürzeste Beziehung ihres Lebens, über den Weg läuft, lässt ihr Stimmungsbarometer nicht gerade steigen.
Andererseits: Jobst ist Rechtsanwalt, sogar mit eigener Kanzlei, und geradezu prädestiniert, Udo ihrem abtrünnigen Gatten, zu zeigen, wo die Paragraphen hängen.

Die Wirkung lässt nicht lange auf sich warten. Nur irgendwie anders, als Tessa sich ausgemalt hat …

Die Autorin

Daniela Mimm, geb. 1964, „Brandungsfelsen" einer Patchworkfamilie und vor Urzeiten im Buchhandel tätig, schreibt nicht nur aus Leidenschaft spritzige, kesse Frauenromane, sie lacht auch gerne. Nach dem Motto: „Das Leben ist oft ernst genug, deshalb sorge ich gerne für ein paar heitere Stunden des Vergessens" bringt sie mit *„Der Zwanzig-Minuten-Mann"* ihren fünften Roman heraus.

Daniela Mimm

DER ZWANZIG-MINUTEN-MANN

Roman

witzig
spritzig
frech

Lokalkolorit

Originalausgabe

**Bibliografische Information
der Deutschen Nationalbibliothek:**
Die Deutsche Nationalbibliothek verzeichnet diese
Publikation in der Deutschen Nationalbibliografie;
detaillierte bibliografische Daten sind im Internet über
dnb.dnb.de abrufbar

TWENTYSIX – Der Self-Publishing-Verlag
Eine Kooperation zwischen der Verlagsgruppe Random House
und BoD – Books on Demand

Erstauflage © 2018 Daniela Mimm, Twentysix

Cover: © 2018 Dodo, Grafik und Kunst, Duisburg

Herstellung und Verlag:
BoD – Books on Demand, Norderstedt

ISBN: 9783740747725

1

Schon als Tessa, voll bepackt mit Einkäufen, die behäbige Haustür des schmucken Altbaus aufstieß und den cremefarbigen Umschlag sah, der unter dem Briefkastendeckel hervorklaffte, schwante ihr nichts Gutes.

Sie stellte die Tüten ab und beachtete nicht einmal die Striemen, die die Plastiklaschen auf ihrer Haut hinterließen. Während sie das Kuvert herauszog, überrollte eine Hitzewelle ihren Körper, vom Haaransatz abwärts über Gesicht und Hals, um schließlich auf ihrem Brustkorb zu verebben.

Das Lesen des Absenders versetzte ihr einen Stich, hinzu gesellte sich ein unangenehmes Pochen hinter der linken Schläfe.

Tessa pustete sich eine Haarsträhne aus der klebrigen Stirn und fragte sich, ob die Symptome wirklich nur von den Wechseljahren kamen oder eher von der Wut, die sich in ihr emporfraß.

Dieser Mistkerl! Dass er es tatsächlich wagte ...!

Noch hatte sie den Umschlag nicht geöffnet. Doch da er von jener Anwaltskanzlei kam, die Udo, ihr seit drei Monaten räumlich getrennter Ehemann, vorzugsweise für diverse Streitigkeiten beauftragte, war ihr schon von vornherein klar, was die Stunde geschlagen hatte. Er hatte es bereits mehrfach angedroht.

Ohne den genauen Wortlaut zu kennen, hätte Tessa den Wisch am liebsten auf der Stelle zerrissen. Doch sie war intelligent genug zu wissen, dass es nichts nutzte. So ein Anwaltsbrief kam in der Regel selten allein. Ihm würden weitere folgen. Und dann?

„Ist Ihnen nicht gut? Sie sind ja ganz blass!"

Tessa schrak zusammen. Sie war so in Gedanken, sie hatte gar nicht mitbekommen, dass sie sich nicht mehr alleine im Flur befand. Dementsprechend verwirrt starrte sie in das Augenpaar der neuen Mieterin, die gerade dabei war, die Wohnung im Hochparterre zu beziehen. Den dazugehörigen Namen allerdings hatte Tessa längst wieder vergessen.

„Clara Sinzig!", stellte die sich vor, als könne sie Tessa die Unkenntnis von der Miene ablesen, und betonte nachhaltig: „Clara mit „C."" Sie reichte ihr die Hand, lächelte, doch der besorgte Blick blieb.

Auch Tessa nannte ihren Namen, merkte aber selbst, dass ihr Rückgruß eine Spur zu frostig ausfiel. Dabei konnte die Ärmste gar nichts dafür, dass sie lieber eine Rechnung vom Finanzamt im Kasten gehabt hätte als Udos offizielle Kampfansage zum Rosenkrieg.

„Sorry, ich bin nur grad etwas durch den Wind", entschuldigte sie sich und hatte Mühe, nicht ihren unruhigen Händen nachzugeben, die den Brief liebend gern auf *ihre* Weise entsorgt hätten.

„Ja, das kenn ich", suggerierte Clara mit „C" Verständnis und wippte nickend den dunkelblonden Pagenkopf. „Na, denn …" Sie machte Anstalten, weiterzugehen, schien jedoch unschlüssig, ob sie Tessa wirklich alleine lassen konnte, und drehte sich noch einmal um. „Wirklich alles okay?"

„Ja", erwiderte Tessa mit dankbarer Höflichkeit und hoffte inständig, dass die durchaus nette und sympathische Frau aufhörte zu bohren. Sonst bestand die Gefahr, dass sie ihr jetzt und hier ihre ganze Lebensgeschichte um die Ohren haute, was nur zur Folge haben konnte, dass Frau Sinzig entweder von Argwohn gebeutelt sofort wieder auszog oder in Zukunft einen weiten Bogen um sie, die bekloppte Alte in der zweiten Etage, machte.

„Dann schönen Tag noch!"

„Ihnen auch!", rief Tessa leicht beduselt hinterher, und die Haustür fiel ins Schloss.

Tessa brauchte einen Moment zu resümieren, dass sie solche Anteilnahme eines völlig fremden Menschen noch nie erlebt hatte. Irgendwie tat es ihr plötzlich leid, sie so abgekanzelt zu haben. Wenigstens das Du hätte sie Clara Sinzig anbieten können. Vielleicht als Zeichen freundschaftlicher Nachbarschaft?

„Tessa?", hallte es von oben durch die Geländerschlucht. „Tessa, bist du das?"

Tessa horchte auf. Natürlich erkannte sie sofort, wer nach ihr rief. Aber warum klang Gitti so aufgeregt?

„Ja? Gitti?"

Keine Antwort. Offenbar war sie in die Wohnung zurückgegangen. Tessa hatte keine Ahnung, was da oben los war, aber bevor sie ihre Einkäufe in die zweite Etage schleppte, die sie Wand an Wand mit Gitti bewohnte, musste sie sich noch rasch vergewissern, keine weitere Post im Briefkasten liegen zu haben.

Tatsächlich fand sie noch den neuen Pizza-Flyer vom Eck, das güldene Versprechen für einen perfekt nach Maß gefertigten Wintergarten und ein weiteres Briefkuvert, diesmal Postgelb.

"Stadt Krefeld, Amt 32", adressiert an Herrn Benjamin Hofnagel und mal wieder gewaltig nach Bußgeldbescheid riechend.

Na, super! Tessa seufzte. Wenn das so weiterging, entwickelte sich ihr Sohn noch zum ungekürten Knollenkönig im Umkreis von hundert Kilometern. Eine fragwürdige Nominierung beim Führerschein auf Probe. Zeit, ein ernstes Wörtchen mit ihm zu reden. Mittlerweile flatterten die Zahlbelege im dreiwöchigen Turnus ins Haus, genauso wie seine ständig wechselnden Mädchenbekanntschaften.

Tessa stopfte Briefe und Reklame in eine der Tüten, die sie nun unter Geächze die viereinhalb knarrenden Treppenabsätze hinauf zu ihrer Wohnung hievte.

Die Wasserflaschen, beschloss sie dabei, konnte Benni sich das nächste Mal gefälligst selber aus dem Kofferraum holen. Wieso war sie auch so blöd und buckelte sich für ihren einundzwanzigjährigen Sohn den Rücken krumm? Zumal nur er derjenige war, der das Zeug mit dem Hauch von Mirabellen trank. Beim Gedanken daran musste sie sich unwillkürlich schütteln. Woher hatte er bloß diesen abartigen Geschmack?

Na, von *ihr* jedenfalls nicht!, wusste sie auch gleich die Antwort. Und groß grübeln, wer sonst infrage kam, musste sie auch nicht.

„Da bist du ja endlich!", trällerte Gitti fröhlich über die Türschwelle, kaum dass Tessa die letzten Stufen hinter sich gebracht hatte.

Doch ein Blick ins Tessas Gesicht und die Fröhlichkeit schwang sofort um in rege Besorgnis. „Was ist denn mit dir los, du bist ja ganz bleich?"

„Nicht du auch noch!", wehrte Tessa ab, obgleich ihr Atem stoßweise ging und ihr Herz wie wild klopfte. Diese Stufen! Vielleicht mal ein paar Pfündchen abnehmen, Frau Hofnagel?

„Wieso *auch*?"

„Die von unten ...", Tessas Namensgedächtnis schien im Treppenhaus verschollen, „die Neue, du weißt schon ... hat mich das eben auch gefragt."

„Ach, du meinst Clara mit „C",", interpretierte Gitti. „Und?"

„Was und?"

„Warum siehst du aus wie meine Küchenwand?", forschte Gitti direkter und wunderte sich, dass Tessa so durcheinander war.

„Danke für das Kompliment!"

„Bitteschön!"

Doch Tessa kam gegen Gittis abwartenden Blick nicht an. „Es ist alles okay mit mir", beharrte sie. Diesmal, weil sie wusste, wie Gitti löchern konnte. Sie haderte mit sich, ob sie ihr von dem Schrieb erzählen sollte. Schließlich war Alwin, Gittis Mann, mit Udo befreundet.

„Also gut." Gitti, die merkte, dass Tessa im Moment offensichtlich nicht reden wollte, beschloss, fürs Erste wieder zu strahlen. „Sag, hast du Zeit?"

„Kommt drauf an ..." Tessa war froh, das Thema wechseln zu können und spöttelte freundschaftlich:

„Wenn du wieder ein Regal gekauft hast, was ich zusammenbauen soll ..."

Gitti atmete auf. Da zeigte sich wieder die Tessa, die sie kannte. Die Tessa, die nicht nur zufällig in der Wohnung nebenan lebte, sondern mit den Jahren auch eine sehr gute Freundin geworden war.

„Nee, ist was ganz anderes diesmal."

„Du machst es aber spannend, schieß schon los!"

„Ach, ich bin irgendwie richtig ... high." Gitti sang die Worte förmlich.

Tessa kam der Überschuss an Freude nicht ganz geheuer vor. „Hast du was Verbotenes geraucht?"

„Wie kommst du denn darauf?" Gitti kicherte. „Nee, ich hab die Stellenzusage! Ist heute gekommen."

Wie von Zauberhand wedelte vor Tessa ein Schriftbogen.

„Mensch, Tess, ich geh wieder arbeiten! Ist das nicht wunderbar? Endlich raus, wieder eigenes Geld verdienen! Übernächsten Ersten fang ich an." Gittis Stimme überschlug sich.

Und ehe Tessa sich versah, fühlte sie sich warmherzig gedrückt. „Danke! Danke, dass du mir bei der Bewerbung geholfen hast."

„Na, das ist ja wenigstens mal eine tolle Neuigkeit!" Tessa hatte schon gar nicht mehr daran gedacht. War es nicht über zwei Monate her, seit sie für Gitti sämtliche Unterlagen in PDF-Dateien konvertiert hatte, damit diese online verschickt werden konnten? Für Gitti war alles, was auch nur im Mindesten mit dem Computer zu tun hatte, ein rotes Tuch. Aber sie freute sich natürlich aufrichtig für die Freundin und versuchte, ihr eigenes

Gefühlsleben zu unterdrücken. „Herzlichen Glückwunsch!"

Gitti revanchierte sich mit überaus sensiblen Antennen. „Wenigstens *mal*? Das klingt, als geschähe sonst nur Negatives."

„Wie man's nimmt."

„Also doch, du hast was!", fuhr Gitti auf.

„Nein, nein", versicherte Tessa erneut und ärgerte sich im Stillen, dass es ihr nicht gelang.

„Du schwindelst!" Gitti nahm kein Blatt vor den Mund, wenn es darauf ankam. „Und ich will auf der Stelle wissen …"

„Es gibt nichts zu wissen." Tessa stellte sich dumm.

„Willst du mir jetzt die Freude verderben?"

„Wieso, ich habe dir doch …"

Gitti winkte ab. „Ich kann mich nicht freuen, wenn es dir mies geht!"

Tessa ahnte, sie würde dem abwartenden Adlerblick nicht mehr entkommen. Mechanisch wanderten ihre Augen den Treppenlauf hinauf und hinab. „Nicht hier", bat sie leise, wohl wissend, wie schnell diesen Wänden Ohren wuchsen.

„Gut, dann kommst du jetzt mit zu mir und ich schütt uns eine Kanne Kaffee auf!", befahl Gitti fürsorglich.

Tessa griff nach den Tüten, die schon fast in Vergessenheit geraten waren. „Muss aber erst die Sachen in den Kühlschrank legen."

Gitti nickte. „Pack in Ruhe aus. Sagen wir in fünfzehn Minuten?"

***

„Also, ich höre?"

Die Kaffeemaschine blubberte und unter einem Schwall heißen Dampfes liefen die letzten Tropfen in die Glaskanne. Tessa hatte auf der gemütlichen Eckbank in Gittis Küche Platz genommen. Statt einer Antwort pfefferte sie den cremefarbigen Umschlag, der ihre Magensäure allein vom Anblick bedenklich hochschießen ließ, auf den Tisch.

„Was ist das?" Gitti verstand nicht gleich.

„Na, was steht denn drauf?"

„Frau Teresa Wilhelmine Hofnagel …"

„Och, Gitti!" Tessa rollte die Lider. „Meinen Namen kenne ich zur Genüge. Wenn du mir den jetzt auch noch laut vorliest, wird der auch nicht besser."

„Stimmt, bist ja eigentlich schon genug gestraft!"

„Mit Udo?"

„Mit dem auch", Gitti grinste spitzbübisch, „meinte jetzt aber mehr die *Wilhelmine*."

„Vielleicht hätte ich meine Eltern verklagen sollen, dass Tante Wilhelmine nicht nur meinen Kopf übers Taufbecken gehalten, sondern mir zum Dank auch noch ihren Namen vermacht hat", nahm Tessa eine kurze Überlegung auf. Im Prinzip aber konnte sie die volle Anrede auf dem Umschlag auch nicht mehr schocken. Bestimmt hatte Udo es mit voller Absicht so aufsetzen lassen.

Natürlich hatte Gitti die schwarzen Lettern der **„*Rechtsanwaltskanzlei Hering"*** nicht übersehen. Dafür sprangen sie zu sehr ins Auge. Und natürlich konnte auch sie sich sofort denken, dass diese Post kaum die Nachricht eines Lotteriegewinns war.

„Du hast ihn ja noch gar nicht aufgemacht! Vielleicht steht was ganz anderes drin, als du denkst", versuchte Gitti Tessas wechselndes Mienenspiel zu besänftigen.

„Glaub mir, ich weiß auch so, was da steht!", behauptete Tessa mit der Sturheit eines kleinen Mädchens. „Der will mir den letzten Stuhl unterm Hintern wegreißen!"

Gitti schluckte bei den harten Worten. Tessa neigte zwar manchmal zu kleinen Übertreibungen, aber Udo Hofnagel bekleckerte sich zurzeit wahrlich nicht mit Ruhm, in dem er sich auf seine alten Tage zum Grand Charmeur verwandelte und nach zwanzig Jahren seine Frau austauschte wie ein altes Spielzeug, um bei dieser affektierten Stelze einzuziehen, die kaum älter war als Sohn Benni.

Gerade jetzt, wo es ihr selbst wieder gut ging, ihr Leben neue Bahnen einschlug, sie aus dem Alltagsbrei zu Hause in die Welt tragen würde, fühlte Gitti ganz besonders mit der Freundin. Sie erlebte schließlich seit Monaten mit, wie sehr die Situation Tessa an der Substanz nagte.

„Du malst dir das jetzt schlimm aus, aber er wird sicher nicht …"

Gitti kam nicht dazu, auszusprechen, was sie letztendlich auch nur hoffen konnte. Tessa fiel ihr ins Wort.

„Schliiimmm?", echote sie zynisch und trommelte nervös mit den Fingern auf die Tischkante. „Glaub mir, der kann was erleben, wenn er mir *so* kommt!"

„Meinst du jetzt Udo oder den Anwalt?" Gitti

kicherte, obwohl es eigentlich nichts zu kichern gab. „Trink erst mal 'nen Kaffee, danach vielleicht ein, zwei Schnäpschen, dann geht's dir wieder etwas besser", belehrte sie gutmütig und stellte ihr einen vollen Keramikbecher mit der Aufschrift *„Für unser beste Omma"* vor die Nase.

„Danke, das baut mich jetzt ungemein auf", grummelte Tessa, wobei Gitti nun überlegen konnte, ob sich das auf die Schnäpse oder die *Omma* bezog.

Der aromatische Duft des Heißgetränks zog durch die Küche, machte Appetit auf mehr. Prompt griff Tessa in die Glasschale, in der Gitti verführerisch Kekse drapiert hatte. „Wenigstens habe ich dann was im Magen, was ich ihm vor die Füße kotzen kann."

„Kann ich mir deinen Humor mal ausleihen?" Gitti zeigte sich keineswegs beleidigt. Im Gegenteil, sie lachte aus vollem Herzen. „Aber ich muss dir sagen, die sind nicht selbst gebacken."

„War mir klar", lästerte Tessa grinsend, und schon wesentlich besser gelaunt, zurück. Sie wusste genau, was sie an Gitti hatte, und dafür war sie ihr mehr als dankbar.

„So, jetzt mach endlich auf!", forderte Gitti ungeduldig und reichte gleich dazu ein Küchenmesser zum Schlitzen.

Dass sie vor Neugier platzte, konnte Tessa allein an den Schokoteilen abzählen, die bereits zwischen ihren Zähnen verschwunden waren.

Sie atmete noch einmal tief durch und stellte sich dem Unvermeidbaren. Das Schlimme war, diesem Fischanwalt war es garantiert schnuppe, was seine *netten* Worte für eine neue Feuerwalze in ihr

lostraten.
Sie versuchte wirklich, ruhig zu bleiben, die provozierenden Worte des Juramännchens nicht allzu persönlich zu nehmen. Aber wie konnte sie das? Schließlich prangte Teresa samt der Wilhelmine auch noch in der Empfängerzeile.
„Arschloch!", entfuhr es ihr undamenhaft. Aber das war ihr egal. Sie war so wütend, so verletzt und so verbittert zugleich.
Gitti beobachtete jede Nuance ihrer Mimik. „Und? Was steht denn nun drin?"
„Was ich gesagt habe. Er will die Wohnung verkaufen und mich auf die Straße setzen."
„Quatsch!", rief Gitti ungläubig. „Das kann er doch gar nicht!"
„Denkst *du*!"
„Wieso?"
„Hier, bitte sehr …!"
Ehe Gitti sich versah, hielt sie nun selbst das Schreiben des Anwalts Horst Hering zur gefälligen Kenntnisnahme in Händen.

„Sehr geehrte Frau Hofnagel,

hiermit zeigen wir die Interessenvertretung von Herrn Udo Hofnagel an. Unser Mandant ist bekanntlich aus der seinerzeit von Ihnen gemeinsam erworbenen Eigentumswohnung ausgezogen, da die Lebensgemeinschaft mit Ihnen offensichtlich nicht aufrechterhalten bleiben kann. Die Gründe, die hierzu geführt haben, mögen an dieser Stelle nicht weiter erörtert werden.
Wir betonen ausdrücklich, dass unserem

Mandanten nicht an einer Ehescheidung gelegen ist, verweisen aber darauf, dass die finanzielle Doppelbelastung auf Dauer nicht in seinem Zukunftssinne liegen kann.

Unser Mandant teilt uns mit, dass Sie nicht bereit sind, einer möglichen Veräußerung des Objekts zuzustimmen. Da unser Mandant alleinig die laufenden Belastungen trägt, fordern wir Sie auf, einer Käufersuche positiv gegenüber zu stehen und des Weiteren unseren Mandanten um die Hälfte der Kosten, die eigentlich Ihnen obliegen, zu entlasten.

Hinzu erwartet unser Mandant eine monatliche Nutzungsentschädigung für seinen hälftigen Anteil bis zur Veräußerung. Die Forderung beziffert sich wie folgt ...

Sollten Sie sich bis dahin wieder auf dem Arbeitsmarkt eingegliedert haben, steht es Ihnen selbstverständlich frei, die Wohnung mit den laufenden Verpflichtungen alleinig zu übernehmen.

Mit freundlichen Grüßen

Horst Hering
gez. Rechtsanwalt"

„Der hat sie doch nicht alle!" Selbst Gitti wurde speiübel. Es mochten nur diktierte Worte eines Anwalts sein – Udo selbst hatte sie ja nicht geschrieben – trotzdem empfand auch sie den Sinn nicht nur haarsträubend, sondern regelrecht demütigend für die Freundin.

„Und ich dachte, ich kenn ihn." Fassungslos schüttelte sie den Kopf. Ihr dunkelblonder Flechtzopf hüpfte von einer Schulter zur anderen.

„Da geht es dir wie mir." Tessa wand sich zwischen Aufruhr und Trauer. „Wenn er es jetzt auch noch überall so rumposaunt, wie's hier steht, bin ich offiziell zum missgünstigen, untragbaren Ehe-Anhängsel, das nicht arbeiten will, degradiert." In ihrer Kehle brannten plötzlich tausende ungeweinter Tränen.

Oder war es Sodbrennen?

Schleunigst faltete sie das Blatt wieder zusammen und ließ es in der Hosentasche verschwinden, als könne sie damit seine Existenz vernichten.

„Auf jeden Fall musst du jetzt was unternehmen!" Gitti wollte nicht in den Sinn, wie Udo so handeln konnte.

„Klar, ich renn jetzt ebenfalls zum Anwalt!" Tessa flüchtete sich in Sarkasmus.

„Hast du eine bessere Idee?", erhitzte Gitti sich. „Du wirst dir das doch wohl nicht gefallen lassen! Ich meine, du hast ja nicht zuletzt auf eigene Kinder verzichtet, weil *ER* keine mehr wollte, dafür *seinen* Sohn aufgezogen, *dein* ganzes Erbe in die Wohnung gesteckt ..." Es war, als habe sich Tessas Wut eins zu eins auf sie übertragen. Mit dem Unterschied, dass Gitti noch emotionaler reagierte. Ihre Stimme war rau geworden. „Was sagt eigentlich Benni zu dem Ganzen? Man kriegt ihn ja kaum noch zu Gesicht."

„Benni?" Tessa kaute auf den Lippen. „Ich zitiere: *„Der Alte hat doch 'nen Sockenschuss! Wenn der mit 'ner Braut in der Gegend rumvögelt, die fünf*

Jahre älter ist als ich, seine Sache. Aber ich will nicht Mama zu der sagen müssen", Zitat Ende."

Gitti hätte sich fast an ihrem Kaffee verschluckt. „Interessante Aussage!"

„Ja, nicht wahr? Und so gespickt mit Solidarität für *meine* Person!" Tessa tropfte vor Selbstironie. „Weißt du, was das Kuriose ist?"

„Nein?" Gitti nahm den letzten Schokoladenkeks und wartete atemlos, was da noch so alles zutage kam.

„Der Sohn ist nicht viel besser als der Vater. Mit dem einzigen Unterschied, dass Benni seine Vögelchen nach Hause mitbringt und so häufig wechselt, dass ich mir bald keinen Namen mehr merken mag."

Das war der Punkt, an dem Gitti aufstand und sich am Besenschrank zu schaffen machte.

Verwundert verfolgte Tessa, wie sie Staubsauger, Eimer und Kehrblech herauskramte. Offensichtlich, um ans untere Regalfach zu gelangen. Hervor holte sie eine Zigarettenpackung.

Tessa wollte nicht glauben, was sie da sah. „Du rauchst wieder? Seit wann?"

„Nur zu bestimmten Anlässen", erwiderte Gitti schelmisch.

Es war deutlich, dass sie einen davon gerade erlebte. Sie ließ die Packung in der Brusttasche ihrer Jeansbluse verschwinden. „Kommst du mit auf den Balkon? Ich will hier nicht die Luft verpesten und Alwin muss nicht unbedingt was davon wissen."

Tessa nickte. Im Geiste hörte sie seinen durchdringenden Bariton, wie schädlich das Rauchen sei und der Qualm nicht nur Gittis Lunge, sondern auch seine quälte. „Und warum versteckst du die Glimmstängel zwischen dem Putzzeug?"

„Weil es der einzige Ort ist, an dem er nicht sucht und mir dann alle wegpafft", folgte die verblüffende Erklärung.

Allein die Vorstellung, wie der ordentlich proportionierte Alwin mit seinem Wams im Schrank hing, bereitete Tessa herrliches Kopfkino. Lauthals prustete sie los.

„Na, siehst du", Gitti lachte mit, „mein Alwin vertreibt wenigstens die bösen Geister."

„*Wen* soll ich vertreiben?" Ohne Vorwarnung trat genau jener, mit einem roten Pappkarton unter den Arm geklemmt, durch die Tür und das Gelächter der beiden Frauen verwandelte sich abrupt zurück zum Grinsen.

„Wenn man vom Teufel spricht", flüsterte Tessa Gitti zu, die sofort, wahrscheinlich unbewusst, die Hand schützend vor ihre Brusttasche hielt.

„Hallo Schatz, du bist *schon* da?", begrüßte sie ihren Gatten nicht grade geistreich und überlegte fieberhaft, wohin sie die Zigaretten auf die Schnelle verschwinden lassen konnte. Alwins Argusaugen entging sonst kaum etwas und der Abdruck unter dem Jeansstoff war unverkennbar.

„Ihr lasst es euch ja gutgehen!", befand er jedoch nur, in Tessas Ohren ziemlich spitzfindig, und ohne seine Frau überhaupt groß anzusehen. „Aber ein Käffchen ist jetzt genau das Richtige für mich." Sein Blick lechzte bereits nach der Kanne, während er den Karton, welcher sich bei näherer Betrachtung als Fotoschachtel entpuppte, auf den Tisch stellte.

Das war die Gelegenheit. Gitti holte eine

zusätzliche Tasse aus dem Schrank, stand dabei mit dem Rücken zu Alwin, und die Packung wechselte sekundenschnell, ohne dass er was merkte, in die Porzellankaraffe im unteren Fach.

Alwin ließ sich neben Tessa auf die Bank plumpsen. Das Holz unter ihnen knarrte verdächtig.

„Na, Tessa, wie isset denn so?", begehrte er zu wissen und tätschelte väterlich ihren Unterarm.

„Nicht viel anders als gestern, wo wir uns im Discount getroffen haben", antwortete sie betont gleichmütig. Zwar war es gelogen, aber sie wollte testen, ob Alwin nicht sogar viel mehr über Udos Tun informiert war, als sie bisher annahm. Immerhin änderte die neue Adresse ihres Mannes nichts an der Männerfreundschaft seit Pfadfinderzeiten, der sie letztendlich überhaupt den Kauf der Wohnung in diesem Haus zu verdanken hatte.

„Stell dir vor, Udo will ihr das Zuhause wegnehmen!", sprudelte Gitti hervor, ohne auf Tessas Zeichen mit der Bitte um Schweigen zu achten. „Ist das nicht eine Sauerei!?"

Tessa rutschte unbehaglich auf der Sitzfläche hin und her. Hätte sie mal nichts gesagt! Jetzt war es zu spät.

„Nun ja", druckste Alwin herum und verfolgte gebannt Gittis Tun, als sei das Eingießen von Kaffee das Spektakulärste der Welt. „Der Udo kann eben auch nicht immer alles bezahlen und im Moment füttert er dich ja mit durch."

„Wie, bitte, meinst du das?" Tessa spürte, wie sich sämtliche Haarwurzeln ihrer schwarz getönten Lockenpracht aufrichteten.

„Ich meine gar nichts", betonte Alwin schnell. „Er

hat sich halt irgendwann mal Luft gemacht, wie stark der finanzielle Ballast auf seinen Schultern drückt. Na ja, du gehst nicht arbeiten, da kann man schon mal ..." Er brach ab, doch die unterschwellige Zurechtweisung stand unüberhörbar im Raum.

„Ja, Alwin? *Was* kann man schon mal? Und *was* hab ich von morgens bis abends in seinem Büro gemacht?" Tessa pustete sich wie wild eine nervige Haarsträhne von der Stirn. Innerlich war sie auf hundertachtzig.

Gitti erkannte es an ihren bebenden Nasenflügeln.

„Lass gut sein, Tessa." Sein Ton schlug um in freundschaftliches Bitten. „Ich will nichts Falsches sagen. Macht das besser unter euch aus."

Grundsätzlich eine gute Einstellung! Warum konnte er dann nicht von vornherein seinen Senf für sich behalten?

„Sag mal, Schatz, was ist das eigentlich für eine Schachtel?" Gitti, die längst merkte, dass sie wohl etwas falsch gemacht hatte, versuchte, die Konversation schleunigst in eine andere Richtung zu lenken.

„Ach so, ja ..." Obgleich sie in unübersehbarem Rot direkt vor ihm leuchtete, schien sie Alwin erst jetzt wieder einzufallen. „Soll dir schönen Gruß von Marlies ausrichten, sie hat das Teil beim Ausmisten gefunden. Muss irgendwo im Schafzimmerschrank deines Vaters gesteckt haben und sind ganz viele alte Bilder drin."

Er hob den Deckel ab, reichte ihr einen Bund Schwarzweißfotografien mit weißem Zackenrand, zusammengeheftet mit Büroklammer und Notizzettel, und fügte hinzu: „Mit denen kann sie nichts anfangen."

„Weißt du vielleicht, wer das ist?", hatte Marlies auf den Zettel geschrieben.

Reichlich verdutzt studierte Gitti das niedliche Puppengesicht eines etwa dreijährigen Mädchens, dessen lange, helle Locken anmutig die Puffärmelchen ihres weißen Kleidchens umspielten. Es war nicht auszumachen, ob die Kleine saß oder stand, während sie liebreizend in die Kamera lächelte. Es schien sich um eine Aufnahmeserie zu handeln, denn das Motiv blieb immer gleich, auch der Hintergrund, der sich leider ziemlich unscharf darstellte. Nur bei ganz genauem Hinsehen mochte man Säulen und eine Wasserfläche erkennen.

„Sollst sie mal anrufen", fiel Alwin noch ein und schlürfte an seinem Heißgetränk, worauf ihm ein lauter Rülpser entfleuchte.

Fehlt nur noch, dass er jetzt einen *fahren* lässt, dachte Tessa angewidert und fragte sich, ob er es mit Absicht machte, um sie vertreiben. Sie wusste, dass ihre Abneigung auf Gegenseitigkeit beruhte.

Während Gitti ratlos auf die Fotos starrte und Tessa über sein Benehmen sinnierte, griff Alwin sich die letzten Plätzchen aus der Schale und hatte sie in Nullkommanichts verputzt.

„Ich merk schon, ich störe", fiel ihm endlich auf und schob sein Gewicht von der Bank. „Dann will ich man nich' weiter eure bestimmt wichtigen Frauengespräche unterbrechen."

„Tust du doch gar nicht", sagte Gitti eine Spur zu hastig.

Alwin bedachte Tessa über den Rücken seiner Frau hinweg mit anzüglichem Grinsen. „Ich geh mit meinen Muskeln spielen."

„Von mir aus", sagte Tessa ungerührt.

Er war bereits an der Wohnungstür, als Gitti noch hinterherrief: „Danke, Schatz, dass du Marlies beim Tragen geholfen hast!"

„Mit seinen Muskeln spielen?" Tessas Zwerchfell kribbelte höhnisch.

Sie merkte nicht, dass Alwin noch in der Diele stand. Prompt streckte sich sein Kopf noch einmal über die Schwelle. „Hab ich gehört, Frau Nachbarin! Keinen Schimmer, was du denkst ... haha ... aber ich für meinen Teil geh bloß in die Muckibude!"

„Tata tata tata!", zeterte Tessa. Ihr war, als höre sie sein Gelächter noch im Treppenhaus.

„Na, ihr liebt euch ja heute wieder inbrünstig!" Gitti zog einen Schmollmund.

Tessa stand auf, ging zu ihr und drückte sie, aus dem Stehen gebeugt, von hinten mit den Armen.

„Du weißt doch, dass Alwin und ich ohne gegenseitiges Stänkern nicht auskommen."

„Ja, leider."

„Aber dafür habe ich jetzt die Bestätigung, wie Udo überall den armen, gebeutelten Mann rauskehrt, der sich sein ganzes Leben nur wegen mir abrackert."

„Und dagegen musst du was tun!"

„Das werde ich, verlass dich drauf!", versicherte Tessa, obwohl sie den Entschluss dazu erst eben bei Alwins Worten gefasst hatte. Sie hatte viel zu lange ruhig gehalten!

„Hast du schon einen Plan?"

„Du lässt nicht locker, was?"

„Natürlich nicht! Schließlich bin ich deine

Freundin und möchte, dass es dir wieder gut geht."

„Danke, Gitti!", sagte Tessa nun sehr ernst, ließ aber alles Weitere im Raum stehen.

Für Gitti verdächtig schnell schwenkte sie um und griff nach einem der Zackenfotos.

„Jetzt sag mir lieber, was *damit* ist?"

Gitti zuckte die Achseln. „Keine Ahnung. Kenne weder das Kind, noch, wo die Aufnahme gemacht wurde."

„Könnte beim *Deuß-Tempel* sein", mutmaßte Tessa und war sich fast sicher. Wenn sonst auch nicht mehr viel bei ihr stimmte … wenigstens die Augen funktionierten noch prächtig.

Verblüfft schaute nun auch Gitti noch einmal genauer hin. Tatsächlich, Tessa hatte Recht. Dann war das Wasser drum herum der Stadtwald-Weiher, der sich unterhalb der Säulenbalustrade erstreckte.

„Fünfzigerjahre", schätzte Tessa weiter und drehte das Bild in der Hand. „Schade, dass nichts draufsteht. Meine Mutter hatte wenigstens die hilfreiche Angewohnheit, Ort und Jahreszahl auf der Rückseite zu vermerken."

„Na ja, was soll's", erwiderte Gitti unbekümmert, „ich ruf Marlies an und sag ihr, dass ich das Mädchen nicht kenne. Wer weiß, wie es überhaupt in die Schachtel gekommen ist. Vielleicht ein Versehen."

„Ein eigenartiges Versehen, findest du nicht?"

„Hm." Mehr fiel Gitti dazu nicht ein.

Tessa nahm ein weiteres, worauf das kleine Mädchen den rechten Arm gen Himmel hielt, als zeige es auf etwas. An der Stelle, wo die Haut unter dem Puffärmel verschwand, befand sich eine dunkle

Stelle. Vorsichtig rubbelte sie darüber. Ohne Erfolg. Ein Fleck, der sich in die Bildschicht gefressen hatte?

„Vielleicht hat dein Vater ja auch ein Geheimnis mit ins Grab genommen, von dem du nicht die geringste Ahnung hast?" zeigte sich Tessa aufgeschlossen für jede Möglichkeit, bloß nicht über ihr eigenes Familiendurcheinander nachdenken zu müssen.

„Quatsch!", schmetterte Gitti sofort ab. „Mein Vater war zwar kein Gefühlsmensch, führte aber ein Leben wie ein aufgeschlagenes Buch."

„Auch das hat seine Schmutzseiten."

Tessas zweideutige Bemerkung verunsicherte Gitti plötzlich. Allerdings nur für einen Moment, dann war sie wieder klar. „Nee, nee, da weiß ich Bescheid!", behauptete sie schnell, als müsse sie ihn, der seit einem knappen halben Jahr unter der Erde lag, verteidigen. „Mit achtunddreißig meine Mutter geheiratet, ein Jahr nach ihrem Tod Marlies kennengelernt …"

„… und geheiratet", vollendete Tessa gelassen und deutete – wie Außenstehende in der Regel Zusammenhänge erkannten, auf die man von allein vielleicht nicht käme – vorsichtig an: „Fast vierzig ist reichlich spät für die erste Ehe."

Über Gittis Züge legte sich ein Schatten, fand aber sofort eine Erklärung: „Paps war lange im Ausland."

Gut, dem Umstand vermochte Tessa natürlich nichts entgegenzusetzen. Vielleicht sah sie ja bloß Gespenster, wo keine waren, nur weil sie auch in ihrem eigenen Umfeld zunehmend alles infrage stellte. „Okay, anderes Thema!", schlug sie vor.

„Erzähl lieber, was wirst du mit deinem selbst verdienten Zaster anstellen?"

Sofort hellte sich Gittis Miene wieder auf. Sie horchte zur Küchentür, ging zum Schrank, holte die Zigaretten wieder raus. „Begleitest du mich auf den Balkon?"

„Klar." Tessa grinste, weil auch schon wie von Geisterhand ein Feuerzeug in Gittis Hand geschwebt war. Doch sie beschloss, sich nicht mehr zu wundern. Für heute hatte sie genug.

2

Es war mitten in der Nacht, als Tessa, nicht nur wegen einem Hitzeschub, sondern von Geräuschen aus dem Nebenzimmer geweckt, in die Senkrechte fuhr. Benommen rieb sie sich die Augen, welche einen Moment brauchten, um die Dunkelheit im Raum zu durchdringen. Ein Blick auf die rote Digitalanzeige des Weckers. Halb zwei. Wieder nichts mit Durchschlafen. Irgendwie häufte sich das langsam.

Ihre Ohren begriffen schneller. Durch die Wand hinter dem Kopfteil des Bettes drang albernes Gibbeln, abgelöst von rhythmischen Tönen gezielter Leibesgymnastik.

Das konnte doch jetzt wohl nicht wahr sein! Tessa stand auf und lief mit bloßen Füßen in die Diele. Unmittelbar an ihr Schlafzimmer grenzte Bennis, seit Jahren elternfreie, Zone. Ihre Hand donnerte gegen das Türblatt. „Benni, Corinna, geht's vielleicht auch was leiser?"

Dem folgte männliches Fluchen, ein weiblich schrilles „Wie bitte?" und ... Ruhe.

Na also, ging doch!

Erst jetzt merkte sie, wie verschwitzt und klamm sich das Nachthemd auf ihrem Körper anfühlte. Ohne Licht zu machen, tappte Tessa ins Bad, drehte den Kaltwasserhahn auf, nahm eine Mundladung, benetzte Gesicht und Hände mit der erfrischen Nässe, und hielt die Unterarme bis zum Ellenbogen unter den Strahl. Das tat gut!

„Ähem … Frau Hofnagel?", hörte sie plötzlich ein betretenes Stimmchen hinter sich.

Der Vollmond warf genug Licht in den Raum, um in der Tür die Umrisse einer Person zu erkennen.

„Kannst ruhig reinkommen, Corinna. Bin schon fertig." Tessa wunderte sich, dass sich die, bislang mit reichlich Selbstbewusstsein gesegnete, Freundin ihres Sohnes auf einmal so zurückhaltend gab.

„Ähem …", machte es wieder, „ich bin die Lara. Wollt nicht stören, wollt nur eben zur Toilette."

Tessa war mit den Händen schneller am Lichtschalter als mit ihrem Gehirn.

Im grellen Schein offenbarte sich die Gestalt eines großen, schlanken Mädchens, die blonden Haare am Hinterkopf zu einem Pferdeschwanz gebunden, bekleidet mit einem pinkfarbenen *Mickey-Mouse*-Shirt, dass knapp über einem schwarzen Tanga endete,

Nicht nur das Mädchen, auch das dazugehörige blaue Augenpaar, welches sie etwas verschüchtert anblickte, war Tessa vollkommen fremd. Na, super! Sie, die nicht informierte Mutter, stand wieder mal als Dumme da. Am liebsten hätte sie ihrem Sonnyboy von Sohn auf der Stelle den Marsch geblasen.

„Ähem …", machte jetzt auch Tessa. Was, bitte schön, sollte sie auch groß sagen? Herzlich Willkommen im Stundenhotel Hofnagel?

Lara schien unschlüssig, als wolle sie noch etwas

fragen.
„Frau Hofnagel?"
„Ja?"
„Diese Corinna …"
Jetzt wurde es spannend! „Ja?"
„Ist das die Exfreundin vom Benni?" Das durchaus liebe Gesicht wirkte plötzlich traurig und erweckte sogar Tessas Mitleid.
Was nun? Sollte sie wahrheitsgemäß antworten: Heute Morgen jedenfalls saß sie hier noch mit am Frühstückstisch?
„Am besten, du fragst ihn selbst", wich Tessa aus. Das fehlte ihr noch, zwischen die Fronten zu geraten. Sollte Benni sich den Brei mal schön alleine auslöffeln. Selbst schuld! Hätte er sie informiert, hätte sie nicht Corinna gerufen! So einfach war das.
Bei dem Wechseltempo, das er an den Tag legte, fiel es ihr sowieso immer schwerer, eine Lara nicht mit Corinna, Corinna mit Carolin oder Carolin mit Saskia anzusprechen, ohne schusselig dazustehen.
Nur gut, dass Tessa viel zu müde war, um sich jetzt zu nachtschlafender Zeit mit den Befindlichkeiten des fremden Mädchens in ihrem Badezimmer auseinanderzusetzen. So wünschte sie Lara einfach Gute Nacht und machte sich auf den Weg zurück ins Schlafzimmer.
Im Flur hörte sie Benni durch den Türspalt: „Mama, du hast ihr doch nichts gesagt?"
In Tessa gärte die nächste Wallung. Lara war noch im Bad, die Tür verschlossen. Der geeignete Augenblick, um Bennis Zimmertür aufzustoßen und sich nach einem geharnischten „Wir zwei unterhalten uns morgen!" die Hand auf die Nase zu

halten.

„Ach, Mama", kam es lapidar aus der Tiefe hinter der Zonengrenze und es klang nicht unbedingt, als nähme ihr Sohn sie für voll.

„Lass es dir gesagt sein!", wiederholte sie deutlich strenger, dass es garantiert in sein Testosteron gesteuertes Hirn vordrang. „Außerdem stinkt's hier wie in einem Pumakäfig! Dass es überhaupt jemand außer dir aushält, ist mir ein Rätsel."

„Ja, ja, schon gut!" Wie immer wollte er nichts davon hören. „Ich lüfte. Morgen. Jetzt ist zu kalt."

Die Aussage war so verlässlich wie die Treue ihres Ehemannes.

„Und leise jetzt!"

„Boah, Mama!"

Sie sah es nicht, sie spürte förmlich, wie Benni die Augen rollte.

„Nur weil Papa ausflippt, musst du das jetzt nicht an mir auslassen!"

„Wie bitte?", grummelte sie mit hochexplosivem Unterton. Was zuviel war, war zuviel. „Noch ein freches Wort und ich setze deine Lara in ein Taxi, und zwar auf deine Kosten, ist das klar?"

„Ja, tut mir leid", kam es prompt sanftmütiger.

Tessa beendete die unwürdige Konversation, in dem sie nicht mehr weiter darauf einging und machte, dass sie wieder ins Bett kam.

Eine Weile lag sie noch wach. Ob sie wollte oder nicht, Bennis Worte beschäftigten sie. Ließ sie ihren Gemütszustand wirklich an ihm aus? Wenn das so war, umso schlimmer, denn gerade das versuchte sie ja zu vermeiden. Leider machte Benni es ihr mit seiner Art auch nicht gerade einfacher.

Kein guter Zeitpunkt, um Bilanz zu ziehen, wenn man mit ohnmächtiger Wut erleben musste, wie willkürlich und skrupellos ein einzelner Mensch ein ganzes Lebenskonstrukt zum Einsturz brachte.

Unwillkürlich streckte Tessa die Hand nach der leeren Betthälfte neben sich. Ihre Augen füllten sich mit Tränen. Warum, Udo? Warum tust du das?

Eine Frage, die sie nicht losließ. Sie wollte nicht verstehen, weshalb er nicht in der Lage war, sich mit ihr an einen Tisch zu setzen und sich gütlich zu einigen. Schließlich war er es, der ausbrach! Stattdessen erwartete er, dass sie über seine Eskapade hinwegsah und brav abwartete, bis er sich ausgetobt hatte. Diesen Satz bei seinem Auszug hatte sie sich sehr gut eingeprägt.

Er wiederum war es, der nicht verstand, dass sie das Spielchen nicht mitmachte. Dass sie Klarheit wollte, ein Entweder-oder.

Doch dann hätte Udo eine Entscheidung fällen müssen. Und gerade das war etwas, das er, wie sie im Laufe ihrer Ehe lernen musste, nach Möglichkeit tunlichst umging.

Offenbar hatte sie alles falsch gemacht, was man nur falsch machen konnte. Sie selbst hatte ihrem Mann in den letzten zwanzig Jahren nahezu alles abgenommen, was auch nur im Entferntesten problembehaftet sein konnte. Und wie Benni sich gab, war ebenfalls das Produkt ihrer eigenen Erziehung, in der sie, wenn sie ehrlich zu sich selbst war, zumeist alles hatte durchgehen lassen.

Das Bild des Einjährigen erschien ihr wie ein strahlendes Hologramm der Erinnerung im Dunkel des Zimmers. Ihr kleiner Sonnenschein. Nie hatte sie mit ihrer Zuneigung gehadert, weil Benni nicht ihr leibliches Kind war. Mit dem Augenblick, als Udo ihren Weg kreuzte, nahm sie seinen Sohn an wie ihren eigenen, obgleich sie sich bewusst war, dass es eine leibliche Mutter gab, die ihn nicht wollte, ihrem Exfreund freiwillig das Sorgerecht abtrat, aber trotzdem jederzeit wieder in Erscheinung treten konnte.

Was Gott sei Dank nicht eintraf. So wuchs Benni zwar mit dem Wissen um seine Wurzeln auf, sah aber nur in Tessa seine Mama. Sie liebte ihn dafür umso mehr und zeigte sich, je älter Benni wurde, zunehmend auch immer nachsichtiger.

Udo dagegen hatte von Anfang an nicht viel mit der Erziehung am Hut. Er machte keinen Hehl daraus, dass Benni das Produkt eines kurzen Vergnügens war, und behandelte ihn teilweise auch so. Wäre er ein Hund gewesen, er hätte ihn wahrscheinlich ins Tierheim abgeschoben.

Tessa schämte sich für den abstrusen Vergleich, aber er entsprach durchaus der Realität. Plötzlich erinnerte sie sich wieder an die Anfangsphase ihrer Beziehung. Vor allem an die Szene in dem netten kleinen Ristorante, als Udo wissen wollte, ob sie sich mit ihren einunddreißig Jahren schon damit beschäftigt hätte, Kinder zu haben. Bis zu dem Zeitpunkt hatte sie sich die Frage so selbst noch nie gestellt. Sie verdiente ganz gut, lebte in einer schicken kleinen Wohnung, hatte das Erbe ihrer Eltern gut angelegt, aber für eine feste Bindung war ihr der richtige Mann noch nicht begegnet.

Bis zu dem Zeitpunkt hatte sie von Benni noch gar nichts gewusst und da er die Frage so unverblümt stellte, war ihr einfach so herausgerutscht: „Nur nach den zwanzig Minuten, in denen es nicht geklappt hat!"

Worauf Udo sie mit hochgezogenen Brauen angesehen hatte und dann lauthals lachte. Er tat ihre Aussage als äußerst originell ab, erkannte gar nicht den Ernst hinter den Worten.

Dabei war die Erinnerung an einen gewissen Samstagmorgen im Juli alles andere als komisch für sie.

Warum ihr das alles ausgerechnet jetzt wieder einfiel, wusste Tessa auch nicht. Sie merkte, wie sich wieder eine Hitzewelle auf den Weg machte. Der Zwanzig-Minuten-Mann war lange abgehakt und von weitaus besseren, jawohl! ... Nachfolgern überholt, bevor sie überhaupt an Udo dachte.

Fast schon unheimlich, was ihr da auf einmal im Kopf herumspukte. Irgendwie wurde die Luft im Zimmer plötzlich stickig und sie stand erneut auf, um das Fenster auf Kipp zu stellen.

Dabei verfing sich ein kühler Windstoß im leichten Organza-Store und streifte ihre verschwitzte Haut, was ihr eine Gänsehaut verursachte.

Flink huschte sie zurück unter die warme Decke, lauschte noch einmal nach nebenan, wo jetzt absolute Stille herrschte, und besann sich auf das Erlernte ihres Yogakurs, zu dem Gitti sie vor Urzeiten überredet hatte.

Es wirkte. Endlich schlief sie sich in eine Welt der Träume, in der nur leider Udo und Alwin eine Person zu werden schienen, in der wie aus dem Nichts ungezählte Mädchengesichter durch ihr Bad schwebten und der Zwanzig-Minuten-Mann im dunklen Anzug mit Krawatte vor ihrer Wohnungstür stand und Einlass begehrte.

Das war der Punkt, an dem Tessa freiwillig wieder aufwachte. Doch da schien die Sonne bereits ins Zimmer.

3

Etwa eine Woche später ...

„Schönen guten Tag, ich bin Dreiundfünfzig!", grüßte Tessa freundlich in den Raum, der sich hinter der Tür mit der Aufschrift: **Herr Wünsch, Sachbearbeiter A–H** verbarg.

„Soso", entgegnete eine tiefe männliche Stimme aus dem hohen Drehstuhl, der sich bei ihrem Eintreten ein Stück vom amtlichen Schreibtisch wegschob, was seinem Besitzer Platz verschaffte, die Beine übereinander zu schlagen.

Ein paar Zentimeter höher, Tessa überlegte gerade, wer wohl größer war – der Stuhl oder der Mann in ihm – lächelte ihr ein helles Augenpaar unter einer Nickelbrille amüsiert zu. Wenn das jener Herr Wünsch vom Türschild war, so würde sie ihm raten, sich schleunigst eine modernere Brille zu wünschen. Sonst aber machte der Mann, entgegen der Vorwarnungen einer breiten Masse, die das Arbeitsamt ständig belagerten, der allgemeinen Abwehr gegen die dort regierenden Sachbearbeiter keinerlei Ehre. Im Gegenteil. Herr Wünsch wirkte sogar recht sympathisch.

„Das ist aber sicher nicht Ihr Alter, sondern Ihre Wartenummer", tippte er ganz richtig, als Tessa näherkam.

Entweder war das jetzt Schmeichelei von Amt

wegen oder die Brillengläser waren schlechter als seine Augen.

Einladend wies er auf den Platz vor seinem Schreibtisch, dessen Platte schwer an einem riesigen Stapel Pappkladden zu tragen hatte. Die Regale, die die Wand hinter Herrn Wünsch schmückten, krümmten sich unter Aktenbergen und gewichtigen Buchwälzern. Auf der Fensterbank trocknete eine einsame kleine Yuccapalme vor sich hin.

Irgendwie hatte Tessa das Gefühl, mit der Pflanze etwas gemeinsam zu haben. Ihr fehlte eben auch die richtige Pflege.

„Ja, guten Tag, Frau …?", riss Herr Wünsch Tessa vom Anblick der traurigen Palme los.

„Hofnagel", stellte sie sich vor, „Teresa Hofnagel."

„Frau Hofnagel, aha …!" Geschäftig setzte er seine Rundgläser gerade, rückte den Drehstuhl zurecht, legte die Hände ineinander gefaltet auf die Schreibunterlage und lächelte Tessa abwartend an.

„Ich hatte letzte Woche angerufen und wohl mit Ihrer Kollegin gesprochen. Einer …", Tessa musste kurz überlegen, aber der Name war so blöde gewesen, dass er ihr direkt wieder einfiel, „Frau Sauerteig. Sie gab mir für heute den Termin bei Ihnen."

„Aha", wiederholte er und fixierte sie nun mit einem fragenden Blick, „was kann ich denn für Sie tun, Frau Hofnagel?"

Unter normalen Umständen und in Anbetracht dessen, wo sie sich im Augenblick befand, eine etwas dümmliche Frage. Aber nun gut, sie wollte es ihm nachsehen. Dies waren schließlich keine normalen Umstände.

„Ich suche einen Job."

„Aha. Und an was hatten Sie da so gedacht?"

„Keine Ahnung", erwiderte Tessa gleichmütig. „Nur eine Vollzeitstelle sollte es sein, damit ich meine Wohnung weiterhin bezahlen kann. Und wenn möglich, bitte nicht an einer Supermarktkasse und auch nicht hinter der Theke einer Bäcker- oder Metzgerei."

Sie hätte jetzt noch hinzufügen können, auch nicht als dringend gesuchte Mitarbeiterin (gerne Anfängerin, frei nach dem Motto: Komm Puppe, bedien Dich, Du weißt ja, wo alles steht!) in einem Saunaclub, wie es in den Annoncen stand, von denen es in der Zeitung nur so wimmelte. Aber sie ging mal davon aus, dass derartige Angebote sowieso nicht über diesen Schreibtisch flossen.

Seine Nickelbrille schien näher zu rücken, der Mund darunter lächelte immer noch. Doch dann wandte Herr Wünsch den Kopf nach allen Seiten, als suche er nach einer versteckten Kamera.

„Na, Sie sind ja echt originell!", frotzelte er belustigt, um dann aber doch ein ernstes Gesicht aufzusetzen, was Tessa suggerieren sollte, die Auswahl sei nicht sonderlich groß oder besser gesagt, gar nicht vorhanden. Was sie denn gelernt habe und ob sie nicht eventuell darüber nachdächte, ihren ehemaligen Chef zu konsultieren.

Worauf Tessa Herrn Wünsch versicherte, dass sie dies keinesfalls täte, da sie ihrem ehemaligen Chef, Herrn Udo Hofnagel, den sie Jahre lang vom heimischen Herd bekocht und zugleich das Büro seiner Autowerkstatt geführt hatte, überhaupt verdankte, dass ihr Ehe- und Arbeitsverhältnis quasi gleichermaßen abhandengekommen waren.

„Oh, wie fies", zeigte Herr Wünsch menschliche Anteilnahme und kratzte sich nachdenklich über die Stirn. „Das Problem ist nur ..."

„Sie meinen, ich bin zu alt!", sagte Tessa ihm auf den Kopf zu. Doch statt sich diskriminiert zu fühlen, frohlockte sie. Natürlich war ihr das von vornherein klar gewesen und im Prinzip nur Teil ihres Plans, der jetzt aufzugehen schien. Udo wollte Krieg, dann sollte er ihn haben!

Herr Wünsch druckste etwas verlegen herum, zuckte allerdings bedauernsvoll die Schultern. „Das würde ich mit ...", er beäugte die vor ihm liegenden Notizen, die er sich im Laufe des Gespräches bereits gemacht hatte, „fünfzig ...", hüstel, „so nie sagen."

Natürlich nicht. Durfte er auch nicht. Sie wusste selbst, wie schwer man in ihrem Alter bereits, und *frau* generell nach Ehe-Langzeitarbeitslosigkeit mit dem unsichtbaren Stempel: *Dumme Hausfrau* auf dem Arbeitsmarkt vermittelbar war. Wenn dann auch noch eine wie sie kam, nach einer Vollzeitstelle verlangte ... kein Wunder, dass der arme Herr Wünsch keine rechten Worte fand.

„Hm", machte er alles und nichts sagend, fasst noch einmal die Fakten zusammen: „Sie haben eine Ausbildung zur Bürokauffrau, zwei Zertifikate von Buchführungskursen an der Volkshochschule ..."

„Das ist Urzeiten her", wandte Tessa ein.

Herr Wünsch ließ sich nicht beirren: „Und Ihrem Mann zwanzig Jahre das Büro geschmissen ..."

„Genau gesagt, im Büro gesessen fünfzehn", stellte Tessa vorsichtshalber richtig. Die anderen fünf habe ich sämtlichen Schriftkram zu Hause gemacht, weil ich mich um Benni kümmern musste."

„Ihr Sohn also?"

„Ja. Nein. Ja ... äh ..."

„Entschuldigung ...?" Die Nickelbrille schien wieder nach der versteckten Kamera zu suchen.

Tessa schämte sich, weil sie für ihre eigene Zukunft die wahren Tatsachen auf den Tisch legen musste. „Benni ist nicht mein leibliches Kind, sondern der Sohn meines Mannes. Ich habe ihn nur großgezogen ..."

„Nur?" Herr Wünsch schnaubte durch die Nase, als unterdrücke er einen demonstrativen Seufzer. „Warum so negativ? Das ist doch eine großartige Leistung, der volle Achtung gebührt!"

So hatte Tessa das bislang nie gesehen. Für sie war immer selbstverständlich gewesen, sich um Benni zu kümmern, ihm zu geben, was seine leibliche Mutter nicht konnte, oder nicht wollte. Aber letztendlich brachte ihr die Überlegung ja wohl auch nichts. Sie saß trotz der Achtung, die ihr gebührte, auf dem Amt.

„Sie sind noch verheiratet?", fragte Herr Wünsch weiter.

„Nur auf dem Papier", betonte sie ausdrücklich.

„Sie leben also in Scheidung?"

„Das noch nicht, nein."

Er runzelte die Stirn. Schwierig, schwierig!, stand dort unsichtbar.

„Standen Sie bei Ihrem Mann in einem festen Arbeitsverhältnis?"

„Wenn Sie mir damit sagen wollen, in dem Fall

hätte ich zumindest erstmal Anspruch auf Arbeitslosengeld ... nein. Ich habe jeden Tag aus reiner Liebe und Zusammengehörigkeit die Arbeiten erledigt, zu denen er nicht in der Lage war. Bezahlt wurde nur in Naturalien."

„Aha." Herrn Wünsch schien ein Gedanke gekommen. Abrupt stand er von seinem Drehstuhl auf, dass dieser leicht ins Schlingern geriet. Erst jetzt offenbarte er Tessa seine wahre Größe, maß gut einen halben Kopf kleiner als sie selbst mit ihren Eins achtundsechzig.

Seine Hände griffen in ein Regalfach mit schwarzen Akten, von denen er jetzt eine herauszog und sie auf die arme Tischplatte donnerte. Geschäftsmäßig blätterte er hindurch, bis er auf einer bestimmten Seite verharrte.

„Nun, es gäbe da eventuell eine Möglichkeit ... Ist vielleicht nicht das, was sie akut suchen, aber zumindest eine Chance, wieder Fuß zu fassen."

„Ja?", fragte Tessa, hochgradig gespannt, was er auf Lager hatte.

„Was halten Sie von einer Weiterbildung?"

„Weiterbildung?", echote sie verblüfft. Mit dieser Möglichkeit hatte sie überhaupt nicht gerechnet.

„Zur Bilanzbuchhalterin. Schulungsmaßnahme in Vollzeit. Mehrmonatiges Praktikum, im Anschluss Prüfung vor der IHK." Er hüstelte wieder. „Und dann sehen wir weiter."

Vollkommen perplex starrte sie Herrn Wünsch an. „Woher kriege ich denn die Praktikumsstelle?"

„Wenn es soweit ist, selbst suchen. Aber Hilfestellung gewährleistet."

„Und die Kosten?" Zumindest den Gedanken an

die Maßnahme konnte sie sich ja mal in Ruhe zu Gemüte führen. Allerdings war sie keinesfalls bereit, ihre, in all den Jahren sauer vom Haushaltsgeld abgezweigten, Kröten für eine Schulungsmaßnahme auszugeben, die sie nach Beendigung wahrscheinlich auch nicht weiterbrachte, außer dass ihr Lebenslauf mit einer formell bestätigten zweiten Berufsbezeichnung aufwarten konnte.

„Nun, wir stellen zunächst den Antrag auf Kostenübernahme durchs Amt", erklärte Herr Wünsch aufmunternd. „Gut wäre es allerdings, wenn Sie mir trotzdem in den nächsten Tagen Kopien von den letzten drei Jahresbilanzen Ihres Mannes zukämen ließen." Dabei heftete er ein Sammelsurium von beidseitig bedruckten Blättern im DIN A4 - Format aus dem Ordner und reichte ihn Tessa entgegen. „Bitte so schnell wie möglich ausfüllen und unterschreiben."

„Oh je, das ist ja ein ganzer Roman!"

„Kein Problem, wir können das auch jetzt eben gemeinsam durchgehen und dann melde ich Sie heute noch an."

„Zur Schule?"

„Zur Aufnahmeprüfung in zwei Wochen! Es sind noch sechs freie Plätze in der Maßnahme, das eigentliche Auswahlverfahren ist bereits gelaufen."

Tessa wurde mulmig. Eine Aufnahmeprüfung? In ihrem Alter noch mal die Schulbank drücken? Auf der anderen Seite: Was blieben ihr sonst für Möglichkeiten? Weder im Internet noch in der Zeitung war sie auch nur annähernd fündig geworden. Und im Grunde lernte man ja sein ganzes Leben irgendwie immer neu dazu. Wenn sie also nicht im Saunaclub Wunderland als Knethaken enden wollte ...

Nach Tessas Okay ging Herr Wünsch Punkt für Punkt mit ihr durch, und zum Abschluss zierten ihre Daten das seitenlange Antragsformular. Nur unterschreiben musste sie noch.

„Möchten Sie lieber eine Nacht drüber schlafen?", bot er an, weil Tessa zögerte.

Doch dann sah sie im Geiste das nächste Anwaltsschreiben kommen: *„Unser Mandat möchte sich ausdrücklich nicht scheiden lassen, kann aber natürlich auch nicht ewig weiter für Ihren Lebensunterhalt aufkommen. So wäre es im Sinne aller Beteiligten besser, Sie suchen sich eine Arbeitsstelle."*

Allein die Aussicht auf dergleichen Schrieb ließ sie schwungvoll ihren Namenszug schreiben. Unwillkürlich bekam sie das Gefühl, etwas Festgefahrenes in ihrem Leben wieder in Bewegung gebracht zu haben.

Und Udo? Der würde schon sehen, was er davon hatte! In jeder Hinsicht.

***

„Du machst *was*?"

„Eine Weiterbildung!", wiederholte Tessa noch einmal laut zum Mitschreiben. Ihr war egal, was die Leute dachten, während sie mit dem Handy am Ohr den Ostwall entlang schlenderte. Momentan strotzte sie nur so vor Energie und musste der Freundin die Neuigkeit sofort berichten. Aber entweder hatte Gitti sie durch die Nebengeräusche nicht ganz verstanden oder sie nahm sie nicht für voll. „Ich lasse mich zur Bilanzbuchhalterin ausbilden."

Tessa erahnte förmlich ihr verdutztes Gesicht und musste unwillkürlich grinsen. „Traust du mir das etwa nicht zu?"

„Quatsch!", kam es umgehend zurück. „Ich bin nur etwas von den Socken. Damit hab ich jetzt bei deinem Anruf am allerwenigsten gerechnet."

„Du, mir ging es genauso, bis mir dieser Herr Wünsch den Vorschlag gemacht hat. Aber ich habe unterschrieben und übernächsten Dienstag muss ich zur Aufnahmeprüfung."

Was Gitti antwortete, verhallte im Gebimmel der Straßenbahn. Irgendein Idiot war einfach über die Schienen hinüber zur Grünfläche gelaufen, ohne auf den Verkehr zu achten.

„Du, hier ist wieder was los, kann dich kaum verstehen! Ich komme nachher rüber, wenn ich zu Hause bin. Dann erzähl ich dir alles genau."

Tessa hörte als Antwort nur bruchstückweise etwas wie: „... gut ... Alwin nicht da ... ich ... dir auch was sagen ..." Plötzlich war die Verbindung weg. Wahrscheinlich hatte Gitti aus Versehen eine falsche Taste gedrückt.

Tessa schlug den Weg zum Neumarkt ein, wollte in einem der Straßencafés einen Latte Macchiato trinken und dabei die Seele baumeln lassen.

Die Idee hatten offensichtlich mehrere. Der warme Sommernachmittag sorgte für reges Treiben in der Fußgängermeile und es war schwierig, auf Anhieb ein freies Plätzchen zu finden. Beim *Extrablatt* schließlich erhoben sich gerade zwei Frauen und wanderten mit ihren tausend Einkaufstüten ab, wahrscheinlich zu den nächsten Läden.

Flink ergriff sie die Gelegenheit und ließ sich an dem frei gewordenen Tisch nieder. Die Bedienung ließ nicht lange auf sich warten und während Tessa auf ihr Heißgetränk wartete, überlegte sie, wie lange ihr letzter ausgiebiger Bummel in diesen Gefilden zurücklag. Ein gefühltes Jahrhundert. Ihre Shoppingtouren führten sie in der Regel mehr nach *Real*, *Edeka*, *Aldi* und Co und zu ganz besonderen Anlässen wie die von ihr selbst verrichtete Wohnungsrenovierung auch mal in den nächsten Baumarkt.

Schon wollte sich wieder leise Wut in ihre, bis eben noch flammende, Euphorie schleichen, als ihr Blick zufällig den dunkelhaarigen Mann in hellem Sakko und Jeans streifte, der sich von hinten durch die Tischreihen zwängte.

Zuerst war es nur sein Profil, was ihr das Blut in den Adern gefrieren ließ. Das konnte jetzt nicht wahr sein, oder!? Eine Halluzination? Nein, er war es! Jobst Birnbaum. Der Mann mit dem gewissen Titel. Der Mann, der letzte Nacht im Traum und Nadelstreifenanzug vor ihrer Tür um Einlass gebettelt hatte. Sie hätte ihn sofort und überall wiedererkannt.

Und dann, Tessa glaubte, ihr Herzschlag setze aus, wandte er den Kopf auch noch in ihre Richtung, winkte. Sie atmete erst wieder auf, als sie feststellte, dass er ein Portemonnaie in der Hand hielt und mit der Handbewegung offenbar nur die junge Kellnerin aufmerksam zu machen versuchte. Von ihr, Tessa, nahm er gar keine Notiz.

Oder tat er absichtlich, als sähe er sie nicht? So

verändert, dass er sie nicht mehr erkannte, hatte sie sich ja wohl nicht. Es sei denn, er hatte einen Sehfehler. Kindlicher Trotz ließ sie den Stuhl herumrücken. Bitte schön, sollte er sich, wenn, über ihre Kehrseite Gedanken machen.

Was sie aber nicht davon abhielt, aus den Augenwinkeln zu verfolgen, wie er der jungen Kellnerin einen Schein in die Hand drückte und dann im Getümmel der Hochstraße Richtung Schwanenmarkt verschwand.

Wieso pulsierte es spürbar hinter ihrem Brustkorb und warum fühlten sich ihre Beine plötzlich so wabbelig an? Doch nicht etwa wegen *dem*?! Tessa verbot sich mit aller Macht jeden weiteren Gedanken an Jobst Birnbaum und ein „Was wäre gewesen, wenn …?"

Und doch hätte sie zu gern gewusst, wo er all die Jahre abgeblieben war. Seit jener Episode am frühen Morgen nach dem feuchtfröhlichen Abi-Ball hatte sie nie wieder etwas von ihm gesehen oder gehört.

***

Obwohl Tessa Gitti versprochen hatte, später rüber zu kommen, um ihr die Sache mit der Bildungsmaßnahme genauer zu erklären, schien diese mit einem Ohr am Türblatt gehangen und nur darauf gewartet zu haben, dass sich der Schlüssel in die nachbarliche Wohnungstür schob. Kaum hatte Tessa Jacke und Tasche abgelegt, klopfte es.

Leider übersahen beide, dass die Fußmatte verrutscht und auf der Schwelle zur Stolperfalle geworden war.

„Na, so aufregend war es beim Arbeitsamt nun auch wieder nicht, dass du mir gleich mit der Tür ins Haus fällst", flachste Tessa, konnte die fluchende Gitti aber gerade noch rechtzeitig auffangen.

„Haha, die Szene wär jetzt glatt reif für 'nen Actionfilm!" O-Ton Alwin, der, statt erschrocken, auch noch lustig fand, wie seine Frau gerade wie ein nasser Sack in Tessas Armen hing.

„Und du verlässt die heimischen Gefilde, um irgendwo da draußen dein Unwesen zu treiben?", gab Tessa mit gleicher Münze zurück. Die Euphorie, allein mit ihrer Unterschrift neue Wege für sich eröffnet zu haben, brachte ihr nicht nur das Selbstwertgefühl, sondern auch die vermisste Schlagfertigkeit zurück.

Gitti berappelte sich ziemlich schnell. „Ihr zwei wieder!" Es war klar, was sie meinte.

„Nix für ungut, Schatzi, bin dann jetzt weg, ja!?", röhrte Alwin, bereits an der Treppe.

Tessa hätte ihm am liebsten sonst was hinterhergerufen, verkniff es sich mit Mühe und knallte, eine Spur zu laut, die Tür zu.

„Er meint es nicht so", nahm Gitti ihn auch noch in Schutz und Tessa fragte sich, ob sie ihre Scheuklappen im Lotto gewonnen hatte. Behielt es aber für sich.

„Kaffee wie immer?", bot sie an.

Gitti nickte und folgte ihr in die Küche.

Tessa wunderte sich, dass Gitti im Türrahmen stehen blieb und ihr beim Einsetzen der Filtertüte auf die Finger starrte, als habe sie dergleichen noch nie gesehen.

„Sag mal, stimmt was nicht mit dir?" Tessa

überkam eine leise Ahnung, dass die Freundin sie in Wirklichkeit gar nicht aus unbändiger Neugier auf ihr Tun, sondern einem ganz anderen Grund abgepasst haben musste.

„Hast du einen Schnaps für mich?"

Gitti lechzte nach Alkohol? Dann konnte wirklich etwas nicht stimmen!

Tessa ging ins Wohnzimmer und holte eine Flasche aus Udos Vorrat, für den sie nun das Sorgerecht besaß, weil seine Neue, die Stelzen-Susi, Altherrengetränke jeglicher Art verabscheute.

Großzügig goss sie Gitti und sich ein. „Na, komm her und setz dich, im Stehen lässt es sich weder gut reden noch einen edlen Tropfen genießen."

„Wer redet denn von genießen?" Schwups hatte Gitti das Glas in einem Zug runter, strich mit der Hand über Hals und Magengegend. „Das tut gut. Noch einen bitte!"

Ungläubig schüttete Tessa nach. „So, jetzt aber raus mit der Sprache! Was ist los? Hast du deinen Mann etwa auch mit einer anderen erwischt?"

Prompt erschrak Gitti, als sei die Küchenuhr von der Wand gefallen.

Okay, das also schon mal nicht!, deutete Tessa für sich, wenngleich sie sich gefragt hätte, welche helle Birne einen wie Alwin toll fand. Außer Gitti vielleicht, nach deren Erzählungen er einmal der Märchenprinz schlechthin gewesen sein musste.

Bis Gitti ihn geehelicht und er sich in den Frosch verwandelt hatte ... haha. Tessa musste aufpassen, dass ihr gedanklich nicht die Pferde durchgingen.

„Ich glaube, ich habe eine Schwester!" Für diese Verkündung setzte Gitti das Glas kurz ab, leerte es danach allerdings umgehend.

„Das blonde Mädchen auf dem Foto?" Tessa zeigte sich keineswegs überrascht.

„Das klingt, als wüsstest du es schon."

Warum umklammerte Gitti das leere Glas so verkrampft? Ungebeten hielt Tessa den Flaschenhals zum dritten Mal hinein und Gitti wehrte nicht ab, starrte nur ratlos auf den durchsichtigen Inhalt.

„Nein, woher sollte ich es wissen!?", erwiderte Tessa ruhig. „Höchstens geahnt habe ich was in der Art."

Gitti zog einen satten Schmollmund, der sie jedoch nicht hinderte, auch den dritten Schnaps wie Wasser runterzukippen. Mit der anderen Hand zog sie einen leicht vergilbten Briefumschlag aus der Gesäßtasche ihrer Jeans und hielt ihn Tessa vor die Nase. „Hat Marlies heute Morgen gefunden. In einer uralten Kiste im Keller."

Tessa las Name und die letzte Adresse von Gittis Vater in krakeliger Handschrift eines gewissen Leo Körner. Weitere Absenderdaten waren nicht angegeben.

„Greif mal rein!", forderte Gitti aufgeregt, als habe sie die Hoffnung, die Freundin fände etwas anderes als sie.

Aber Tessa hielt genauso wie sie zuvor das Schwarzweißfoto einer offensichtlich dreiköpfigen Familie in der Hand. Der Mann, rechts im Bild, war altersmäßig schwer zu schätzen, aber eindeutig Gittis Vater. Die Frau an seiner Seite schien wesentlich jünger als er. Sie trug einen Hut, unter dessen Krempe sich am leicht zur Seite geneigten Hinterkopf dunkle Haare zeigten. Das ebenmäßige

Gesicht lachte. Ein Lachen, das die Augen erreichte, sie auf sonderbare Weise strahlen ließ, was lediglich am gegensätzlichen Kontrast liegen mochte, durchaus aber Sympathie entfachte. An der Hand hielten beide jenes Mädchen mit den blonden Engelslöckchen, das sie schon von den vorhergehenden Bildern kannte. Nur trug es hierauf ein dunkelgrünes Lodenkleidchen und mochte gut zwei, drei Jahre älter sein. Dafür zeichnete sich hierauf klar die Ähnlichkeit mit Gittis Vater ab. Diesmal gab es auch einen Vermerk auf der Rückseite. „Für immer und ewig". Im Gegensatz zu jener auf dem Briefumschlag zeigte diese Schrift eine schwungvolle, aber saubere Linie. Musste also jemand anders geschrieben haben.

„Marlies ist fix und fertig", schimpfte Gitti mitleidig, „das hat sie nun wirklich nicht verdient!"

„Moment, Moment", versuchte Tessa zu sortieren, „ich denke, die ist involviert. Sie war es doch, die Alwin die Schachtel gegeben hat."

„Ja, ja, das war's dann aber auch schon", stellte Gitti richtig. „Ansonsten ist sie genauso unwissend wie ich."

„Und woher hat dieser Leo Körner die Adresse? Dein Vater hat doch Marlies' Namen angenommen. Wie soll er da zu finden gewesen sein?"

„Du, ich hab null Ahnung!"

„Puh", seufzte Tessa, durch deren Oberkörper gerade wieder eine Hitzewelle schoss, „dann hatte dein Paps wohl doch eine Leiche im Keller vergraben!"

Gitti war auf einmal befremdlich ruhig. „Sieht so aus", nuschelte sie und starrte auf das kleine

Mädchen mit dem unschuldigen Lächeln. Wieso kamen ihr diese Augen plötzlich vertraut vor? „Und irgendwo sitzt dieser Körner ..."

„Warte mal, der Poststempel ...!" Tessa fixierte den Aufdruck mit Argusaugen. Leider war er nicht mehr genug ausgeprägt, um ihn eindeutig zu entziffern.

„Wer auch immer Leo Körner ist, ich werde es kaum herausfinden."

„Sag mal, was genau nimmt dich jetzt eigentlich so mit?" Derart resigniert hatte Tessa die Freundin noch nie erlebt. „Dass du über deinen Vater doch nicht so gut Bescheid wusstest wie angenommen oder noch eine Tochter existiert, die aus der Zeit ... wohlgemerkt: *vor!* ... deiner Mutter stammt?" Tessa ahnte, zur Psychologin würde sie sich wohl nicht eignen."

„Beides. Wie würdest du dich fühlen, würdest du plötzlich mit der Neuigkeit konfrontiert, eine Schwester zu haben?"

„Also erstens", widerlegte Tessa sachlich, „ist das noch gar nicht bestätigt und zweitens ...", damit meinte sie den unverkennbaren Fünfzigerjahre-Look auf dem Foto, „wäre diese Schwester dann auch nicht mehr ganz so neu!"

Gittis Wangen glühten. Waren nicht unbedingt die Worte, die sie jetzt hören wollte.

„Sonst war nichts dabei? Keine Zeilen? Vielleicht ein extra Bogen Papier?", bohrte Tessa ungeachtet dessen weiter.

„Marlies sagt, sie hat alles abgesucht. Nichts!" Gitti spürte, wie ihr Adrenalinspiegel Achterbahn fuhr. „Da verschweigt mir der eigene Vater so eine elementare Sache? War er wirklich so feige? Dann habe ich ihn tatsächlich nie richtig gekannt!"

Damit musste Tessa ihr ausnahmslos Recht geben. Aber da sie selbst gerade permanent mit Dingen konfrontiert wurde, die sie vorher nie für möglich gehalten hätte, sah sie die Sache etwas relaxter.

„Wir kennen die Gründe nicht. Vielleicht steckte hinter der Feigheit ja auch nur Angst", mutmaßte sie vorsichtig.

„Aaangst? Vooor miiir??? Ausgerechnet!" Prompt goss Gitti noch mal nach.

„Schütt ein, hilft beim Verdauen ungemein!", frotzelte Tessa.

Gittis starre Maske löste sich auf in selbstspöttisches Grinsen. „Prösterchen!", giggelte sie wie auf Kommando. „Du meinst also wirklich ... hicks ... ich, äh ... hicks ... sollte ... äh ... hicks ... auch noch ... Luftsprünge machen, waaass ... hicks?!"

Das Zeug wirkte schnell!

„Genau das meine ich", pflichtete Tessa ihr ohne Umschweife bei. „Freu dich! Such sie! Lern sie kennen! Ich zum Beispiel habe mir immer eine Schwester gewünscht, aber nie bekommen."

„Hm." Es schien, als dächte Gitti ernsthaft darüber nach. „Wir können sie uns dann ja teilen."

„Prima Option!" Tessa lachte. „Was sagt dein Alwin dazu?"

„Der hat noch von nichts eine Ahnung", kam es kleinlaut zurück.

Wenn Gitti das *noch* wegließe, passt es!, dachte Tessa zynisch. „Warum nicht?"

Gitti zuckte gleichmütig die Schultern. „Ergab sich

noch keine Gelegenheit. Was soll ich jetzt tun?", fragte sie unbeholfen.

Tessa bezog die Frage auf Alwin. „Sag es ihm halt. Was soll er damit für ein Problem haben?"

Sie winkte ab: „Ach, ich mein doch nicht ihn!"

„Wen dann?"

„Na, sie!" Gitti hielt den Zeigefinger auf die Engelslocken.

„Wie gesagt, suchen!"

„Und wie, bitte schön? Ich habe nichts, wo ich ansetzen kann."

Das sah Tessa anders. Im Gegensatz zu Gitti, in deren Kopf momentan außer Udos Schnaps nur konfuse Leere zu herrschen schien, fielen ihr auf Anhieb Möglichkeiten ein, die Sache in die Hand zu nehmen.

„Du hilfst mir?" fragte Gitti dankbar.

„Natürlich, dafür sind Freundinnen doch da!" Tessa fand schon allein den Gedanken, bei der Aufdeckung des von Friedrich Spillmanns bislang offensichtlich gut gehüteten Familiengeheimnisses zu helfen, äußerst spannend. Zunächst aber schob sie ihr die volle Kaffeetasse hin. „Hier, Zeit zum Umsteigen!"

Während Gitti sich bewusst wurde, wie viel sie bereits intus hatte, griff Tessa nach dem Handy, das, lautlos gestellt, auf dem Küchenschrank lag.

„Was machst du?"

„Du weißt, ich habe das Ding nur, weil Benni es mir besorgt hat, aber in Fällen wie deinem ist es echt Gold wert ..."

„Versteh nicht!"

„Ich suche online nach Leo Körner. Steht er im

Telefonbuch, müsste er ja zu finden sein."

Fast schämte Gitti sich, dass sie nicht selbst auf die Idee gekommen war.

Tessa kannte sie gut genug, um es zu registrieren. Während die aufgerufene Webseite die Daten durchforstete, was im Augenblick, aus welchem Grund auch immer, leider wieder arg träge vonstatten ging, tätschelte sie ihr aufmunternd den Arm. „Lass mal erst alles sacken, dann siehst du klarer."

Gitti schien davon nicht überzeugt. Im Gegenteil, sie fühlte sich bestätigt, als sie feststellen mussten, dass es, zumindest in Krefeld und der näheren Umgebung, keinen Eintrag mit dem Namen Leo Körner gab.

„Macht nichts." Tessa war weit davon entfernt, aufzugeben, bevor sie richtig begonnen hatte. „Lass uns am Wochenende an den Laptop setzen und intensiv suchen."

„Danke." Gitti war froh, dass Tessa ihr zur Seite stand. Computer waren einfach nicht ihr Ding.

„Und vorher gehen wir ins Stadtarchiv!", bestimmte Tessa. „Am besten gleich morgen."

„Was sollen wir da?"

Die Frage zeigte Tessa deutlich, wie wenig Spürsinn Gitti besaß. Oder vielleicht wurde es auch einfach nur Zeit, dass sie endlich einen ordentlichen Schluck Kaffee trank. Der in der Tasse war längst kalt.

„In alten Adressbüchern stöbern", klärte sie Gitti trotzdem auf.

„Aber ich hab keine Ahnung, wo mein Vater gewohnt hat, bevor er mit meiner Mutter zusammenzog. Ich vermute nur, dass es irgendwo in Krefeld war."

„Reicht doch fürs Erste! In den Wälzern sind alle Einwohner über achtzehn gelistet, alphabetisiert nach Straße und Name."

„Aha." Gitti staunte. „Du kennst dich aus?"

„Zumindest habe ich im Wohnzimmerregal eins von diesen Exemplaren stehen." Tessa grinste selbstgefällig. „Ist zwar auch schon älter, von '98, hat mir aber trotzdem manchen guten Dienst erwiesen, wenn es darum ging, für Firma Hofnagel säumige Schuldner aufzuspüren, die falsche Angaben gemacht haben."

„Kunden, die nicht zahlen?" Jetzt erwachte Gitti aus ihrer Lethargie. „Bei Udo?" Das widersprach vollkommen ihrer Vorstellungskraft. Gerade der achtete doch immer penibel genau auf alles, was mit Geld zusammenhing. Sogar in ihrer Gegenwart hatte er Tessa einmal Soll und Haben einer dreilagigen Klopapierrolle vorgerechnet.

„Ja, bei Udo!", bestätigte Tessa. „Dabei weiß wahrscheinlich nur ich, wie es um seinen Sinn für ordnungsgemäße Buchhaltung wirklich bestellt ist."

Auf Gittis Zügen lag plötzlich etwas Verwegenes. Mach was draus!, schienen die braunen Augen zu suggerieren.

4

Am nächsten Tag ...

Die Sonne schien von einem wolkenlosen Himmel und ließ die Temperaturen schon zu dieser Vormittagsstunde sommerlich hochfahren.

Tessa freute sich nahezu, dass sie mal aus einem anderen Grund als ihren Hormonschwankungen schwitzte.

Gerade betrat sie mit Gitti das großzügige Foyer im angebauten Seitenteil des „Stadthaus", als ihr Handy ging.

„Oh nein, den kann ich jetzt nun gar nicht gebrauchen", fluchte sie unwillkürlich.

Für Gitti nicht schwer zu erraten, wer gemeint war. „Udo?"

Tessa nickte mit rollenden Augen, machte jedoch keine Anstalten, das Gespräch anzunehmen, stellte lediglich den Klingelton ab. „Hab keine Lust, mir den Tag zu versauen."

„Und wenn es was Wichtiges ist?"

„Für Udo gibt es nichts Wichtigeres, als mir einen reinzuwürgen", widersprach Tessa unverhohlen.

„Dann wird er es gleich garantiert ein zweites Mal versuchen, meinst du nicht?"

Gitti schien heute Morgen im Denken eindeutig voraus. Es dauerte keine fünf Sekunden, da vibrierte das Ding erneut.

Zack holte Gitti ihr Smartphone aus der Tasche. Zack schaltete sie es an. Zack aktivierte sie das Diktiergerät.

„Nun mach schon", forderte sie Tessa auf, bevor die Chance verpasst war, „und denk an den Lautsprecher!"

„Sag mal, wo bist du denn, ich hab schon zigmal versucht, dich zu erreichen!", schallte es den beiden Frauen sogleich übellaunig entgegen. Gitti hielt das Mobilteil so dicht an Tessas, wie es ging.

„Unterwegs!", beantwortete Tessa die Frage knapp. „Aber wie wär's mal mit einem freundlichen: Guten Morgen, Tessa?"

Die Zurechtweisung führte sofort zum akustisch gewünschten Erfolg. „Ich erwarte, dass du umgehend auf das Schreiben meines Anwalts reagierst!", wütete er unbeherrscht.

„Und wenn ich das nicht tue?"

„Dann werde ich andere Maßnahmen ergreifen müssen!"

„Ist das eine Drohung?" Gut, dass Gitti mithörte. In Anbetracht der Aufnahme konnte sie sogar einigermaßen gelassen bleiben.

„Sieh es, wie du willst! Ich will mein Geld!"

Komisch, sein barscher Ton tat plötzlich nicht einmal mehr weh. Eher weckte er das – noch – kleine Teufelchen in ihr. „*Dein* Geld? Ha, dass ich nicht lache!"

„Du wirst schon sehen, was du davon hast!", blökte er, wohl, weil er merkte, dass er so nicht weiterkam, ließ allerdings die Aussicht, *was* Tessa sehen würde, in der Sphäre hängen.

„Ich mache dir einen Vorschlag", wiederholte sie

ihr bereits unzählige Male zuvor gemachtes Angebot gelassen freundlich, wohl wissend, dass Udo selbst es war, dem an einer friedlichen Einigung wenig lag, weil er *alles* haben wollte, „wir setzen uns wie zwei erwachsene Menschen an einen Tisch und dividieren unser Hab und Gut zivilisiert auseinander. Übrigens kann ich dir dann auch genau darlegen, wie das mit meiner Bildungsmaßnahme ablaufen wird … wegen der Kosten meine ich."

„Wovon redest du?"

Gitti gab ihr einen zufriedenen Wink. „Gib's ihm!", flüsterte sie.

„Ich lasse mich zur Bilanzbuchhalterin ausbilden", flötete Tessa.

„Wie bitte?!" Seine Stimme grollte wie aufziehendes Gewitter.

„Ich mache eine Weiterbildung"; wiederholte Tessa, extra für ihn zum Mitschreiben.

„Und wer bezahlt das?"

„Wahrscheinlich du!"

„Nee!"

„Doch!"

„Sag mal, spinnst du jetzt total, oder was?" Udo schrie so laut, dass Tessa meinte, das Handy vibriere davon.

„Ich denke, du willst, dass ich mich wieder auf dem Arbeitsmarkt etabliere?", versetzte sie ihm lauernd.

Schnappatmung am anderen Ende.

„Udo?"

„Verlass dich drauf, das zahl ich nicht!", krächzte es zurück. Offenbar versagte Herrn Hofnagel vor Wut gerade die Stimme. „Wenn du rechnen könntest, wüsstest du, welchen Engpass ich habe!"

Das war der Punkt, an dem Tessa dichtmachte. „Okay, es reicht, Udo! Beleidigen lassen muss ich mich nicht!" Damit drückte sie ihn einfach weg.

„Alles drauf!", verkündete Gitti stolz. „Sollen wir jetzt reinhören oder ...?"

„Lieber nachher, zu Hause", bat Tessa, nun doch etwas mitgenommen. Es wollte ihr partout nicht in den Sinn, wie derselbe Mann, der ihr einmal „In guten wie in schlechten Tagen ..." geschworen hatte, so mit ihr reden konnte. „Jetzt hat er mir doch den Tag versaut", grummelte sie, wütend auf sich selbst.

„Dafür haben wir eine schöne klare Aufnahme seiner Freundlichkeiten", hielt Gitti aufmunternd dagegen.

„Die Frage ist nur, was mache ich damit?"

„Mensch, Mädchen!" Gitti stieß sie an, als wache sie dadurch endlich auf. „Seine Drohung ist Gold wert. Ein Beweis, wie er tickt. Könnte sich in einem Prozess ziemlich negativ für ihn auswirken."

„Oder für mich! Solche Beweise, wie du es nennst, sind, soviel ich weiß, gar nicht zugelassen. Dann hätte er vorher wissen müssen, dass wir das Gespräch aufzeichnen."

„Ach was!" Gitti winkte Tessas Zweifel ab wie eine lästige Fliege und lächelte verschwörerisch. „Er wird schön den Mund halten, denn er wusste, du bist unterwegs ... sein lautes Organ konnte jeder hören, der vorbeikam. Wenn's sein muss, auch ich."

Die eindeutig zweideutige Aussage machte Tessa dankbar. Gitti würde sie also wirklich unterstützen.

„Woher hast du eigentlich die Idee mit dem

Diktiergerät?"

„Gelesen."

„Aha, und wo, wenn man fragen darf?"

„Darf man! In einer Frauenzeitschrift natürlich."

Tessa schaute sie an, als wäre sie nicht von dieser Welt. „Seit wann führst du dir denn so was zu Gemüte?" Boulevard gespickte Lektüre kannte sie bei Gitti nicht.

„Nur, wenn ich beim Friseur sitze." Gitti kicherte. „Aber glaub mir, das ist dann auch für mich der Kulturschock schlechthin."

Jetzt mussten sie beide lachen.

„Kann ich Ihnen helfen?"

Die männliche Stimme brachte sie umgehend in die Gegenwart zurück. Ein freundliches Augenpaar sah sie abwartend an.

Tessa fing sich als Erste. „Danke, wir sind auf der Suche nach einem verschollenen Familienmitglied und würden gern einen Blick in alte Adressbücher werfen."

„Kein Problem", erklärte der Mann, offenbar ein Mitarbeiter des Archivs, und wies zu einer Tür links von ihnen. „Meine Kollegin hilft Ihnen sicher gerne weiter."

Tessa und Gitti sahen sich an. Na, dann nichts wie hin!

Die Kollegin war mindestens zwei Köpfe kleiner als Tessa und Gitti, äußerst nett und schien ein großes Herz für Familienzusammenführungen zu besitzen. Nachdem Tessa ihr Anliegen vorgetragen hatte, führte sie die Besucherinnen sofort in die richtige Ecke. „Schauen Sie sich nur in Ruhe um! Wenn Sie Fragen haben, ich bin gern behilflich."

Sie waren die einzigen Besucherinnen in dem Raum, der mit Druckwerken vom Boden bis zur Decke förmlich erschlug.

Tessas Augenmerk wanderte sofort zu dem vertrauten Blau der gewissen Buchrücken. Nur die Jahreszahlen und die Firmenwerbung darunter unterschieden sich von dem Exemplar bei ihr zu Hause.

Allerdings war sie ein bisschen enttäuscht von der mickrigen Anzahl in Anbetracht der Gesamtreihe, denn die Auslage umfasste lediglich die Bände 1955, 1965 und 1975.

„In '65 und '75 müssten meine Eltern stehen", wisperte Gitti ehrfürchtig. „Als ich geboren wurde, haben sie auf der Cracauer Straße gewohnt und sind später ... ich glaub, da war ich so vier oder fünf ... zur Victoriastraße gezogen."

Tessa hob beide Wälzer heraus und schlug das jeweilige Personenregister auf. Tatsächlich fanden sich Friedrich und Rita Spillmann, auch mit den von Gitti genannten Adressen.

„Sagt dir irgendeiner der anderen was?", fragte Tessa im Hinblick auf zwei weitere Einträge mit dem Nachnamen.

„Nein, gar nichts." Gitti schüttelte den Kopf. „Mein Vater hatte keine Verwandten hier. Er kam ja ursprünglich aus Dresden, und ich kenne nur die Version, dass er noch rechtzeitig vor dem Mauerbau weg war."

„Hm!" Tessa überlegte.

„Mir wurde immer gesagt, in Dresden hätte ihn nichts gehalten, weil seine Eltern schon damals nicht mehr lebten und er völlig alleine war." Gitti kramte alles in ihrem Gedächtnis zusammen, woran sie sich erinnerte. „Er ging nach Hamburg, von dort aus nach Norwegen, Schweden, frag mich nicht ... und kam dann Mitte der Sechziger Jahre nach Krefeld. 1966 hat er meine Mutter kennengelernt. Im Februar '67 haben sie geheiratet, weil ich unterwegs war."

„Ein geheimnisträchtiger Mann", stellte Tessa zum zweiten Male fest.

„Eher ein Mensch, der nie viel gesprochen hat", korrigierte Gitti. „Heute frage ich mich so manches Mal, wie meine Mutter so gut mit ihm klarkommen konnte. Sie war das völlige Gegenteil."

„Nun, Gegensätze ziehen sich ja bekanntlich an." Tessa grinste verschmitzt: „Sieht man schon bei dir und Alwin."

Gitti nahm die Bemerkung gelassen und grinste ebenfalls. „Danke, herzallerliebste Freundin!"

„Aber mal im Ernst", nahm Tessa den Faden wieder auf, „findest du es nicht komisch, dass er nach so einer Rundreise, wie du sie gerade schilderst, am Ende ausgerechnet Krefeld als Ruhepol aussucht?"

Gitti musste zugeben, darüber hatte sie noch nie nachgedacht.

Aber Tessa wollte auf etwas anderes hinaus. „Die Bilder, die hat bestimmt kein Fotograf geschossen, und wenn wir davon ausgehen, dass sie aus den Fünfzigerjahren stammen und der Hintergrund der *Deuß-Tempel* im Stadtwald ist ...

„Die kann dieser Leo Körner gemacht haben. Oder die Frau auf dem Foto." Gitti bemerkte Tessas scheelen Seitenblick. „Du denkst, mein Vater?"

„Darauf tippe ich jetzt einfach, ja."

„Heißt, er müsste viel früher schon einmal hier gewesen sein", brachte Gitti Tessas Überlegungen nachdenklich auf den Punkt. „Langsam frage ich mich wirklich, wie gut ich ihn gekannt habe."

Tessa war schon dabei, die Bücher auf ihren Platz zurückzuhieven. „Was machen wir mit der '55? Trotzdem einen Blick reinwerfen?"

„Meinetwegen."

„Klingt, als hättest du Schiss, da was zu finden."

Gitti schickte einen Stoßseufzer zur Decke. „Bin grade ein bisschen durcheinander."

Tessa lächelte aufmunternd. „Na komm, eben warst du noch so energisch …"

Klare Anspielung auf gewisse Abhörtechniken. Bewirkte aber, dass sich ihre Miene wieder erhellte. Trotzdem fühlte sie eine gewisse Anspannung, als Tessa Band drei aufschlug und mit dem Zeigefinger die Liste abstrich.

„Kein Friedrich Spillmann", verkündete Tessa, und Gitti atmete erleichtert auf.

„Mal sehen, wie es bei Körners aussieht!" Kaum ausgesprochen hatte Tessa auch schon umgeblättert und staunte: „Oh je, Leos wie Sand am Meer!"

„Bringt uns jetzt auch nichts", resümierte Gitti.

Im Prinzip musste Tessa ihr zustimmen. „Okay. So kommen wir nicht weiter", erklärte sie rigoros und steuerte umgehend auf die nette Archiv-Mitarbeiterin zu.

„Nicht fündig geworden?" Dieser schien es leid zu tun, dass sie keinen Erfolg verzeichnen konnten. „Wissen Sie, ich hatte auch mal so einen Fall in der Familie …" Den Rest ließ sie im Raum hängen. „Versuchen Sie es doch mal beim Einwohnermelde-

Archiv."

Tessa war überrascht, dass es ein solches gab. „Wo müssen wir da hin?"

Die nette Frau lächelte verschwörerisch. „Einfach zum Einwohnermeldeamt im Rathaus. Wenn Sie sofort hinfahren, melde ich Sie beim Kollegen Winterscheidt an, dann brauchen Sie vor Ort keine Nummer ziehen und können direkt zu ihm durchgehen."

Tessa und Gitti waren ihr mehr als dankbar. Mit Hilfe in dieser Form hatten sie beide nicht gerechnet.

„Dann wünsche ich Ihnen viel Erfolg!"

***

Etwa eine halbe Stunde später durften sie sich über eine weitere, völlig unbürokratische Amtshilfe wundern. Herr Winterscheidt erwartete sie bereits und winkte sie tatsächlich an der mürrischen Menschenschlange vorbei zu einem abgetrennten Bereich, in dem sein Schreibtisch stand.

„Ich gehe richtig in der Annahme, Sie sind die Damen mit der Familienzusammenführung?", vergewisserte er sich freundlich.

Gitti nickte sprachlos. So einen netten Verwaltungsangestellten hatte sie noch nie erlebt.

„Sind wir", bestätigte Tessa und schenkte ihm ein gekonntes Lächeln. „Meine Freundin hat erst vor ein paar Tagen erfahren, dass sie eine Schwester hat. Kennt aber weder deren Namen noch gibt es irgendeinen Hinweis, wie man sie findet." Sie machte eine wohl überlegte Pause, damit der durchaus sympathische Amtmann Zeit hatte, jedes Wort zu verinnerlichen, und stieß Gitti an.

Jetzt sag doch auch mal was!, suggerierte sie ihr ohne Worte, aber mit den Augen in aller Deutlichkeit.

Gitti erklärte ihm nun kurz die Hintergründe. „Sie sind quasi meine letzte Hoffnung!"

Herr Winterscheidts Gesicht spiegelte Mitleid.

„Gut, dann brauche ich Ihren Personalausweis und ein formloses Schreiben, *welche* Person, bitte mit Geburtsdatum, warum von Ihnen gesucht wird." Dazu reichte er Gitti ein Blatt weißes Papier und einen Kugelschreiber.

„Was soll ich denn da schreiben?", fragte Gitti wie ein Kind, das mit seinen Hausaufgaben nicht klarkam. „Ich kenne doch den Namen gar nicht."

„Anhand der wenigen Fakten empfehle ich, die Daten Ihres Vaters anzugeben. Dazu die letzte bekannte Adresse, und die damaligen, sofern bekannt. Ich kann nichts versprechen, aber eventuell damit die Verbindung zu einer möglichen Tochter einsehen. Mit dem formlosen Brief erteilen Sie mir den Suchauftrag."

Als er Gittis verwirrten Blick auffing, fügte er hinzu: „Es gibt auch Leute, die wollen nicht gefunden werden."

Gitti tat sich schwer, ihr Anliegen dementsprechend in Kurzform zu verfassen. Tessa half ihr.

„Prima." Herr Winterscheidt legte den Bogen vor sich auf den Schreibtisch und schrieb sich das für ihn Relevante auf einen Zettel. Mit dem in der Hand stand er auf. „Warten Sie bitte hier, kann allerdings etwas dauern!" Damit verschwand er hinter der Trennwand.

„Nett ist er ja", schwärmte Gitti, „und was für ein Hintern …"

„Also bitte, ja?!", sprach Tessa wie eine Mutter, kicherte aber wie ein Teenie. „Du hast Alwin!"

„Man wird doch mal gucken dürfen!"

„Meinetwegen darfst du noch viel mehr!"

„Ja, ja, Tess, ich weiß, du gönnst mir meinen Alwin nicht."

„Falsch!", korrigierte die sofort. „Ich gönne Dich ihm nicht! Kleiner Unterschied!"

Nach circa zehn Minuten kam Herr Winterscheidt zurück. „So, meine Damen, ich bin tatsächlich fündig geworden …" Geheimnisträchtig überflog er noch einmal die Angaben, als müsse er sicher gehen, dass alles ordnungsgemäß ablief. Dann nahm er wieder einen Zettel, schrieb etwas darauf, und reichte ihn Gitti.

„Bitte sehr", er lächelte verheißungsvoll, „ich denke, damit kommen Sie weiter."

Gitti kniff die Lider zusammen, als könne sie nicht richtig lesen.

„Marie-Claire Wilde. Geboren am 10. März 1957 in Krefeld."

„Die Dame, um die es Ihnen geht!", erklärte Herr Winterscheidt mit fester Stimme. „Verzogen in 1962 von Krefeld nach Gütersloh."

Marie-Claire Wilde. Der Name drehte in Gittis Ohren eine Endlosschleife, dass sie nicht einmal Tessas Erkundigung nach dem weiteren Verlauf mitbekam.

„Heißt also, wir müssen uns nun postalisch ans

Gütersloher Amt wenden?" Eigentlich hatte Tessa sofort das richtige Ergebnis erwartet.

„Am besten direkt ans Meldearchiv, genau wie hier", betonte Herr Winterscheidt höflich. „Mein Rat: Rufen Sie vorher beim Amt an, lassen sich Gebühr und Bankverbindung durchgeben und überweisen, dann geht es schneller. In der Regel wird eine Auskunft erst nach Geldeingang erteilt."

Mit diesem wohlgemeinten Hinweis und den aufgeschriebenen Daten entrichtete Gitti nun die entsprechende Gebühr auch bei Herrn Winterscheidt und erhob sich zeitgleich mit Tessa zum Gehen.

„Dass in diesem Land die Ämter nicht miteinander verbunden sind, werde ich nie verstehen", seufzte Tessa und verabschiedete sich mit ausgestreckter Hand.

„Soll ich Ihnen was sagen?" Er grinste verschmitzt. „Ich auch nicht! Trotzdem viel Erfolg!"

***

„Wieso Wilde und nicht Spillmann?"

Gitti nagte an den Fakten, war inzwischen durchaus geneigt zu glauben, das Ganze sei alles doch nur ein Missverständnis.

„Vielleicht war dein Vater gar nicht mit Marie-Claires Mutter verheiratet", wies Tessa eine nahe liegende Möglichkeit auf. „Aber werden wir ja noch erfahren. Nur blöd, jede Stadt einzeln anschreiben zu müssen. Wer weiß, wie viele das am Ende sind."

Noch während sie durch das Foyer liefen, beschäftigte Tessa sich in Gedanken bereits mit dem Schrieb für Gütersloh. Hätte sie in dem kleinen

Moment der Unaufmerksamkeit nach vorn geschaut, statt auf das Papier in ihrer Hand, wäre sie dem nun Unvermeidlichen noch entkommen. So aber stieß sie mit dem Mann, der gerade durch die Eingangstür trat, frontal zusammen, bevor Gitti eine Warnung ausstoßen konnte.

„Hoppla", amüsierte sich eine wohlklingende Stimme und das dazugehörige dunkle Augenpaar funkelte belustigt, „ich muss wohl unwiderstehlich wirken, wenn Sie mir so direkt in die Arme fallen."

„Wie bitte?!" Was bildete sich dieser Affe ein? Erst jetzt sah Tessa ihm voll ins Gesicht und wurde schlagartig blass. Das strahlende Zahnpastagebiss vor ihr gehörte niemand anderem als Jobst Birnbaum, dem Mann mit dem gewissen Titel.

Während sie verzweifelt nach einem Ausweg aus dieser vermaledeiten Situation suchte, taxierte sein Blick sie von oben bis unten.

„Na, gefunden, was Sie suchen?" Das kleine Teufelchen in ihr fuhr erst recht seine Waffen aus, weil er so gar kein Anzeichen des Erkennens aufwies.

Gitti wunderte sich über Tessas barschen Ton, sagte jedoch nichts.

Der Mann lächelte nach wie vor, als könne ihn nichts aus der Ruhe bringen. „Ehrlich gesagt weiß ich gar nicht, ob ich etwas gesucht habe", konterte er mit einer Gelassenheit, die Tessa noch mehr auf die Palme brachte. „Aber wenn ... ist mit gerade garantiert die Lust darauf vergangen."

Das war ja wohl die Höhe! „Ach, tatsächlich?" So hochmütig, wie es ging, warf sie den Kopf in den Nacken. „Da bin ich aber froh!"

Plötzlich änderte sich sein Blick. Irgendetwas an ihrer Bewegung hatte ihn nun offenbar doch stutzig gemacht.

„Entschuldigung, aber ...", in seinem durchaus attraktiven Männergesicht bildete sich eine Reihe von Fragezeichen, „sind wir uns vielleicht schon mal irgendwo begegnet?"

Betrachtete er die alte, durchgelegene Matratze zwischen Regalen und Einmachgläsern im Schrebergartenhäuschen seiner Oma als „irgendwo", bitte sehr! Im Stillen rechnete Tessa mit ihm ab: Fünfzehn Minuten Süßholz raspeln, dreißig Sekunden, um ihr die Kleider vom Leib zu reißen, wobei der blöde BH-Verschluss auch noch hakte, eine Minute dreißig Durchdringen der Schallmauer und drei Minuten Vortrag, was für ein toller Hecht er war. Die Serie endete mit einem selbstherrlichen: „Melde Dich, wenn Du mal wieder Bock hast!"

„Kann schon sein", ging sie in die Offensive, „aber wenn, dann höchstens flüchtig!" Sie betonte das mit dem „flüchtig" extra, aber es sah nicht aus, als habe er verstanden. Nun gut, setzte sie eben noch einen oben drauf. „Das Antlitz eines gut aussehenden Mannes vergesse ich eigentlich nicht."

So, das saß hoffentlich da, wo es hingehörte!

Gittis entsetzter Blick glich einem Fisch mit Schnappatmung. Sag mal, spinnst du?, stand darin.

Gitti konnte ja auch nicht ahnen, mit wem sie es hier zu tun hatte, und aufklären würde sie die Lage erst, wenn der Herr sich endlich weit genug entfernt hatte.

„Oh lala!" Alles, was Tessa erntete, war ein schallendes Lachen, als beginne ihm die merkwürdige Konversation regelrecht Spaß zu machen. „Da bin ich wohl am falschen Tag am falschen Ort einer richtigen Giftnudel begegnet!"

Tessa merkte, wie sich ihre Nackenhärchen aufrichteten. „Vielleicht bin ja ich am richtigen Tag am richtigen Ort einem falschen Fuffziger begegnet!"

Gitti neben ihr wurde immer kleiner, schaute mit beschämter Röte nach allen Seiten, als wolle sie sich vergewissern, dass kein unbeteiligter Passant etwas mitbekam.

Sein Interesse schien erwacht. „Okay, eins zu null für Sie", gab er sich sinnbildlich geschlagen. „Ich bin für Waffenstillstand und verzeihe Ihnen auch gerne das kleine Malheur."

„Sie verzeihen mir?" Tessa glaubte, nicht richtig zu hören.

„Ja, wem denn sonst?", kam es prompt zurück, während die dunklen, fast magisch wirkenden Augen sie immer intensiver musterten. Doch dann erstarrten sie jäh und er schlug sich in einem fragwürdigen Anfall der Erleuchtung die Hand vor die Stirn. „Teresa?! Teresa Marquardt?"

Was, der wusste noch ihren Mädchennamen? Tessa bemühte sich, ihr Erstaunen nicht zu zeigen und lachte zynisch. „Der Kandidat hat hundert Punkte!"

Von jetzt auf gleich fiel sämtliche Belustigung von ihm ab. „Teresa!", wiederholte er mit hilfloser Ungläubigkeit.

Mit einem spöttischen: „Herr Birnbaum, ich empfehle mich!" ließ sie die kürzeste Liebe ihres Lebens im Rathausfoyer stehen und zerrte Gitti am

Arm hinaus, als sei der Teufel hinter ihr her.

***

„Was bitte war das gerade?", fragte Gitti, als sei die Straßenbahn nicht über die Sankt-Anton-Straße, sondern direkt hinter ihr über den Platz gedonnert.

„Okay, okay, ich gebe zu, ich war nicht unbedingt nett zu ihm", begann Tessa, doch Gitti fiel ihr ins Wort.

„Nicht *nett*?" Unüberhörbar, Gitti verstand die Welt nicht mehr und war voller Mitgefühl für den armen Jobst. „Du warst biestig, aber sooo was von!!! Dabei warst Du es doch, die ihn umgelaufen hat! Und dann kennst du ihn auch noch?"

„Sagen wir mal so, es gab eine Zeit, da glaubte ich, ich kenne ihn", erwiderte Tessa ohne schlechtes Gewissen. „Aber das ist verdammt lange her und können wir getrost ganz schnell wieder vergessen!"

Erst jetzt schien auch bei Gitti der Groschen gefallen. „Willst du damit andeuten, er ist der legendäre „Zwanzig-Minuten-Mann"?"

„Ja", erwiderte Tessa knapp. „Aber nur, damit du jetzt Ruhe gibst. Ich will nämlich nicht weiter über den Kerl reden!"

„Mir scheint, da gibt es noch einiges aufzuarbeiten."

„Quatsch!", wetterte Tessa eine Spur zu schnell und vor allem zu laut dagegen.

***

Erst am Abend auf der Couch vor dem Fernseher

fand Tessa Zeit, Resümee zu ziehen. Es gab Tage, da blieb man besser im Bett. Und genau heute wäre so einer gewesen! Da machten auch die Sonnenstrahlen und die lauen Temperaturen nichts wett. Erst der Anruf von Udo, dann der Supergau im Rathaus und gerade eben erst die Nachricht von Benni, der ihr nahelegte, sich nicht zu wundern oder gar aufzuregen, wenn er später Lara mitbrachte. Die und Corinna würden demnächst häufiger bei ihm nächtigten. Abwechselnd, versteht sich!

Tessa wollte nicht glauben, was sie da las. Erst recht nicht, als der Herr Sohnemann die Sachlage mit einem: *„Ich kann nichts dafür, bin eben der Sohn meines Vaters!"* klarstellte.

Wieso bitte lief ausgerechnet heute diese dumme Liebesschnulze, wo sonst nur Müll im Fernsehen kam? Tessa saß mit angezogenen Beinen, eingemummelt in ihre Wolldecke, auf der Ledercouch und langte nach dem nächsten Papiertaschentuch. Heute fühlte sie am eigenen Leib die Qual der gehörnten Hauptdarstellerin mit. Männer waren eben alle gleich! Da konnte sie Udo, Benni, Alwin und den Zwanzig-Minuten-Jobst in einen Sack stecken und egal wo draufhauen ... getroffen wurde immer der Richtige. Selbst Gittis Vater sorgte für Verdruss, und das über ein halbes Jahr nach seinem Ableben. Marlies Spillmann war nicht gerade zu beneiden.

Tessas Meditation wurde durch das Aufreißen der Wohnzimmertür jäh unterbrochen.

„Hey Mama, bin wieder da!" Benni übertönte den Fernseher bei weitem. „Haste noch was zu essen? Wir ham 'en Bärenhunger!"

Hinter ihm zeigte sich das schüchterne Gesicht Laras. „Guten Abend, Frau Hofnagel!"

Ups, ein Mädel mit Manieren! Corinna und Konsorten hatten bisher jedenfalls nicht für nötig befunden, Bennis Haushälterin zu begrüßen.

Wohl gesonnen drehte Tessa den Kopf. „Guten Abend, Lara! Nett, dich wiederzusehen."

„Ja, ja, Mama, ist gut", beendete Benni den gerade erst begonnenen Smalltalk schon wieder, als befürchte er, sie könne ein Wort zuviel sagen. „Was is' nu? Gibt's noch was oder nicht?"

„Werter Sohn, nicht in diesem Ton!", murrte Tessa. „Du kennst den Weg zum Kühlschrank. Und ja, es ist noch genug da. Wenn ich mich recht entsinne, wolltest du gegen halb sechs zu Hause sein?"

„Ja, sorry, man!", ertönte die übliche Ansage von seinem Entschuldigungsspeicher. „War halt noch bei Jacky. Wichtiger Termin!"

Mit der Wasserpfeife am Fenster hängen? Außerordentlich wichtig, klar! Da musste das frisch zubereitete Essen von Mama selbstverständlich warten.

Das junge Paar verschwand in die Küche und Tessa richtete ihr Augenmerk wieder auf den Film. Der wurde allerdings schon zum hundertsten Mal von einem dieser unendlichen Werbeblöcke unterbrochen. Die Taschentuchpackung in ihrer Hand wartete darauf, dass es weiterging.

„Was ist denn das für'n Scheiß?", hörte Tessa Benni in der Küche maulen, schon stand er neben der Couch. „Mama ...?"

Selbst in der spärlichen Beleuchtung bemerkte sie,

dass sämtliche Farbe aus seinem Gesicht gewichen war. Doch bevor sie dazu kam, sich ernsthaft Sorgen zu machen, sichtete sie den Papierbogen in seiner Hand und ohrfeigte sich im Stillen, dass sie das Schreiben von Udos Anwalt auf dem Küchentisch vergessen hatte, nachdem sie es sich am Nachmittag noch einmal zu Gemüte führte. Sah ganz danach aus, als sei auch ihr Herr Sohn jetzt mal wieder ans Lesen gekommen. Offensichtlich wartete er auf eine Erklärung, ließ Lara Lara sein und setzte sich sogar neben sie auf die Couch.

„Was soll ich sagen, Benni?" Ja, genau ... was sollte sie ihm sagen? Dass sein Vater ein Arschloch war?"

„Dass der Alte so bescheuert ist! Und das lässt du dir bieten?"

Sorry, Udo, aber diese Meinung hat sich dein Sohn ganz ohne mein Zutun gebildet.

Trotzdem frohlockte Tessa innerlich, dass Benni offensichtlich mehr Verstand besaß als sein Vater.

„Was soll ich deiner Meinung nach machen?"

„Na, auch zum Anwalt!", schoss es wie aus der Pistole zurück.

„Könnte ich, ja ..." Tessa fand es müßig, sich mit dem Gedanken auseinanderzusetzen. „Es würde nur nicht viel bringen."

„Versteh ich nicht!" Offenbar reichte Bennis Argwohn noch nicht ganz so weit wie ihrer.

Mit den Augen verfolgte Tessa, wie die Frau im Film zu ihrem Cabriolet rannte und sich hinter das Steuer warf. Bevor sie mit einem Affenzahn davonpreschte, ließ sie extra für ihren Märchenprinzen, den sie gerade mit einer bösen Fee beim *Naschen* erwischt hatte, die Reifen auf dem Kies durchdrehen.

Im Geiste sah sie sich selbst in dem Wagen sitzen und schadenfroh lachen, wie Udo sich durch die Staubwolke hustete. Leider rüttelte die Realität an ihrem Oberarm. „Mama?"

Benni würde jetzt keine Ruhe mehr geben.

„Also gut, Benni. Papas Anwalt schreibt, ich solle einem Verkauf der Wohnung zustimmen und Miete zahlen. Mein Anwalt würde zurückschreiben, dass ich weder einem Verkauf zustimme noch Miete zahle. Mit dem Resultat, dass „nette" Schreiben hin und her gehen. Und wer lacht sich am Ende ins Fäustchen? Die Anwälte. Denn jeder Wisch kostet. So sieht das aus!"

„Ach, der Hering ist 'ne Flasche!", setzte Benni unheimlich klug dagegen.

„Die Flasche ist ein Freund deines Vaters."

„Aber der kann uns doch trotzdem nicht einfach hier rauswerfen! Ich meine, was wird denn dann aus mir? Muss ich dann etwa zu denen ziehen?" In seinen Augen spiegelte sich echte Besorgnis.

„Nur, wenn du möchtest."

Benni fuhr hoch. „Aber Mama!"

„Ja, was?"

„Hört sich an, als willst du mich loswerden!"

Das war der Moment, in dem Tessa den Tonregler vom Fernseher nach unten fuhr. Ganz ausschalten wollte sie nicht, dafür war sie viel zu neugierig, was Rosalie unternahm, um sich an Michael zu rächen.

„Ich dich?" War sie jetzt wirklich zu weit gegangen? „Bestimmt nicht!"

„Okay", sagte er, sofort wieder beruhigt, „dann

lass mal überlegen."

„Es gibt nichts zu überlegen!", wiederholte Tessa und versuchte sich ihren brodelnden Ärger nicht anmerken zu lassen. „Ich habe kein Geld, um es einem Anwalt in den Rachen zu schieben. Also sitze ich die Situation erst mal weiter aus."

„Und was, wenn Papa vor Gericht geht?"

Jetzt musste sie unwillkürlich schlucken. Bennis Gedankengänge waren hart. Andererseits hilfreich, sie zu kennen. Durchaus möglich, dass sie einer genetischen Veranlagung entstammten.

Trotzdem ließ sie sich nicht beirren. „Dann ist immer noch Zeit, mir rechtlichen Beistand zu besorgen."

Einen Moment herrschte nachdenkliche Stille. Reichlich ungewöhnlich für Benni, sie auszuhalten. Ein Zeichen, dass er sich horrende Zukunftsvisionen ausmalte.

Schließlich war es ein leises Räuspern von der Tür her und Laras schüchternes Stimmchen, das sie ihre Sprache wiederfinden ließ. „Ähem, Frau Hofnagel?"

„Komm, setz dich her zu uns, Lara", lud Tessa sie freundlich ein. Sie mochte das Mädchen, das so ganz anders auftrat als die anderen, die Benni sonst anschleppte. „Hast ja sicher schon einiges mitbekommen."

„Ich ... ähem ... wollte nicht lauschen. Wirklich nicht!", entschuldigte Lara sich sofort und eine feine Röte überzog das hübsche Gesicht. Sie setzte sich neben Benni, der wie schützend seinen Arm um sie legte, was Tessa fast schon ein wenig neidisch machte. Sie selbst wurde ja von ihrem Mann nur noch *auf* den Arm genommen.

Eigentlich ein hübsches Pärchen, was sich ihr darbot. Für den Bruchteil einer Sekunde schwelgte sie in Erinnerung und das, noch jungenhafte, Gesicht eines Jobst Birnbaum schob sich vor ihre Linsen.

War es ihr Fuß oder Bennis am Tischbein, der einen dumpfen Laut verursachte und dadurch das Bildnis wieder in seine Einzelteile schrumpfte? Egal, sie war dem Fuß unangefochten dankbar.

„Mein Paps ist Rechtsanwalt", sprach Lara klar und deutlich eine Empfehlung aus. „Der würde Ihnen sicher helfen."

„Hey, wieso weiß ich davon bisher nichts"; feixte Benni sofort wieder frohen Mutes und kniff ihr in die Seite.

„Hast mich ja nicht gefragt", wieherte Lara, voll damit beschäftigt, sich seine kitzelnden Finger vom Leib zu halten.

Tessa dagegen überlegte, was sie mit der sicherlich gut gemeinten Information des Mädchens anfangen sollte. „Ist lieb von dir, Lara, aber ich denke, auch dein Vater wird nichts anderes in der Sache tun."

„Woher willst du das wissen?", bekam sie sogleich von Benni ein aufgebrachtes Contra. „Weißt du, was ich langsam glaube?" In seinen Augen tanzten wütende Funken. „Du willst gar nicht kämpfen! Du lässt lieber alles schleifen! So, wie du es immer gemacht hast."

Nicht mal Lara schaffte, ihn zurückzuhalten, als er erzürnt vom Sofa sprang. Kurz darauf knallte die Zimmertür mit dermaßen Wucht in die Zarge, dass sämtliche Gläser im Schrank klirrten.

Fast lautlos ging Lara ihm nach. Zurück blieb eine

Tessa, der sämtliches Blut aus den Adern gewichen war.

***

„Hör dir doch wenigstens mal an, was der Mann dazu sagt." Auch Gitti verstand nicht, warum Tessa sich so sträubte, wenigstens einen fachlichen Rat einzuholen. „Es zwingt dich doch niemand, ihm auch ein Mandat zu übertragen."

„Kostet trotzdem unnötig Geld!", stemmte Tessa zum wiederholten Male dagegen. Wieso wollte sie eigentlich keiner verstehen?

„Na und? Kann soviel wohl nicht sein!", äußerte Gitti mit überkluger Sicherheit.

Tessa wusste es besser. „Richtet sich nach dem geschätzten Streitwert. Was glaubst du denn?"

„Liegt es nicht in deinem Ermessen, was du angibst?" Gitti ließ sich nicht davon abbringen, dass Laras Vorschlag nicht nur nett, sondern überaus hilfreich war. „Wenn ich das richtig verstanden habe, käme ihr Vater dir kostenmäßig sogar entgegen?"

„Ja … nein … keine Ahnung!" Tessa raufte sich die Haare. „Der Mann kennt mich doch überhaupt nicht. Warum sollte er das tun? Und außerdem …" Sie stockte, ein gewisses Szenario eilte ihr voraus.

„Ja?"

„Was, wenn Benni und Lara sich zoffen? Beim derzeitigen Verschleiß meines Sohnes nicht abwegig. Ich meine …"

„Ja?" Mit engelhafter Geduld versuchte Gitti ihr zu folgen.

„Was ich eigentlich sagen will … ich weiß nicht, ob es dann so gut ist, wenn ausgerechnet der Vater einer seiner Exfreundinnen die schmutzigen Details aus unserem Familienleben kennt."

„Liebelein, du stehst dir wieder mal selbst im Weg!", befand Gitti kurzerhand. „Ein guter Anwalt kann und muss sogar gewisse Dinge trennen. Abgesehen davon, unterliegt nicht auch diese Spezies der Schweigepflicht?"

Nichts zu machen. Statt Gitti zu überzeugen, dass sie die Idee für keine wirklich gute hielt, gab die sich alle Mühe, ihr das Gegenteil einzureden.

„Weißt du was …", Gitti schien der Geistesblitz getroffen, „wir arrangieren bei mir ein nettes Abendessen im kleinen Kreis … hatte ich sowieso mal vor … und dann laden wir Benni, Lara und Papa Anwalt einfach dazu ein und … ja, das mache ich … die Clara von unten. Dann kannst du dich mit dem Mann völlig neutral und in aller Ruhe austauschen." Ihre Stimme überschlug sich in Hochstimmung.

„Und wenn du wüsstest, wo Marie-Claire ist, die wahrscheinlich auch noch", frotzelte Tessa.

Für den Bruchteil einer Sekunde fuhr ein Schatten über Gittis Gesicht. Dann aber lachte sie. „Natürlich!"

„Alwin wird vor Begeisterung schäumen!"

Gitti studierte den riesigen Wandkalender hinter ihrer Küchentür. „Wenn wir den Samstagabend in drei Wochen nehmen, schäumt Alwin höchstens auf Mallorca!"

Tessa zeigte Verwunderung.

„Darf ich dich daran erinnern, dass die Kegeltour ansteht. Dann hab auch ich mal sturmfreie Bude."

Gitti kicherte.

„Ach ja, richtig!" Tessa hatte diesen jährlichen Termin inzwischen nicht nur aus dem Kalender, sondern auch aus ihrem Kopf gestrichen. Sie musste es nicht mehr interessieren, ob und wie stark Udo dem Alkohol in der einen Woche zusprach. Damit durfte sich jetzt Stelzen-Susi befassen. Aber das Event bei Gitti ohne Alwins dumme Sprüche erleben zu dürfen, freute sie dagegen sehr.

„Du weißt doch", feixte Gitti, „ist der Kater aus dem Haus, tanzen die Mäuse auf dem Tisch!"

„Du hättest dich besser beim Planungsamt bewerben sollen", jetzt lachte auch Tessa, „dann würden mit Sicherheit manche überfälligen Dinge wesentlich schneller bearbeitet."

„Ich nehme das jetzt mal als Kompliment, meine Gute?"

„Sollte es sein, ja!"

Beide brachen in schallendes Gelächter aus.

Als sie sich wieder beruhigt hatten, beratschlagten sie den Ablauf des gewählten Termins.

Plötzlich spürte auch Tessa so etwas wie Vorfreude.

5

Dienstag, anderthalb Wochen später ...

Der Morgen der Aufnahmeprüfung begann schon so vielversprechend grässlich, wie Tessa die Nacht mit Schweißausbrüchen und Kopfschmerzen gekämpft hatte. Hinzu kam, dass ihre Nervosität mit jeder Minute wuchs. In Luft aufgelöst war die anfängliche Euphorie, geblieben die Angst zu versagen.

Der Termin war für acht Uhr anberaumt. Sie hatte also noch gut anderthalb Stunden Zeit, bis sie losmusste, war aber nicht in der Lage, wenigstens in Ruhe ihre gewohnte, morgendliche Tasse Kaffee zu trinken, ohne die sie normalerweise nicht richtig in Schwung kam.

Als nun auch noch der Smartphone-Vogel auf dem Kühlschrank zwitscherte, erschrak sie regelrecht.

„Bitte nicht!", stöhnte sie in der Annahme, es sei wieder einmal Udo. Warum sie das Ding nicht einfach liegen ließ, wusste sie selbst nicht.

Gott sei Dank zeigte sich nur ein lieb gemeintes **„*toi, toi, toi!*"** von Gitti, wahrscheinlich heimlich aus dem Badezimmer gesandt.

Tessa wusste, die Freundin glaubte an sie, traute ihr mehr zu, als sie selbst es tat. Allein das hauchte ihr wieder ein bisschen Zuversicht ein und sie dankte ihr mit einem zwinkernden Smiley mit rotem, kleinem Kussherzchen.

Tessa war froh, dass sie Gitti hatte.

Genauso wie Gitti froh war, dass sie Tessa hatte. In Sachen *gesuchte Schwester* war gestern die Antwort vom Einwohnermeldeamt Gütersloh gekommen. Dieses allerdings bedauerte und verwies an die nächste Stelle: Dortmund.

„Na, Mahlzeit!", schimpfte Tessa. „Wenn jede Stadt fast zwei Wochen für so eine mickrige Zeile braucht, haben wir Marie-Claire nächstes Jahr noch nicht gefunden!"

Aber weil ihr Gittis Enttäuschung ins Herz schnitt, setzte sie sich umgehend hin und formulierte den nächsten Antrag auf Auskunft. Gitti musste bloß noch die Gebühr überweisen und den Schrieb in den Briefkasten werfen.

Irgendwo in den Tiefen der Wohnung überdröhnte das Organ eines Rappers annähernd musische Töne, was bedeutete, dass Benni sich jeden Moment aus dem Bett schälte. Tessa brühte Tee auf und deckte den Tisch fürs Frühstück.

„Moin", nuschelte es da auch schon hinter ihr und Benni ließ sich laut gähnend auf den Stuhl fallen.

Seine Duftnote verursachte ihr Würgereiz. Doch Tessa hielt es für müßig, ihn darauf aufmerksam zu machen, dass sie eine Dusche besaßen. Brachte eh nichts außer unwürdigen Diskussionen und die waren an diesem Morgen das allerletzte, was sie brauchen konnte.

Im Gegenteil, sie musste etwas ganz anderes mit ihm besprechen. „Du, Benni, das Angebot ... also der Vorschlag mit Laras Vater ... ich habe mir das noch mal durch den Kopf gehen lassen ..."

„Schön", sagte er, nicht sonderlich interessiert.

„Was heißt das?" Tessa war nun wieder aus dem Konzept.

„Schön heißt eben schön." Er tauchte seinen Schlafzimmerblick in den Kannenrand. „Prima. Toll. Supi? Vielleicht darf ich ja erst mal richtig wach werden?"

„Lohnt sich das?", versuchte Tessa zu witzeln, wohl wissend, dass er heute Berufsschule hatte und jeglicher Unterrichtsstoff an seinem Bewusstsein sowieso vorüber flog.

Benni zeigte sich keineswegs gekränkt, grinste höchstens breit. „Na, zumindest für die Fahrt. Was in den unnötigen acht Stunden danach läuft, werd ich ja dann sehn."

Eindeutig Udos Humor! Im Zusammenspiel mit Bennis Schweißgeruch und kaltem Zigarettendunst die beste Voraussetzung zum Übergeben.

„Was'n los? Stimmt was nicht mit dir?"

Immerhin, es fiel ihm auf.

„Geht schon wieder. Danke." Tessa versuchte sich den Druck im Hals herauszuräuspern und sich wieder auf ihr eigentliches Thema zu konzentrieren. „Gitti hat vor, übernächsten Samstag ein leckeres Abendessen zu bereiten und den Vorschlag gemacht, dass du mit Lara daran teilnimmst ..." Sie stockte, wartete auf den ersten Einwand, wunderte sich, als nichts dergleichen kam und setzte schließlich hinzu: „Was meinst du ... ob Laras Vater dann auch ...?"

„Tante Gittis Ideen sind die besten", trällerte er wie ein Kanarienvogel mit Stimmbruch. „Macht man, der wird schon kommen."

Tessa war sich da weniger sicher. „Vielleicht hat er ja was anderes vor."

„Vielleicht ja. Vielleicht nein. Frag halt und gut is'!"

„Aber ich kenne den Mann doch gar nicht. Da kann ich doch nicht einfach anrufen und ihn bitten, zu kommen."

„Okay, Mama, hab verstanden. Ich sag Lara, sie soll ihn für dich fragen."

Sie haderte.

„Ist bestimmt kein Problem." Benni zuckte gleichmütig die Schultern. „Ich glaub, der ist nicht so kompliziert wie du."

„Danke!"

„Bitte."

„Würdest du mir dann eventuell auch noch Laras Namen verraten?"

„Klar."

Statt die Antwort zu geben, schlürfte er an seiner Tasse.

„Benni?

„Hä?"

„Ich höre ...?"

„Ach so, ja, äh, Wendt." Damit war offensichtlich dem heutigen Denken an Lara Genüge getan. „Nach der Penne fahr ich übrigens zu Big Old Daddy. Nur, dass ich's dir gesagt hab", verkündete er ohne Übergang, dafür mit der Toastscheibe zwischen den Zähnen."

„Wie kommt es?" Tessa schluckte unmerklich, dabei kannte sie den Grund mit Sicherheit besser als zurzeit ihren Sohn.

„Der will die Knolle sehn, regt sich auf wegen sooo 'ner Lappalie!"

Zu jeder anderen Zeit hätte sie ihn darauf

hingewiesen, dass es ganz darauf ankam, was man unter Lappalie verstand und auch ihres Erachtens das kontinuierliche Überschreiten vorgeschriebener Geschwindigkeitsbegrenzungen gewiss nicht dazu zählte. Jetzt nicht. Sollte Udo sich damit auseinandersetzen. Schließlich war der Führerschein samt kredenztem Auto auf seinem Mist gewachsen. Wäre es nach ihr gegangen, hätte Benni erst mal noch ein bisschen Reife sammeln dürfen.

„Ach so, noch was …", setzte der ungekürte Knollenkönig freimütig hinzu und rollte sich mit der Zunge die Marmelade von den Lippen, „nur damit es jaaa nicht wieder zu Missverständnissen kommt, ich bring nachher Corinna mit."

„Nicht dein Ernst!"

„Wieso?"

„Was ist denn mit Lara?"

„Was soll mit ihr sein? Kommt übermorgen." Die verblüffend unkonventionelle Antwort eines Zwanzigjährigen, der aus dem Vollen schöpfte, wo es ging.

„Findest du das fair?"

„Boah, Mama, nich' am frühen Morgen 'nen Vortrag jetzt! Solang die Lara nix weiß, is' alles im grünen Bereich."

„Keine Ahnung, welche Bereiche bei dir grün und rot sind. Es ist nicht okay, mit Gefühlen zu spielen." Tessa appellierte an seine Vernunft und ihre Erziehung. Vergebens.

Demonstrativ glotzte Benni auf sein Handy. „Oh Schitt, ich komm zu spät!", tat er erschrocken, haute die kaum angerührte Tasse mit dem Tee auf den Unterteller, dass es klirrte und sprang hoch. „Tschau

Mama, bis später! Und lass dir keine grauen Haare wachsen. Ich weiß schon, was mir guttut."

Kaum ausgesprochen, knallte auch schon die Wohnungstür ins Schloss.

Tessa saß da und betrachtete das Stillleben vor sich auf dem Tisch. Sie hatte das Gefühl, als seien ihr genau in den letzten zehn Minuten mehr graue Haare gewachsen als sonst in einem Vierteljahr. Ach, war es doch schön, als Benni noch brav auf dem Teppich saß und lautes „Töröö!" durch die Wohnung kreischte.

Zwar hatte er, später zu Pubertätszeiten, stur beanstandet, wie man auf den bescheuerten Gedanken kam, ihn nach einem Elefanten zu benennen, aber die ungezählten Male, ihm klarzumachen, dass dem nicht so sei und sein Vorname viel älter als das Zeichentricktier, waren längst nicht so anstrengend wie gegenwärtige Versuche, an seinen Verstand zu appellieren.

In ihre Erinnerungen versunken griff sie mechanisch nach Bennis Tasse. Der aromatische Früchtetee tat gut. Ihr Magen knurrte, aber etwas essen konnte sie auch jetzt nicht.

Wieder ein Blick zur Uhr. Immer noch eine Stunde Zeit. Sie musste irgendwas machen, sonst wurde sie noch verrückt. Nur was? Morgens um sieben den Staubsauger zu schwingen, dazu hatte sie auch keine Ambitionen. In einem Anfall von Neugierde holte sie ihren Laptop, wählte sich ins Netzwerk und suchte unter den Rechtsanwälten der Stadt den Namen Wendt. Bloß merkwürdig, dass es weder eine Webseite noch einen Kanzlei-Eintrag dazu gab. Ziemlich ungewöhnlich für ein florierendes

Unternehmen! Vielleicht war das der Grund, warum Laras Vater ihr so bereitwillig helfen wollte. Entweder, der Laden befand sich noch im Aufbau und freute sich über jeden Klienten oder er war längst dicht. Wobei letzteres die Frage mit sich zog, ob besagte Hilfe dann wirklich so segensreich für sie war.

Da sie weder fündig wurde noch spekulieren weiterhalf, musste sie ihre Neugier wohl oder übel zügeln.

Aber vielleicht kam Laras Vater ja auch gar nicht oder Benni richtete nicht aus, was er versprochen hatte. Was wiederum auch nichts Ungewöhnliches wäre.

Während Tessas Kopf sich noch mit der Frage beschäftigte, ob der Besuch von Laras Vater wirklich Sinn machte, taten ihre Finger bereits, was sie gar nicht tun sollten. Sie tippten „Jobst Birnbaum" in die Suchmaschine.

BINGO!!! Tessas Pupillen rollten ungläubig über den Bildschirm. *„Birnbaum & Seltenreich"*, flimmerte es unter Angabe einer Uerdinger Adresse vor ihr, *„Fachanwälte für Erbschafts-, Ehe- und Familienrecht".*

Ach, nee! Tillmann Seltenreich und Jobst waren mit ihr in dieselbe Abi-Klasse gegangen und schon damals dicke Freunde. Noch heute hörte sie den Spruch, mit dem Tillmann sich selbst aufzuziehen pflegte: „Allein mit Namen Seltenreich wird man wohl nur selten reich!"

„Ausgerechnet ihr zwei, und dann noch unter die Rechtsverdreher gegangen!", höhnte sie die wohlbekannten, an sich kaum veränderten Gesichter

– wenn sie von der Haarfarbe mal absah – im Kleinformat lächelnd, an. Das Original des Herrn Birnbaum wirkte ja schon beim Zusammenprall im Rathaus überaus belustigt.

Am liebsten hätte sie jetzt vorstehende Nummer angerufen und sich – selbstverständlich unter anderem Namen – erkundigt, ob die Herren auch Schmerzensgeld-Mandate für Frauen übernahmen, denen nach zwanzig Minuten große Liebe vorspielen willkürlich das Herz gebrochen worden war. Nur ihre, seit damals gottlob mitgewachsene Vernunft: *„Tessa, mach dich nicht lächerlich!"* hielt sie davon ab.

„Eigentlich müsstest du mir ja zur Strafe aus dem Schlamassel helfen!", murrte Tessa Jobsts Konterfei an und haute, im Zeichen momentan beschränkten Nachdenkens, einfach den Deckel runter. Zu spät wurde ihr bewusst, dass sie damit einen Systemabsturz verursachte.

„Scheiße!", schrie sie undamenhaft. Also, wenn der Tag schon so anfing, konnte er dann überhaupt noch schlechter werden? War jedenfalls kein gutes Omen für ihren bevorstehenden Termin.

Ehe sie die schützende Festung verließ, warf sie sich vorsichtshalber ein paar von den Baldrianteilen ein, die Udos vergessene Arzneikiste im Hängeschrank beherbergte. Die Frage, wofür er die gebraucht hatte, stellte Tessa sich mittlerweile nicht mehr. Sie war damit beschäftigt, gleichmäßig zu atmen. Das Wort „Aufnahmeprüfung" schwebte wie ein Damoklesschwert über ihrem Haupt.

87

***

Wie sich rund vier Stunden später herausstellte, hatte Tessa sich umsonst verrückt gemacht. Nun erfüllte sie ein tiefes Gefühl der Zufriedenheit. Die Masse gestellter Aufgaben aus verschiedenen Bereichen des Kaufmännischen Rechnens und dem Fach Deutsch mit so kleinen Gemeinheiten wie Rechtschreibung hatte sie mit Bravour gemeistert, da durfte sie sich jetzt auch mal richtig stolz fühlen. Wie versprochen schickte sie Gitti die kurze Nachricht, sei alles gut gelaufen war und sie könne nun Morgen, dem zweiten Prüfungsvormittag ohne Angst entgegensehen.

Die Sonne schien herrlich, hatte sämtliche Wölkchen am Himmel verdrängt, da machte sie sich keine Gedanken, warum Gitti, im Gegensatz zu ihren sonstigen Gepflogenheiten, nicht einmal ein Smiley schickte.

Kurzerhand beschloss Tessa, zum Stadtwald zu fahren, sich mit einer großen Apfelschorle auf eine der Bänke zu strecken und den lieben Gott einen guten Mann sein zu lassen. Was ihr dazu fehlte, war allerhöchstens noch eine gute Lektüre zum perfekten Entspannen. Und weil sie sowieso gerade mit dem Auto Richtung City unterwegs war, sprang sie schnell in ihre Lieblingsbuchhandlung.

Vielleicht lag der Griff zu dem Titel an ihrer Eile, vielleicht aber auch an der Hoffnung auf eine viel versprechende Bedienungsanleitung. Jedenfalls hörte Tessa auf die Empfehlung der netten Frau hinter dem kleinen Tresen und kaufte unbesehen den

Roman aus einem Genre, das sie sonst nie las: Frecher Frauen-Roman mit regionalem Flair.

Anschließend fuhr sie mit dem **„*Ehemann umständehalber abzugeben"*** auf dem Beifahrersitz direkt zum Stadtwaldhaus und freute sich auf ein paar Stunden des Abschaltens.

Na, wenn sie sich da mal nicht wieder zu früh gefreut hatte.

„Guten Tag, Teresa! Darf ich mich zu dir setzen?"

Tessa, alle Sinne gerade in ihrem neu erstandenen Roman bei Protagonistin Jule, die ihrer Schwiegermutter gerne ein Grundstück auf dem Mars reserviert hätte, sich vorwiegend allerdings mit der Ehe-Ausbruch-Methodik ihrer Schwägerin beschäftigte, machte vor Schreck eine kippende Bewegung nach hinten. Oh nein, bitte nicht der schon wieder!

Blitzschnell, bevor sie selbst die Situation überhaupt realisieren konnte, fühlte sie einen starken Männerarm im Rücken.

„Hoppla, musst nicht gleich von der Bank fallen, wenn du mich siehst!"

Tessa schoss das Blut bis zu den Haarwurzeln. Unterwegs begegnete es einer Hitzewelle, die in entgegenkommender Richtung unterwegs war. Das Zahnpastagebiss von Jobst Birnbaum dafür strahlte seelenruhig mit dem Fluor um die Wette. Was hatte sie bloß verbrochen, dass dieser Mensch auf einmal an allen Ecken auftauchte?

Ruckartig löste sie sich aus der schützenden Umklammerung. „Muss an deinem umwerfenden Charme liegen!" Sie gab sich alle Mühe, die Ironie darin besonders hervorzuheben.

„Das wird es sein!" Er grinste unbeirrt weiter. „Aber nett, dass ich dich davor bewahrt habe, mit dem Popo in den Dreck zu fallen."

Das war doch wohl die Höhe! „Also mal ganz ehrlich jetzt?"

„Aber immer doch!" Sichtlich neugierig wartete er auf ihren Nachtrag.

„Wärst du nicht gekommen, hätte ich mich gar nicht erst erschreckt. So sieht das nämlich aus, jawohl!"

„Ah, ich verstehe! Immer noch die biestige, kleine Madame?! Was lesen wir denn da?" Sein Blick fand den Buchtitel und der ließ ihn schallend auflachen. Doch dann wurde seine Miene ernst. „Es tut mir leid, ich wollte dich wirklich nicht belästigen, Teresa. Ich sah dich hier sitzen und dachte … ganz ohne Hintergedanken! … wir könnten mit einem Kaffee auf alte Zeiten anstoßen."

Mit einem Kaffee auf alte Zeiten anstoßen? Etwas Blöderes hatte sie noch nie gehört. Wobei ihr selber gerade nicht klar war, ob sich das auf den Kaffee oder mehr die alten Zeiten bezog.

Tessa, was ist los mit dir? Lass dir einen ausgeben und zeig ihm, was 'ne Harke ist!

„Also gut, setz dich! Die Bank gehört ja nicht mir", lenkte sie großmütig ein.

Offensichtlich musste er nun seinerseits überlegen, ob er das noch wollte, als ein lautes „Opa, Opa!" durch die Biertischreihen drang.

Tessa hatte sich schon im Stillen gefragt, wie Rechtsanwalt Birnbaum dazu kam, mitten am Tag im Stadtwald herumzugeistern statt in seiner Kanzlei zu sitzen, da kletterte die manifestierte Begründung mit triefendem Erdbeereis und unübersehbaren Matschflecken auf dem gelben T-Shirt einfach neben ihr auf die Bank.

„Hab Freundin 'funden!", johlte das blonde Schleckermäulchen. „Opa, daaa!" Es zeigte mit dem klebrig verschmierten Eisfinger Richtung Spielplatz.

„Ooopa?" entfuhr es Tessa überrascht. Diesmal war sie es, die grinste.

„Nun ja, man tut halt, was man kann", sagte er gelassen.

„Hast du dafür auch nur zwanzig Minuten gebraucht?", rutschte es ihr heraus und hätte sich am liebsten sofort geohrfeigt.

Dementsprechend fiel seine Mimik aus. Wahrscheinlich hielt Jobst Birnbaum sie jetzt für absolut durchgeknallt. Na, und? Sollte er doch!

„Keine Ahnung, war nicht dabei", folgte die süffisante Antwort auf den Fuß.

Der kleine Junge, Tessa schätzte ihn auf knappe drei, schaute sie forschend an. „Kennst du meinen Opa?"

Auch Tessa betrachtete das durchaus niedliche Kerlchen und zog im Stillen einen Vergleich zu Jobst. Beide hatten die gleichen Augen, extrem dunkel, eine fast magische Schwärze, und ebenso heimtückisch anziehend.

„Flüchtig", gab Tessa freundlich zurück.

Der junge Mann gab sich damit zufrieden, zog die kurzen Beinchen an, drehte sich auf der Sitzfläche, dass die Bank unter Tessa wackelte, und stob wieder von dannen.

Hatte sie damit gerechnet, Jobst gäbe ihr nach dieser Bemerkung jetzt etwas Passendes zurück, so sah sie sich getäuscht. Dafür pries er ohne Übergang den Spielplatz an. „Ist das nicht perfekt hier!? Die Kinder können sich austoben, niemand stört sich daran und selbst kann man auch mal ein bisschen die Ruhe genießen und hat trotzdem den Überblick. Wir kommen immer gerne hierhin."

„Wir?", entfleuchte es Tessa. Schon wieder war ihr Mund schneller als ihr Gehirn.

„Mäxchen und ich", erklärte Jobst bereitwillig und ohne Verwunderung. „Dienstag ist bei uns ab mittags immer Opatag."

„Das heißt, du bist jeden Dienstag hier?" Natürlich fragte sie das nicht aus Neugierde, sondern um weiteren Zusammenkünften gezielt aus dem Weg zu gehen.

„Mal mehr, mal weniger", gab Jobst zurück, „im Augenblick halt etwas mehr!"

Damit konnte sie jetzt unheimlich viel anfangen! Doch sie verbot sich, weitere Fragen zu stellen. Nachher bildete er sich noch was ein.

„Und du?", bekundete er sichtlich Interesse. „Ich meine, wie ist es dir so ergangen? Sind ja doch ein paar Jährchen her, dass wir ...!"

Nanu, ein Jobst Birnbaum wusste nicht mehr, was er sagen sollte? Sie bemerkte die lustigen Sprenkel in seinen Augen. Amüsierte er sich etwa über sie? „Jaaa? Was?", forschte sie gefährlich leise.

„Schon gut!", schwenkte er um mit einem Lächeln, bei dem Tessa sich fragte, in welchem Katalog er sich das bestellt haben mochte.

„Weißt du was, ich besorg uns jetzt Kaffee und ein Stück von dem köstlich aussehenden Apfelkuchen, den sie hier heute im Verkauf haben. Du magst doch?"

Eine sanfte Bitte um Waffenstillstand? Hätte ihr heute Morgen jemand prophezeit, dass sie jetzt ausgerechnet mit Jobst Birnbaum hier sitzen und Konversation betreiben würde … sie wäre wahrscheinlich mit Brechreiz ins Bad geflüchtet.

„Ja, gern", hörte sie sich zu ihrer eigenen Überraschung sagen. Und warum war sie nicht in der Lage, ihre Augen von seinem maskulinen Rücken und dem durchaus verheißenden Hinterteil zu lösen, während er sich Richtung Stadtwaldhaus entfernte?

Der Biergarten füllte sich und somit wurde auch der Andrang beim Verkaufsstand immer mehr. Es dauerte ein Weilchen, bis Jobst mit einem großen, beladenen Tablett zurückkam. Unterwegs versorgte er Mäxchen mit einem weiteren Eis, der damit sofort wieder auf den Spielplatz düste.

„Hm, das sieht ja wirklich lecker aus!", freute Tessa sich, als er ihr das große Stück mit Sahne vor die Nase stellte.

Schön, dass du auch mal lächelst, sagte sein Blick, und sie schämte sich sogar ein bisschen für ihre Biestigkeit. Also holte sie jetzt ihr schönstes Strahlen aus der Tasche und betonte nachhaltig: „Das ist wirklich lieb von dir, daaan…" Jäh erstarb ihr das Wort auf der Zunge. Udo! Auch das noch! Mit Bierhumpen in der einen Hand, irgendeinem Teenager an der anderen, steuerte er geradewegs auf sie zu.

Tessas erster Impuls: Abhauen, und zwar schleunigst! Der zweite: Der kann mich mal!

Das Augenmerk suchend auf zwei etwaig freie

Plätze im Getümmel gerichtet, näherte er sich zunehmend ihrem Tisch. Allein sein Gang bebte Tessa plötzlich wie das schwere Watscheln eines Elefanten in den Ohren. Unwillkürlich duckte sie sich, als sei ihr etwas heruntergefallen.

„Nanu, was ist denn *jetzt* los?" Natürlich hatte Jobst das Erstarren ihrer Miene mitbekommen. „Siehst aus, als würde dir der Direktor deiner Bank gerade höchst persönlich den Kredit kündigen."

„Schlimmer ..."; hüstelte Tessa aus der Tiefe.

„Du sollst in einem Rutsch zurückzahlen?"

„Mir ist grad wirklich nicht nach Witzen zumute!", fluchte sie, versucht leise.

„Das muss man dir lassen, Teresa Marquardt, bist zu einer geheimnisvollen Frau geworden!"

Sie hörte das Stechen einer Gabel auf Porzellan. Das unvorhergesehene Kompliment aus seinem Mund, wenn es denn eines war, ließ sie wieder in die Senkrechte fahren. „Blödsinn, es gibt halt nur auch noch andere Teile meines Körpers, für dessen Einblick du einfach zu sehr unter Zeitdruck gestanden hast."

„Oh, *wen* haben wir denn *daaa*!?" Udos Schatten legte sich über die Tischplatte. „Was für ein netter Zufall!" Der essigsaure Unterton in seiner rauchigen Stimme war nicht zu überhören.

In Tessas Suppenkessel brodelte es gewaltig. *Nett?* Ihr wäre der Bankdirektor wesentlich lieber gewesen. Außerdem fand sie es peinlich, wie provokant Udo Jobst musterte. Wo war das Mädchen an seiner Seite abgeblieben?

„Ah, ich schließe mal aus Ihrer netten Begrüßung, dass Sie Teresas Ehemann sind?", erkundigte sich

Jobst, vollkommen unüberrascht, dafür mit ironischer Freundlichkeit.

„Mehr der zukünftige Ex!", stellte Tessa richtig und das so abweisend und genervt, dass er mit diesem Satz gleich vollen Bescheid erlangte. Obwohl es ihn ja eigentlich gar nichts anging.

Innerlich gewappnet wartete sie bereits auf einen von Udos dummen Sprüchen, die er sonst immer so gekonnt einsetzte. Doch diesmal nichts dergleichen. Stattdessen winkte er mit einem lauten: „Suuusi, hiiier!" die kurz geschnittene Blondine heran, deren Blick dümmlich verlassen in der Gegend umherschweifte.

Was Tessa aus der Entfernung für einen Teenager gehalten hatte, entpuppte sich nun als etwa fünfundzwanzigjährige, schlaksige Bohnenstange auf waghalsigen High Heels, mit denen sie über den Kies stöckelte, als trete sie zwischen rohen Eiern.

„Das ist also Susi-Schätzchen?", bemerkte Tessa teils angewidert, teils belustigt.

Udo kam nicht dazu, etwas zu erwidern. „Sag mal, wieso haust du einfach ab?", bombardierte ihn das blonde Gift ungehalten, kaum dass es neben ihm stand. Es folgte ein fragender Blick auf Tessa und Jobst. „Oh, du hast Bekannte getroffen?" Es war klar, sie erwartete, vorgestellt zu werden.

Udo räusperte sich wie in einem Anflug von Verlegenheit. „Ja, ähm, meine Frau Tessa ...", dann ein abschätzender Seitenblick zu Jobst, „und ihr Neuer."

Wie bitte? Da hatte sie sich jetzt doch hoffentlich nur verhört! Tessa merkte, wie der Kessel langsam überkochte. „Also erstens, mein Guter, bin ich die längste Zeit deine Frau gewesen ..." Pah, hörte sich das nicht toll an? Und es war noch nicht einmal gelogen! „Und zweitens ist Jobst nicht mein Neuer, wie du ihn so gekonnt abfällig titulierst!"

„Sondern?"

„Ein Juwel aus der Vergangenheit!" mischte Jobst sich wieder ein und grinste erhaben. Tessa konnte seinen Augen ablesen, was er bereits nach den wenigen Minuten von Udo hielt.

Mit Wonne registrierte sie das Farbspiel in dessen Gesicht. Was plusterte Udo sich hier auch so auf? Im Stillen beneidete sie Jobst um seine Gelassenheit und wenn sie ehrlich zu sich selbst war, musste sie zugeben, sie war froh, ihn genau jetzt und hier an ihrer Seite zu haben. Nur das mit dem „Juwel" würde sie bei Gelegenheit noch mit ihm zu klären haben.

„Na ja", lenkte Udo etwas freundlicher ein, als habe ihm jemand den *Anständig-benehmen!*-Knopf gedrückt, „die Hauptsache ist ja auch, dass man sich gut versteht, nicht wahr?! Wir dürfen uns trotzdem zu euch setzen?"

„Ist das nötig?", zischte Tessa.

„Warum denn nicht? Schließlich bist *du* es doch, die ständig sagt, wir sollen uns wie zwei vernünftige Erwachsene an einen Tisch setzen."

Das war der Punkt, wo sie ihm wahnsinnig gern eine gepfeffert hätte. Mitten in sein gefällig breites Grinsen.

Doch dann zog er es offenkundig vor, sich von seiner besseren Seite zu zeigen. „Lass gut sein, Tessa, ich will gar keinen Streit hier. Unsere persönlichen Differenzen regeln wir besser unter uns."

Ach! Grundsätzlich eine gute Einstellung. Die Frage war nur, wo er die auf einmal herhatte.

Susi-Schätzchen zeigte eine schlagartige Blässe. Irgendetwas an seinen Worten schien ihr nicht zu behagen. Um sich aber keine Blöße zu geben, ließ sie eine ironische Welle des Mitleids für Tessa hinterher gleiten und tönte mit einstudiert samtweicher Stimme: „Also, ich finde es schön, dass wir uns endlich mal kennenlernen! Mein Bärchen erzählt immer so viiiel von Ihnen." Dabei packte sie demonstrativ Udos Hand.

Bärchen? Tessa blieb die Spucke im Hals stecken. Sie hätte sich wegschreien können vor Lachen. „Ja, finde ich auch", feixte sie zuckersüß und mit Kennermiene zurück, „immerhin bin ich Ihnen zu großem Dank verpflichtet."

Die Stelze blickte irritiert. Natürlich verstand sie kein Wort.

„Nun, Sie haben Bärchen aus einer grausamen Lage befreit und ihn aufopfernd hochgepäppelt. Immerhin ist er jetzt sogar fähig, sich einen Tag Urlaub in seiner Firma zu nehmen."

Jobst sandte Tessa einen amüsierten, allerdings auch warnenden Blick von gegenüber.

„Udo, ich möchte gehen!", folgte die Beschwerde auf den Fuß.

Tessa wunderte sich zum zweiten Mal. Statt Udo sie in irgendeiner Form, ganz nach seinen sonstigen Gepflogenheiten, zurechtstutzte, zeigte er lediglich ein verhaltenes Grinsen und befreite sich aus der Umklammerung seiner Linken.

Sein Blick fixierte erst Jobst, dann sie. „Wir sehen

uns", verabschiedete er sich, kein bisschen drohend wie gewohnt, eher sonderbar rau, folgte dann aber Susi-Schätzchen, die hochmütig den Kopf in den Nacken warf und vorausstolzierte.

Jetzt, wo sie wieder weg waren, merkte Tessa, wie ihr das Blut im Kopf rauschte. Sie traute sich kaum, Jobst anzusehen. Was mochte er nun von ihr denken?

„Tut mir leid!", entschuldigte sie sich für das Szenario.

„Das einzige, was dir leid tun sollte ...", entgegnete er, und das sogar recht liebenswürdig, „du hast den Kuchen noch nicht probiert und dein Kaffee dürfte mittlerweile kalt sein."

Sie suchte in seinen Augen nach den Sprenkeln, forschte in seinem Gesicht nach irgendeinem Zeichen von Belustigung.

„Keine Angst, Tessa Teresa", setzte er hinzu, als habe er ihre Gedanken gelesen, „ich kann verstehen, warum du das Buch gekauft hast."

„Welches Buch?" Tessa war durcheinander.

Ehemann umständehalber abzugeben?", half Jobst ihr auf die Sprünge.

„Ach so, das ..." Dabei lag es die ganze Zeit neben ihr auf der Bank. „Das ist ein Roman, Jobst, keine Anleitung!"

„Schade. Ich dachte, ich könnte noch was lernen."

„Wie man seinen Ehemann los wird?" Tessa verstand nicht, worauf er hinauswollte.

„Oder seine Ehefrau, wie man's nimmt."

Eigentlich wollte sie mit ihm darüber lachen. Doch irgendwo in ihrem Gehirn schrillten plötzlich kleine Alarmglöckchen und ihr war, als erwache sie ruckartig aus einem angenehmen Tagtraum, in dem Jobst Birnbaum ihr nicht nur den nackten Bauch, sondern auch mal eine seiner guten Seiten zeigte.

„Ich hoffe mal, dass ich nicht Ziel für eine Studie deiner Kanzlei geworden bin", rutschte es ihr ungewollt heraus.

Ruckartig zog Jobst die Brauen hoch. Schade! Noch vorhin, als sie sich ohne Spitzfindigkeiten unterhielten, hätte er sie gefragt, wie sie auf so etwas Absurdes kam. Aber jetzt, wo sie ganz deutlich wieder ihre Krallen ausfuhr, reizte es ihn, sie zu ärgern. „Scheinst ja doch noch Interesse an mir zu haben!"

„Blödsinn, wie kommst du denn auf den Schmarren?" Ihr Teint eine Nuance zu rot, ihr Ton eine Spur zu laut, ihre Geste des Aufstehens mehr als Hochschießen zu bezeichnen.

„Hast im Internet nach mir gesucht, gib es zu!", forderte er mit süffisant verzogenen Mundwinkeln.

„Woher sonst weißt du, dass ich eine Kanzlei habe?"

Ertappt, Tessa Hofnagel! Wie konntest du nur so blöd sein? Jetzt macht er sich mit Recht lustig über dich!

Während sie überlegte, wie sie sich herauswinden konnte, ohne sich noch mehr zu blamieren, nahm er ungefragt ihren Kaffeebecher und kippte den Inhalt unter den Tisch, wo er sogleich im Kies versickerte.

„Weißt du was", machte Jobst ihr ein Friedensangebot, „ich hol neuen und du setzt dich wieder hin."

Was war das da in seinen Augen? War es wirklich nur das geheimnisvolle Dunkel um seine Iris, was sie magisch anzog, obwohl sie sich dagegen sträubte? Sie fand nur einen Ausweg, dem zu entfliehen: „Für mich nicht! Ich muss jetzt gehen."

Er erhob sich ebenfalls, stand mit ihr wieder in Augenhöhe, nur durch die Tischplatte voneinander getrennt. „Musst du das wirklich?"

Es war, als durchbohre sein Blick ihr Inneres auf der Suche nach der Wahrheit. Verdammt! Wieso wurde ihr ausgerechnet jetzt wieder so heiß? Und warum pochte ihr dummes Herz so stark gegen die Rippen?

„Oder willst du einfach nur vor mir wegrennen?", setzte er leise und mit einem Ernst hinzu, der gar nicht zu ihm passte.

Niemals würde sie zugeben, dass er sie durchschaut hatte. Also griff sie, ohne auf seine Worte einzugehen, nach ihrer Handtasche, klemmte sich den „abzugebenden Ehemann" unter die Achsel, setzte das beste künstliche Lächeln auf, das sie zu bieten hatte und reichte Jobst die Rechte. „Lieben Dank für Kaffee und Kuchen und ...", sie stockte kurz, überlegte, „vielleicht bis irgendwann mal."

Bevor er noch etwas sagen konnte, lief sie davon.

„Opa, warum isse denn schon weg?", trötete plötzlich Mäxchen hinter ihm, der das offensichtlich mitbekommen hatte.

„Gute Frage, kleiner Mann!", witzelte Jobst und zuckte die Schultern.

„Bist du jetzt traurig?", kam es altklug zurück.

„Aber nein!", sagte er schnell, die kindliche Empfindung aber rührte etwas in ihm auf. „Hier", Jobst gab ihm eine Münze, „hol dir noch ein Eis."

„Yippie!", freute sich der Dreijährige.

„Ist aber das letzte für heute, sonst kriegst du am Ende nur wieder Bauchweh."

***

Ja, Tessa rannte weg … vor Jobst, vor allem aber vor der Wut auf sich selbst. Um nichts in der Welt würde sie sich noch mehr Blöße geben, als es ohnehin schon passiert war.

Erst am Steuer ihres Wagens vermochte sie wieder gleichmäßig zu atmen. Trotzdem hatte sie Mühe, sich auf den Verkehr zu konzentrieren und war froh, als sie schließlich vor den heimischen Gefilden auch noch einen freien Parkplatz fand.

Im Hauseingang stieß sie um ein Haar mit der netten Clara zusammen.

„Uih", grüßte diese lachend, „gerade noch mal gut gegangen!"

Tessa entschuldigte sich. „Wenn ich mich aufrege, bin ich schon mal geneigt, mit dem Kopf durch die Wand zu wollen."

„Du, mir brauchst du das nicht sagen … kann ich selbst ein Liedchen von singen", zwitscherte Clara mit „C" verständnisvoll. „Aber wenigstens bist du heute nicht so blass, dass ich mir Sorgen machen muss."

„Wie meinst du das?" Tessa war irritiert, übernahm jedoch, ohne es zu merken, die vertrauliche Anrede.

„Na, du strahlst so!", sagte Clara schlicht.

„Aha", war alles, was Tessa dazu einfiel.

„Du, sorry, aber ich muss weiter!" Clara hatte die Klinke schon in der Hand und rief noch: „Bis übernächsten Samstag!"

„Übernächsten Samstag? Was ist da?" Tessa stand gerade mal wieder fürchterlich auf dem Schlauch.

„Na, oben bei Gitti, deiner Nachbarin ...!"

Tessa erinnerte sich. Allerdings nicht daran, dass Gitti ihr Vorhaben, die neue Mieterin einzuladen, tatsächlich umgesetzt hatte.

„Bis dann!", verabschiedete Clara sich noch einmal.

„Ja, bis dann!", gab Tessa zurück und blickte ihr verwirrt nach, bis die behäbige Haustür mit voller Wucht in die Zarge knallte.

Irgendwas an dieser Clara kam ihr sonderbar vor und so sehr sie auch überlegte, sie fand nicht heraus, was es war.

Tessa beschloss, für heute nicht weiter darüber nachzudenken, schaute wie immer in den Briefkasten, ob sich darin vielleicht wieder irgendwelche Liebesbriefchen vom „Amt 32" oder Rechtsanwalt Hering befanden, freute sich nun nahezu über die Reklame für einen Treppenlift und ging, schon wesentlich beschwingter als zuvor, nach oben.

Aus Gittis Wohnung drang kein Laut. Offenbar war sie nicht zu Hause, sonst hätte sie längst überm Treppengeländer gehangen.

Tessa war ganz froh darüber, konnte sie sich so erst mal ein wenig regenerieren, bevor sie sich löchernden Fragen stellte.

Doch Tessas Regeneration bestand darin, den Laptop wieder hochzufahren und erneut jene Seite aufzurufen, auf der sich die Herren Birnbaum & Seltenreich so gekonnt präsentierten. Sie saß da und starrte Jobsts Bild an. Wie ein Film zog die Erinnerung an ihr vorbei ...

"Teresa, ich glaube, ich liebe dich!", hauchte Jobst zwischen seinen nicht enden wollenden Küssen, mit denen er ihre schmalen, aber durchaus fraulichen Kurven von oben bis unten betörte, dass sie vor Erwartung fast verging. „Du bist so anders, etwas ganz, ganz Besonderes."
Es störte sie nicht einmal, dass er ihr seine Gunst zwischen den Einmachgläsern im Schreberhäuschen seiner Oma, in dem sie nach dem ausschweifenden Teil der Abi-Feier in den frühen Morgenstunden irgendwie gelandet waren, bewies. Für sie zählte nur, was sein Mund versprach. Jedes Wort sog sie auf wie ein Schwamm, sah sich zusammen mit Jobst auf einer rosaroten Wolke in den Himmel schweben.
Ungeduldig nestelte er an ihrem BH herum, bekam den Verschluss nicht auf. Zeit zum Nachdenken. „Sag mal, nimmst du eigentlich die Pille?"
Ein kleines Sturmtief zwischen den Wolken, das sich aber schnell wieder verzog, als sie seine Frage bejahte. Selbst wenn sie wirklich schwanger geworden wäre ... in dem Moment vergaß sie die Vorsicht, die sie sonst mit ihren achtzehn Jahren überall walten ließ.
Aber nun hatte sich nicht nur das kleine Sturmtief verzogen, sondern die ganze Gefühlsfahrt ging relativ schnell und verdammt abrupt zu Ende. Jobst Birnbaum hatte sie gerade entjungfert und sämtliche Einmachgläser im Regal schienen sie auszulachen, als er nach dieser Wahnsinnsleistung auf seine Armbanduhr lugte und jäh von der alten Matratze

aufsprang, um seinen zerknitterten Anzug überzustreifen.

"Meine Oma ist in zehn Minuten hier!", behauptete er. "Sie zieht mir die Ohren lang, wenn sie uns hier erwischt."

Tessa wunderte sich zwar, was die Oma morgens um halb sieben hier wollte, glaubte ihm aber und beeilte sich ebenfalls mit dem Anziehen. Das schöne Ballkleid! Es stank fürchterlich nach kaltem Rauch.

Vergebens wartete sie draußen vor der Laube, dass Jobst wieder ihre Hand nahm, sie zärtlich drückte, ihr etwas Liebes ins Ohr flüsterte, was sie zumindest ein bisschen für den schnellen Aufbruch entschädigte. Stattdessen kam ein: "Ich muss dann ... tschau! Und meld dich, wenn du mal wieder Bock hast!"

In diesem Augenblick barste ihre Wolke auseinander und sie fiel unmenschlich hart auf den Boden der Tatsachen. Jobst hatte ihr nur etwas vorgespielt! Sie war nichts als eine weitere Trophäe für ihn!

Tessa, das ist über dreißig Jahre her!, schalt sie sich. Warum bist du nicht in der Lage zu vergessen oder es ihm wenigstens nachzusehen? Er war neunzehn!

Sie ging ins Bad, stellte sich vor den Spiegel und streckte sich die Zunge raus. „Ja, er war neunzehn", hielt sie Zwiesprache, „alt genug zu wissen, dass man mit Gefühlen nicht spielt!" Sie spürte einen Kloß im Hals. Das Schlimme: Ihr Sohn machte das Gleiche wie Jobst. Austoben? Schön und gut, aber wenn man merkte, dass der andere nicht als

Experimentierobjekt geeignet war, sollte man sich zurücknehmen.

Laras Gesicht schob sich vor ihre Sinne. Lieblich sanft und traurig zugleich. Sie mochte das Mädchen, verglich sich selbst mit ihr. Wusste, Lara würde es nicht anders ergehen als ihr damals, wenn sie irgendwann dahinterkam, dass Benni zweigleisig fuhr.

Tessa war sich bewusst, dass es eine Angelegenheit zwischen den beiden war und Benni sich sowieso nichts sagen ließ. Trotzdem würde sie endlich ein ernstes Wort mit ihm reden müssen. Sie hatte schon viel zu lange gezögert.

***

Das Telefon schreckte Tessa unsanft hoch. Sie war mal wieder mitten im Film auf der Couch eingeschlafen. Kein Wunder bei der hundertsten Wiederholung von „Pretty Woman". Wenn das „Aschenuttel" dem „Märchenfreier" zum hundertsten Mal die Kohle liegen ließ und hocherhobenen Hauptes samt gekränktem Stolze aus dem edlen Penthouse flüchtete, wurde es langsam langweilig.

Tessa sah auf die Uhr. Kurz nach Mitternacht. Wer rief um die Zeit noch an? Benni vielleicht? Obwohl er ihr am Morgen noch den Übernachtungsbesuch der unsympathischen Corinna in Aussicht stellte, war er noch nicht nach Hause gekommen. Oder hatte sie nur nichts davon mitbekommen? Sie lauschte. Der Rest der Wohnung lag in vollkommener Stille. Kein Benni da und auch keine

Corinna.

Wie auch immer, das dumme Teil hörte nicht auf zu klingeln und leider funktionierte, aus welchen Gründen auch immer, das Display schon seit Tagen nicht mehr, zeigte also keine Rufnummer an.

Hoffentlich war es wirklich nur Benni und nicht wieder so ein Ferkel wie letzte Woche, dem sie helfen sollte, seinen „Willi" zu animieren. Auch dieser Anruf traf sie mitten in ihren schönsten Träumen. Das Gestöhne dröhnte noch jetzt in ihrem Trommelfell. Gitti hatte mal erwähnt, dass sie für solche Fälle eine Trillerpfeife parat liegen hatte. Wenn sie dadurch pfiff, gab Mister Ferkel ein für alle Mal Ruhe. Tessa besaß jedoch keine Trillerpfeife. Dafür aber ein geistesgegenwärtiges Mundwerk, welches mit Sicherheit in der Lage war, dieselbe Wirkung zu erzielen. „Oh ja!", hatte sie genauso in die Muschel geächzt, um wie ein Schwerhöriger mit überlauter Stimme nachzusetzen: „Ruf in zehn Minuten noch mal an, dann habe ich genug von deiner Sorte gesammelt, um eine Konferenzschaltung abzuhalten!" Klick. Schon hatte Mister Ferkel aufgelegt. Und rief auch nicht mehr an.

Tessa haderte zu lange. Der Apparat verstummte.

Sie zuckte die Achseln. Na, dann eben nicht!

Es dauerte nicht lange, da klingelte es erneut.

War jetzt doch wieder das Ferkel dran, dann …!

„Hofnagel!?"

„Naaa, mein Tessa Täubchen, hasche disch … hicks … noch juuut ammüüüsieerrt?", lallte es ihr entgegen.

Jetzt konnte Tessa sich überlegen, ob ihr der

Stöhner nicht doch lieber gewesen wäre.

„Hast du vorhin schon mal angerufen?", fragte sie.

„Nööö, wiiiesooo?"

„Aber ordentlich gebechert!", stellte sie entnervt und erstaunt zugleich fest. Bisher das einzig Gute an Udo: Er trank nie mehr als ein Gläschen hin und wieder.

„Ja und ... hicks ... daaarrrrf ich daaas etwa niiich?", kam es provozierend zurück.

„Sicher, du darfst machen, was du willst! Außer mich mitten in der Nacht stören!" Tessa ließ sich nicht mehr auf die Palme bringen. Nicht von Udo-Bärchen.

„Seit waaann ... hicks ... hasche däään?"

„Wen oder was soll ich haben?" Sie tat, als habe sie keine Ahnung, was er meinte. Und er schien in der Tat stockbesoffen.

„Jetz' tuuu doch niiich' sooo!", keifte Udo, unterbrochen von einem noch lauteren Rülpser, bei dem sogar ihr Kanarienvogel von der Stange gefallen wäre, hätte sie denn einen besessen.

„Ich mache dir einen Vorschlag!" Dieses Gespräch wurde ihr jetzt echt zu blöd. „Ruf morgen an, wenn du nüchtern bist, dann kannst du gerne deine Fragen stellen. Nur, ob ich sie dir auch beantworte, das kommt ganz darauf an, in welcher Form du mit mir sprichst!"

Das saß scheinbar. Udo knallte beleidigt den Hörer auf, das Besetztzeichen ertönte.

Tessa hatte das Gefühl, als wollten sich ihr vor Wut die Fußnägel hochrollen und ihre Nackenhaare standen senkrecht wie bei einem Hund. Wie kam Udo dazu, sie so zu behandeln? Was wollte er überhaupt von ihr? Die Dinge zwischen ihnen waren doch – zumindest bis auf die materiellen – geklärt. Oder doch nicht? Konnte er es vielleicht nicht ertragen, das langjährige Heimchen an seiner Seite, dem er selbst den Laufpass gab, mit einem anderen, und dazu weitaus besser aussehenden Mann – ja, den Aspekt musste sie Jobst Birnbaum durchaus zugestehen – zu sehen?

Quatsch, rede dir nicht so einen Müll ein!, rief die Vernunft in ihr.

Es treibt ihn zur Weißglut!, entzückte sich das angeknackste Ego.

Tessa beschloss, Vernunft und Ego weiter wetteifern zu lassen und freute sich einfach mal, dass der schöne Jobst allein mit seiner Anwesenheit, wenn auch unwissentlich, einen kleinen Teil von damals wiedergutgemacht hatte.

Irgendwie fühlte sie sich plötzlich sonderbar beschwingt. Wenn Benni sich nun auch noch überlegt hatte, doch lieber bei Corinna zu schlafen, als die mit herzubringen, stand einer geruhsamen Nacht nichts mehr im Wege. Halt, Stopp! Benni wollte doch nach der Schule zu Udo fahren! Hatte er ihn überhaupt angetroffen? Zeitlich gesehen fast unmöglich, da Udo mit Stelzen-Susi im Biergarten lustwandelte.

Nun wurde Tessa doch ein wenig unruhig. Sie nahm ihr Handy. *„Wo bist du?"*, schrieb sie ihm kurz über den Messanger und atmete auf, als keine fünf Minuten später die Antwort kam: *„Sotry wollt bescheud dsagen oergessen oenn bei Cirinna"*

Tessa rollte die Augen hoch und übersetzte in Muttersprache: „Sorry, wollte Bescheid sagen.

Vergessen. Penne bei Corinna."

Offensichtlich hatte Benni ein Problem mit der Tastatur. Oder war er später doch bei Udo und sie hatten ein Saufgelage veranstaltet? Der Gedanke lag nah, da er schrieb, wie sein Vater vorhin gelallt hatte.

Aber gut, immerhin konnte sie jetzt beruhigt sein, dass ihm nichts passiert war und entspannt zu Bett gehen. Schließlich brauchte sie ihren Schlaf. Morgen stand der zweite Prüfungstag an.

6

Mittwoch ...

Udo meldete sich natürlich nicht. Aber das hatte Tessa auch nicht wirklich erwartet. Wahrscheinlich war er jetzt damit beschäftigt, seinen ungewohnten Rausch, noch dazu mitten in der Woche, auszuschlafen.

Fragen aus Betriebs- und Volkswirtschaftslehre, Textaufgaben zum Kaufmännischen Rechnen und ein Diktat vom Band, natürlich unter Maßgabe der geänderten Rechtschreibung – all das brachte Tessa auch diesmal mit Bravour hinter sich. Dass sie und die anderen fünfzehn Kandidaten gespannt auf die Ergebnisse waren, war wiederum eine andere Sache.

In einem aber war sie sich nun ganz sicher: Sollte noch einmal ein Wisch von Udos Anwalt kommen, dann würde sie den Rotstift nehmen und diesem Hering – oder seiner Tippse, egal! – eine Benotung für sämtlich enthaltene Fehler zurückschicken. Tessa stellte sich die Gesichter von „Fisch" und „Bärchen" vor und freute sich schon jetzt diebisch.

Gut gelaunt brachte sie ihren Einkauf hinter sich und fuhr anschließend auf direktem Weg nach Hause. Als sie jedoch ihre Wohnungstür erreichte und Gitti sich noch immer nicht rührte, spürte sie, dass etwas nicht stimmte. Flink verstaute sie die Lebensmittel in Kühl- und Gefrierschrank, dann hastete sie hinüber und klingelte dreimal Sturm.

Doch hinter der Tür rührte sich nichts, alles blieb still. Im Normalfall nichts Ungewöhnliches. Aber Gitti war kein Normalfall und ihr Schweigen sehr wohl ungewöhnlich, denn Gitti war ihre beste Freundin und hatte die Angewohnheit, sie über fast jeden ihrer Schritte zu informieren. Selbst über die, die Tessa gar nicht hören wollte.

Was war passiert und warum sagte nicht wenigstens Alwin was? Apropos Alwin … erst jetzt fiel Tessa auf, dass sie auch ihn seit mindestens drei Tagen nicht mehr gesehen oder durchs Treppenhaus hatte poltern hören.

„Gitti?", rief sie trotzdem laut und versuchte es noch einmal mit Klopfen. Natürlich wieder nichts.

„Tessa?", rief da jemand von unten durch die Geländerschlucht und noch ehe die verblüffte Tessa die Stimme der netten Clara mit „C" zuordnen konnte, stolperte die im hellgrauen Joggingdress und scheinbar seit heute rot gefärbten Haaren über den Treppenabsatz. „Du suchst Gitti?"

„Ja. Wieso?"

„Du, sorry, ich hab total verpeilt, dass ich dir ausrichten soll, sie ist mit Alwin zu seinen Eltern nach Bremen gefahren. Da ist irgendeiner gestürzt und brauchte umgehend häusliche Hilfe."

„Ach." Jetzt war Tessa noch verdutzter. Wieso sagte Gitti ausgerechnet Clara, die sie kaum kannte, Bescheid und ihr, der besten Freundin, nicht?

„Der Anruf kam gestern Mittag und sie sind sofort los", kam die prompte Erklärung, als könne Clara ihre Gedanken lesen. „Ich war gerade auf dem Weg zum Großmarkt, die beiden liefen mir unten an der

Tür quasi in die Arme." Sie seufzte mitfühlend. „Gitti bat mich, dir das zu sagen und dass sie sich meldet, sobald sie etwas Luft hat."

„Danke", entgegnete Tessa und bemühte sich, das Gefühl des Übergangenwerdens zu ignorieren. War doch nett von Clara, dass sie sich noch an den Auftrag erinnert hatte, bevor Gitti und Alwin zurückkamen! Nanu, Tessa Hofnagel, nagt da etwa ein klein wenig Eifersucht in dir? Du magst Clara doch auch!

„Hast du vielleicht Zeit und Lust auf eine Tasse Kaffee?" Tessas Mund sprach die Einladung schneller aus, als ihr Gehirn sie zu Ende gedacht hatte. Ob Clara so spontan war? Aufdringlich wirken wollte sie nicht.

Clara strahlte. „Gern. Und ich spendiere uns ein Stück Erdbeerkuchen. Hab gestern nämlich welchen gemacht." Sie stockte in ihrem Übereifer, lächelte gewinnend. „Natürlich nur, wenn du magst!"

„Aber nur mit ordentlich Sahne!" Tessa lief bei dem Gedanken das Wasser im Mund zusammen.

„Na, logo, wenn schon, denn schon."

„Okay, dann geh ich die jetzt schlagen und du holst den Kuchen?"

„So machen wir's", freute Clara sich.

***

Und so kam es, dass Clara mit „C" zum ersten Mal Tessas Wohnung betrat.

„Find ich ja total interessant, wie unterschiedlich Wohnungen aussehen können, obwohl sie den gleichen Grundriss haben", plauderte sie, während ihre Zähne die köstlichen Erdbeeren im Mund zermalmten. Natürlich hatte sie nicht nur zwei Stücke Kuchen mitgebracht, sondern den ganzen. „Ehrlich gesagt, hab ich doch ein paar Tage überlegen müssen, ob ich die Bude wirklich kaufen soll. Jetzt bin ich ganz froh, dass ich's gemacht hab."

Tessa stutzte. „Ach, du bist gar keine Mieterin?"

„Nö, aber ich bin sicher, bei der nächsten Eigentümerversammlung hättest du mich kennengelernt." Clara kicherte verhalten. „Muss nur unbedingt dran denken, mich vorher noch umzumelden, sonst könnte es saftigen Ärger geben."

Na, die konnte ja nicht nur Tortenböden lecker belegen, sondern besaß auch einen erfrischenden Humor. „Bist du hier aus Krefeld?", fragte Tessa mit unverhohlener Neugier. Von Gitti wusste sie bereits, dass Clara Anfang sechzig und Single im fortgeschrittenen Stadium war, ohne Mann aber – angeblich – viel besser klarkam als *mit*.

Erst jetzt bemerkte Tessa die lustigen Sprenkel in den grünen Augen. Vielleicht, weil sich gerade ein verirrter Sonnenstrahl auf Claras Konterfei legte. Der Lichtstreifen verwandelte das fürchterlich unnatürliche Rot ihrer Haare in ein visuelles Flammenmeer.

Tessa rätselte, warum sie ihren Kopf so verunstaltete. Sie mochte Clara, wurde aber das sonderbare Gefühl um sie nicht los.

„Sagen wir mal so: Ich bin hier geboren, aber aufgewachsen und zur Schule gegangen in drei anderen Städten."

Lässig griff sie nach der Kaffeetasse, doch Tessa

registrierte das nervöse Zittern ihrer Hand.

„Und du?", stellte Clara die Gegenfrage, als wolle sie von sich ablenken.

„Geboren bin ich in Düsseldorf, aufgewachsen hier, und auf drei Schulen gewesen", schoss Tessa belustigt heraus.

Sie sahen sich an und lachten. Damit war auch der letzte Bann gebrochen.

„Du, dein Kuchen ist echt lecker", lobte Tessa, nachdem sie sich im weiteren Verlauf ihrer lockeren Konversation zwei weitere Stücke genehmigt hatte. „Aber jetzt muss ich passen, mein Magen streikt." Prompt entfleuchte ihr ein unsachgemäßer Rülpser. „Sorry!" Puh, wie peinlich!

Clara winkte vergnügt ab. „Dagegen hilft ein Schnäpschen." Sie zwinkerte schelmisch. „Also, wenn dich ein paar Umzugskisten nicht stören ... ich hab einen ganz leckeren unten bei mir im Schrank."

„Ach ja?" Tessa stieß erneut auf. Was war denn plötzlich los? Eben ging es ihr doch noch gut.

„Der hilft!", versicherte Clara, die Sprenkel in ihren Augen schienen zu tanzen. „Weißt du was, du kommst jetzt einfach mit runter zu mir und überzeugst dich selbst."

Tessa war viel zu neugierig auf Clara und ihre Wohnung, als dass sie diese Gelegenheit nicht beim Schopfe griff.

Clara machte Anstalten, den Tisch abzuräumen, doch Tessa bat sie, den Rest des Stilllebens einfach stehen zu lassen. Die Tassen und Teller fraßen schließlich kein Gras, würde sie später wegräumen.

So nahm Clara ihre Kuchenplatte und Tessa trippelte neben ihr die Treppe hinunter.

Was dann folgte, war für Tessa eine ziemliche Überraschung. Schon beim Eintreten in die Diele zeigte sich der krasse Geschmacksunterschied der Bewohnerin. Während Claras Erscheinungsbild eher einer esoterisch angehauchten Hippieamazone glich, bestachen die Räume, deren weit offenstehende Türen einen ausschweifenden Blick zuließen, durch mediterranes Flair in herrlich frischen Farben. Hierzu passend ausgesuchte Weichholzmöbel erzeugten eine warme Atmosphäre, von der Tessa sich sofort magisch angezogen fühlte. Am liebsten hätte sie bei sich oben sofort sämtliche Möbel – die hauptsächlich nach Udos Willen angeschafft worden waren – hinausgeworfen und ebenfalls welche in der Art gekauft. Das vorherrschende Weiß der Wände hatte sie ja sowieso schon überlegt, farbig zu streichen. Kurz gesagt: Claras Reich erwies sich als wunderbare Inspirationsquelle. Die wenigen Kartons, die hier und dort noch standen, lediglich Nippes enthielten, wie Clara entschuldigend anführte, störten Tessa nicht. Im Gegenteil, sie erinnerten höchstens daran, dass es Zeit wurde, Udo aufzufordern, seine Restbestände aus ihrer Wohnung zu entfernen.

Besonders Claras Wohnzimmer mit der einladend gemütlichen Couch, etlichen Fotos darüber in unterschiedlichen Rahmen und Größen und der cremeweiß gebeizten Schrankzeile mit den offenen Regalablagen samt oben abschließender Kranzleiste vor dem Hintergrund aprikosefarbig gewischter Wände, hatten es Tessa angetan. Im Geiste sah sie sich schon auf der Leiter stehen und einen rotzornigen Udo, der brüllte: „Du sollst nicht renovieren, du sollst ausziehen!!!"

Clara zauberte eine Flasche mit durchsichtigem Inhalt aus der Schrankklappe samt zweier Schnapsgläser, die sie jetzt mehr als gut gemeint befüllte, und reichte eins davon Tessa. „Probiere mal!" Sie kicherte und ließ es klirren. „Auf unser Wohl!"

„Schmeckt irgendwie nach Haselnuss", befand Tessa durchaus angetan, spürend, wie das Zeug ihren Mageneingang passierte und sofort aus dem Weg brannte, was dort nicht hingehörte. Selbstverständlich wehrte sie nicht ab, als Clara nachgoss.

„Der mundet, was!? Hab ich direkt vom Winzer. Musst mal mit zu einer Weinbrandprobe kommen. Ist echt klasse", schwärmte sie.

Gar keine schlechte Idee. Clara, Gitti und sie in den Gewölben einer Schnapsbrennerei? Das gab garantiert einen Heidenspaß.

Das Zeug wirkte Wunder. Die Schwere in ihrem Bauch löste sich zunehmend. Die Zunge allerdings auch. „Also, ich muss sagen, ich bin ganz schön überrascht. Toll, was du aus der Wohnung gemacht hast! Hätte ich dir nicht zugetraut."

„Was hast du mir denn zugetraut?" Claras Sprenkel hüpften belustigt.

„Na ja, ehrlich gesagt habe ich damit gerechnet, dass schon im Flur jede Menge Birkenstock herumliegt, wenn du verstehst, was ich meine …"

Das Lachen, das Tessa zu dieser Bemerkung erntete, war so laut, dass es durch das gekippte Fenster wahrscheinlich das ganze Viertel beschallte.

„Du … haha …ich glaub … haha … da hab ich

was ... für dich ...!"

Flink wie ein Wiesel huschte Clara rüber ins azurblaue Schlafzimmer. Keine zwei Minuten später war sie wieder da und ihr Körper steckte vom Halsansatz bis zu den unteren Knöcheln in einem sackähnlichen Gewand mit bunten Stickereien. Dazu trug sie einen Strohhut mit breiter Krempe und Flachsandalen vom Allerfeinsten. „Meinst du in etwa das?"

Wäre Tessa eine Katze gewesen, hätte sie jetzt einen riesigen Buckel gemacht und eine Öffnung gesucht, um aus dem Fenster zu springen. Der Gedanke spiegelte sich auf ihren Gesichtszügen wider.

„Keine Sorge, mit dem Kaftan geh ich nicht auf die Straße! Kann ich mir als Geschäftsführerin eines renommierten Restaurants nicht leisten." Clara grinste sie frontal an. „Stell dir vor, man erkennt mich! Aber ich merk schon, du stehst auch nicht drauf."

„Nö", gibbelte Tessa. „Hätte Udo mich je in so einem Outfit gesehen, wäre er wahrscheinlich viel eher abgehauen."

„Danke für deine bestechende Ehrlichkeit!"

Clara zeigte sich weder gekränkt noch sauer. Offensichtlich zählte sie zu den Frohnaturen, die nicht gleich jedes Wort auf die Goldwaage legten. Dafür nahm sie jetzt sofort den verbalen Brocken auf, den Tessa ihr hingeworfen hatte. „Udo, dein Mann, ja?"

Tessa war klar, dass sie nun darauf wartete, mehr zu erfahren, obgleich sie sich ziemlich sicher war, dass Clara zumindest die Version für Außenstehende längst kannte. Niemandem im Haus konnte der lautstarke Trubel bei seinem Auszug verborgen geblieben sein. Sie brauchte nur an die alte Droemer genau zwischen ihnen zu denken.

„Scheint mir ja was entgangen zu sein", witzelte Clara.

„Na, *so* toll war es nun auch nicht!" Sonderbar, aber mittlerweile tat Tessa die Erinnerung an diesen tränenreichen Samstag gar nicht mehr weh. Vielleicht lag es daran, dass sie Stelzen-Susi nun von Angesicht zu Angesicht gegenübergestanden und Udo-Bärchen sich damit zu einer Witzfigur ersten Grades degradiert hatte. Sie gönnte ihm sein neues Glück, dass ihn sogar veranlasste, mitten in der Woche, rechtzeitig zu Beginn der Geisterstunde, vollgetankt bei seiner verlassenen Ehefrau anzurufen, um sich nach deren Befinden zu erkundigen.

„Ich kann deine Situation gut nachempfinden", bekannte Clara, ungewohnt ernst, jedoch mit verhaltener Ironie. „Mein Mann ist auch in den Wechseljahren."

„Du bist verheiratet?", fragte Tessa verblüfft.

„Ich *war*. Bis Helge Raphaela kennengelernt hat. Zwanzig Jahre jünger, blonde Walla-Walla-Haare, lange dünne Beine und soviel Holz vor der Hütte, dass sie Mühe hat, beim Laufen nicht vornüber zu kippen."

Tessa sah, wie sich über die eben noch lustigen Sprenkel ein feuchter Glanz legte. Sofort schwand ihre Schnapseuphorie, machte freundschaftlichem Mitgefühl Platz. Spontan stand sie auf, um Clara in den Arm zu nehmen.

Dabei rutschte dieser der Strohhut vom Kopf. Was Tessa nicht weiter interessiert hätte, wäre ihr Blick nicht zufällig auf den hautfarbigen Reißverschluss an Claras rechtem Oberarm gefallen, der bei dem reflexartigen Hangeln unterm Kaftan hervorschoss.

„Was hast du da ... eine Narbe?"

Clara, deren Stimmung auf den Nullpunkt gefallen schien, winkte ab. „Bin als Kleinkind gestürzt, war 'ne tiefe Fleischwunde."

„Die Form ist auffällig", versuchte Tessa sie wieder aufzumuntern und grinste. „Genau wie die Trägerin."

„So, findest du?" Clara schien sich zu fangen. Die Trübe in ihrer Miene verschwand.

„Ja, finde ich, und soll ich dir noch was sagen?"

„Hm?"

„Ich mag dich. Ich glaube, wir schwimmen auf derselben Wellenlänge. Und auch wenn dieses Outfit, was du da gerade trägst, fürchterlich meine Linsen reizt, freue ich mich, dass du in dieses Haus gezogen bist, Clara mit „C"!"

Claras Lachen kehrte zurück, die Sprenkel waren wieder da. „Und ich danke dir für deine bestechende Ehrlichkeit, Tessa Hofnagel!"

Mit dem Nachschub von Claras Sorgenkiller besiegelten sie ihre neue Freundschaft und im Laufe des weiteren Nachmittags lernte die eine aus der Geschichte der anderen, wie froh sie doch eigentlich sein konnten, Udo und Helge auf so relativ unproblematische Weise losgeworden zu sein.

***

Als Tessa später nach oben kaum, wunderte sie sich, Benni anzutreffen. Er fischte im Kühlschrank nach Essbarem. „Boah, hab ich 'nen Kohldampf! Aber da ist ja gar nix drinne!"

Sie überhörte den Vorwurf. „Hallo, lieber Herr Sohn, schön, dich auch mal wieder zu sehen!"

„Was? Ja, ja. Hast du gar nicht gekocht?"

„Nö."

Er sah sie an, als sei gerade ein Omnibus durch die Küche gefahren, dann stutzte er. „Geht es dir gut?"

„Könnte nicht besser sein!", zwitscherte sie gut gelaunt. Man, was hatte Clara ihr da nur für ein Teufelszeug eingekippt. Irgendwie entfaltete sich erst jetzt die volle Wirkung.

„Okäääy", hörte sie ihn synonym für sein Magenknurren, „dann müssen wir uns wohl was besorgen!"

„Wer ist WIR und wer ist UNS?", erkundigte Tessa sich neugierig in Anbetracht der Tatsache, dass Benni bis jetzt immer nur am gedeckten Tisch Platz genommen hatte.

„Boah, Mama", er rollte die Augen, „ich hab dir doch gesagt, dass Corinna hier pennt!"

„Jetzt übernahm Tessa das mit dem genervten Augenrollen. „Dachte, das hätte sich auf gestern bezogen. Wusste auch nicht, dass die Übernachtung inklusive Verpflegung ist."

„Bääännniii!!!", tönte es plötzlich weiblich schrill durch die Wohnung, dass Tessa erschrocken zuckte und ihm ankündigte: „Wir zwei müssen uns dringend unterhalten!"

„Bääännniii, wo bleibst du denn, Mensch? Ich waaaarteee!!!"

„Machen wir, Mama, nur nicht jetzt, ja?!" Benni wusste auch so, was sie ihm sagen wollte.

„Bääännniii!"

Tessa rieb sich demonstrativ die Ohren. „Wenn die jetzt noch einmal schreit, schmeiß ich sie raus!"

„Okay, okay, hab verstanden!", murrte Benni in seinen Dreitagebart. „Wir verschwinden besser wieder!"

„Reicht schon, wenn *sie* verschwindet!" Tessa nahm kein Blatt mehr vor den Mund. Er wusste, dass sie das Mädchen nicht mochte und ihre diversen Besuche in dieser Wohnung nur ihm zuliebe duldete. Aber irgendwie hatte sie auf einmal keine Lust mehr dazu. „Du hast Lara! Ich gebe dir einen weisen Rat: Verscherz es dir mit ihr nicht!"

„Bin ich blöd oder was?" Benni zeigte sich mal wieder von der besonders schnoddrigen Seite, wie immer, wenn er merkte, dass an den Worten seiner Mutter etwas dran sein könnte.

„Bäää...!!!", begann es wieder.

„Ruhe!", erstickte er diesmal das Gekreische aus seinem Zimmer schon im Ansatz. „Ich komme!"

Und an Tessa gewandt: „Bitte, Mama, morgen, ja? Dann bin ich ganz Ohr. Versprochen!"

Sprach 's und kehrte den Rücken, um den Weg in die elternfreie Zone einzuschlagen.

Tessa sperrte sich innerlich dagegen, Corinna übernachten zu lassen. Gut, sie hätte es verbieten können, denn noch war es ihre Wohnung – und leider auch Udos –, aber damit hätte sie ihren Sohn vor diesem Mädchen diffamiert, das wollte sie auch nicht. Morgen aber, so nahm sie sich vor, würde sie ihm eine klare Anweisung erteilen.

Kaum zu Ende gedacht, klingelte es an der Tür. Tessa drückte den Knopf der Gegensprechanlage, vernahm aber nur Rauschen. Wer auch immer der Besucher war, stand bereits oben vor der Wohnung und klopfte zaghaft hinterher.

„Guten Abend, Frau Hofnagel!", grüßte das zierliche Persönchen freundlich. „Ist Benni da?"

Jetzt hatten sie den Salat! Oder besser gesagt: Benni hatte ihn!

„Lara, das ist ja eine Überraschung!" Das arme Mädchen fragte sich garantiert, warum sie so laut schrie. Tessa hoffte nur, dass Benni noch Herr seiner unteren Sinne war und sich ja nicht muckte. Sie konnte Lara ja schlecht im Treppenhaus stehen lassen. „Komm doch erst mal rein!"

Sie lotste Lara in die Küche und machte vorsichtshalber die Tür zu. „Magst du etwas trinken?"

„Danke, nein. Ich müsste unbedingt mit Benni sprechen."

Warum machte sie denn so ein furchtbar ernstes Gesicht? Sie war doch wohl nicht …!!! Tessa spürte einen Feuerball in sich hochsteigen. Bloß nicht!!!

Lara lächelte wissend. „Nein, nein, keine Sorge, ich bin nicht schwanger."

Gedanken lesen konnte sie also auch noch! Alle Achtung! Trotzdem plumpste Tessa ein Stein vom Herzen. Das hätte sie jetzt nicht auch noch gebrauchen können.

„Ich dachte, du wolltest morgen sowieso

herkommen. Dann könnt ihr doch ..."

Lara unterbrach sie. „Ich weiß nicht, ob ich das dann noch möchte. Bitte, Frau Hofnagel, ich weiß, dass Benni hier ist und dass er ...", sie stockte und in ihrem Gesicht stand wieder jene Traurigkeit, die in Tessa sofort Mitgefühl auslöste, „neben mir noch mit einer Anderen rummacht."

Woher auch immer sie ihr Wissen bezog, sie war ein verdammt kluges Mädchen – im Gegensatz zu ihren Vorgängerinnen und der großmäuligen Corinna, die sich gerade im Bett nebenan wälzte. Jedenfalls machte es keinen Sinn, die Situation zu verleugnen.

„Lara, es tut mir leid! Ich heiße nicht gut, was Benni da macht und hab ihm schon einiges dazu gesagt." Tessa konnte sich nur zu gut vorstellen, wie es in Lara aussah. Der Wunsch, das Mädchen in den Arm zu nehmen, ein wenig zu trösten, übermannte sie. „Du bist ein so taffes und hübsches Mädel, Lara, ein Mensch mit echtem Gespür, so reif wirkend für deine neunzehn Jahre. Ich will Benni keineswegs in Schutz nehmen, aber trotzdem sagen, er tut dir nicht absichtlich weh. Er ist nur einfach noch nicht so weit."

Lara nickte und Tessa sah ihr natürlich an, dass sie nur mit Mühe die Tränen zurückhielt.

„Mal ganz ehrlich, Lara", sprach Tessa sanft auf sie ein, „ihr seid noch so jung. Viel zu jung, um sich schon festzulegen. Genieß das Leben, Lara. Verfolg deine Ziele."

War wirklich gerade sie selbst es, die das sagte? Ausgerechnet Tessa Hofnagel, deren einstige Rachegelüste wegen der *Anno-Driet-inne-Pief-*

Szene zwischen Einmachgläsern in einem gewissen Schrebergartenhäuschen wieder brodelten, seit sie Jobst in der blöden Tür angerempelt hatte?

„Es ist nur ein guter Rat", hörte sie sich weiter, „und glaub mir: Was zusammengehört, wird auch zusammenfinden!" Meine Güte, was faselte sie denn da für einen Schwulst? Was zusammengehört, wird auch zusammenfinden? Pah! Zugegeben, Lara schaute sie etwas perplex an, konnte sich wahrscheinlich an ihren zehn Fingern abzählen, dass sie ihr soeben einen umwerfenden Eindruck von ihren eigenen Liebesabenteuern gegönnt hatte. Na, egal jetzt! Sie saß hier schließlich nicht, um sich selbst aufzumuntern.

Tessa wollte ihr noch einiges sagen, aber da ging die Küchentür auf und das Corpus Delicti zeigte sich halbnackt auf der Schwelle. „Äh, sorry, äh, dachte ... sind nicht mehr da ... wollte nur ... äh ... was trinken." Hörte sich allerdings nicht an, als sei diesem Mädchen irgendwas peinlich. Im Gegenteil. Es drehte sich frontal zu Lara und musterte sie ungeniert. „Äh, wer bis'n du? Ich hab dich doch schomma wo jeseh'n!"

Tessa wurde das jetzt langsam zu blöd. Außerdem tat ihr die Aussprache der Spätpubertierenden in den Ohren weh. „Die Frau „Äh" sagt dir jetzt mal was: Zieh dich an und wenn du einen Sprachkurs gemacht hast, können wir uns gerne anständig unterhalten!" So, endlich hatte sie diesem Girlie Bescheid gestoßen. War längst überfällig.

Lara dagegen streckte stolz das Haupt in den Nacken. Wahrscheinlich, weil Benni gerade dahinter auftauchte. Sein Teint wandelte gefährlich zwischen

Hochrot und Schneeweiß.

„Klar hast du mich schon gesehen, du bist auf derselben Schule wie ich." Es schien, als ob Lara jede einzelne Silbe extra klar betonte, damit sie Corinna auch ja schön lange im Gedächtnis blieben. Spöttisch setzte sie hinzu: „Trägst du sonst nicht eine Brille?"

Zickenkrieg in ihrer Küche – das war mal was Neues. Tessa amüsierte sich köstlich, wie ihre Favoritin Lara die unmögliche Corinna in die Flucht schlug. Noch nie hatte diese Benni wutschnaubend beiseitegestoßen, ihre Plörren eingesammelt und die Wohnung verlassen.

„Ich habe so ein Gefühl, als käme sie nicht wieder", freute Tessa sich.

Benni stand immer noch da wie in Stein gemeißelt.

„Möchtest du dich vielleicht setzen und von dem kleinen Schock erholen?", bot Tessa ihm an. „Ich lass euch dann auch gerne allein. Hauptsache, ihr redet jetzt vernünftig miteinander."

„Danke, Frau Hofnagel, aber sie brauchen nicht weg zu gehen. Wollte nicht glauben, was ich heute zufällig gehört hab und Benni selbst fragen. Nur deshalb kam ich her. Wie ich eben gesehen hab, stimmt es!" Sie sah Benni voll in die Augen. Er senkte die Lider.

„Schade. Aber das war's dann auch von meiner Seite. Mach's gut!" Mit aufrechter Statur ging sie an ihm vorbei zur Wohnungstür.

Tessa folgte ihr, suchte in ihren Augen und fand den Schmerz, der sich spätestens unten an der Straße entladen würde. „Bist du dir sicher, Lara?", forschte sie leise.

Lara nickte. Dann ging sie. Endgültig.

Als Tessa sich umdrehte, war Benni aus dem Sichtfeld verschwunden.

„Prima hingekriegt, mein Sohn!", rief sie in die Richtung seiner Miefhöhle.

Nur kurz erschien sein blonder Schopf im Rahmen, maulend und zugleich nach Mitleid haschend: „Scheiß Weiber, man!"

„Wenn du reden möchtest … ich bin in der Küche, Abendessen machen!"

„Nee!"

„Was nee?"

„Kein Hunger und kein Reden!"

„Okay, ich stell dir einen Teller hin. Für den Fall, dass du später …!"

„Keine Zeit, mach da grad eine im Chat klar."

Das war wieder einer der Momente, in denen Tessas Augen nicht nur von unten nach oben, sondern liebend gerne eine Runde um den Block gerollt wären.

Erst viel später, als sie längst im Bett lag und Schäfchen zählte, weil sie wieder einmal nicht einschlafen konnte, kam ihr zu Bewusstsein, dass sich mit Laras Abgang auch das Hilfsangebot ihres Vaters in Luft aufgelöst hatte.

Sobald Gitti sich meldete, würde sie ihr mitteilen, dass sie den Samstagabend mit Laras Vater wohl oder übel streichen konnten.

7

Donnerstag ...

Gittis Anruf kam schneller als gedacht, holte Tessa gegen sieben Uhr morgens aus einem grässlichen Wirrwarr von Träumen, deren Hauptdarsteller Jobst Birnbaum hieß.

„Hallo Liebe, du entschuldige, dass ..." Es folgte die blitzartige Beschreibung eines gebrochenen Knöchels von Schwiegermutter Elsbeth und die zur Unkenntlichkeit von Alwin Senior, für den Bakterien etwas in der Art von Insekten waren, bewirtschaftete Küche. Gitti spulte ihre Litanei so schnell ab, dass Tessa für Aufnahme und Verarbeitung ein paar Sekunden länger brauchte.

„Sag mal, stehst du unter Zeitdruck?" fragte sie völlig bedusselt.

„Ich nicht, aber Alwin", kam es postwendend.

„Aha. Er steht also neben dir und passt auf, was du mir erzählst?" Tessa meinte das eigentlich als Scherz.

Doch das „Japp!" von Gitti belehrte sie eines Besseren.

„Armes Mädchen", hauchte Tessa mitleidig. Das konnte Alwin keinesfalls hören.

„Danke, Liebe. So, jetzt nur noch eines: Wir kommen voraussichtlich nächsten Montag wieder nach Hause. Bist du bitte so lieb und schaust mal nach den Zimmerpflanzen und ab und an in unseren Briefkasten. Hast ja den Schlüssel."

Tessa versprach es, schon war das Telefonat beendet. In der Länge hatte es keine fünf Minuten gedauert. Im Geiste sah sie Alwin auf eine Stoppuhr tippen: fünf, vier, drei, zwei, eins …

Nur dumm, jetzt hatte sie ganz vergessen, Gitti zu sagen, dass der Besuch von Laras Vater geplatzt war. Na gut, Gitti kam Montag wieder, dann blieben immer noch ein paar Tage zum Überlegen, ob sie an dem Abend trotzdem kochen wollte. Bis dahin würde sie mit Liebe Gittis Pflanzen gießen und den Baumann'schen Briefkasten hüten wie ihren eigenen.

Warum ging denn jetzt der Wecker? Sie war doch schon wach. Hellwach. Tag drei und mit ihm das Finale der Aufnahmeprüfung standen bevor. Heute würde sie erfahren, ob sie einen der angeblich so begehrten Plätze in der Schulungsmaßnahme belegte oder nicht.

Tessa klopfte an Bennis Zimmertür. „Aufstehen! Möchtest du Frühstück?"

Keine Antwort.

Sie klopfte und rief noch einmal. Fester und lauter.

„Neeee!", krächzte es verschlafen durch das Türblatt.

Mit wenigen Handgriffen deckte sie den Tisch, stellte Benni seine Lieblingsmarmelade hin und steckte schon mal die ersten beiden Brotscheiben in den Toaster. Dann ging sie ins Bad und machte sich fertig.

Als sie in die Küche zurückkam, stand das Stillleben noch genauso unberührt da wie vorher und der Toast war längst abgekühlt.

„Benni, steh jetzt bitte auf! Es wird Zeit!"

Das fehlte ihr noch, dass er jetzt seine Ausbildung schleifen ließ. So kurz vor der Prüfung.

Doch Benni rührte sich wieder nicht.

Tessa rang mit sich. Sollte sie sauer werden oder sich Sorgen machen? Kurzerhand klopfte sie zum dritten Mal bei ihm an, öffnete diesmal die Tür.

Beißender Schweißgeruch stieß ihr entgegen. Die Jalousie war bis auf einen knappen Spalt heruntergelassen und Millionen von Staubkörnchen tanzten in den durchdringenden Sonnenstrahlen. Das ganze Zimmer eine einzige Gebrauchsspur. Nur von Benni selbst ... nichts!

„Benni?"

Alles blieb ruhig. Dann sah Tessa, dass seine Arbeitsschuhe fehlten. Er war weg. Einfach abgehauen, ohne was zu sagen.

***

Tessa fluchte. Da hatte sie mal wieder nicht nachgedacht. Wie konnte sie auch glauben, dass morgens um halb acht der schnellste Weg nach Neuss über die Autobahn führte? Die 57 war dicht wie Nebelschwaden im November, nichts ging mehr. Und sie mittendrin. Was sollte sie machen? Sie würde in jedem Fall zu spät kommen. Ausgerechnet heute, am letzten Prüfungstag. Blöder ging es kaum.

Das Kaarster Kreuz war noch gut zwei Kilometer entfernt, trotzdem pirschten sich überschlaue Fahrer mit ihren Karossen auf dem Standstreifen entlang.

Na, wenn das mal nicht ins Auge ging! Tessa glaubte nämlich in der Ferne eine Polizeistreife mit ausgeschaltetem Blaulicht zu erkennen – sonst hätte sie sich längst hintendran gehängt.

Die Kolonne auf dem linken Streifen ruckte ein paar Meter vorwärts, dann wieder Stillstand. Ein schwarzer Range Rover kam direkt neben ihr zum Stehen. Aus den heruntergelassenen Scheiben dröhnte laut **Revolverheld** was von Licht anlassen und hell sein.

Und das, obwohl die Sonne auf den Asphalt brannte und schon jetzt den Wagen zur Sauna machte. Tessa pustete sich eine klebrige Haarsträhne aus der Stirn. Dann glaubte sie, ihr Herz setze aus. Der Typ da hinter dem Steuer ... Jobst Birnbaum! Das konnte nicht wahr sein!

Leider doch. Jetzt drehte er auch noch den Kopf zu ihr.

Im selben Moment begann der beiderseitige Schlagabtausch zwischen den Fahrzeugen.

„Teresa! Was für ein Zufall!"

Sah aus, als freute er sich auch noch darüber.

„Eher ein dummer Einfall von mir, nicht die Landstraße wie sonst zu nehmen."

„Um die Zeit ist immer Stau. Finde, man gewöhnt sich dran."

„Ach, du parkst öfter hier?"

„Kann man so sagen." Er lachte und sein weißes Zahnpastagebiss blitzte in der Sonne.

„Dann bist du ja mal nicht in zwanzig Minuten am Ziel, was?" Tessa, spinnst du? Wie kannst du denn jetzt so was raushauen?

Einen Moment lang glaubte sie tatsächlich so

etwas wie Verblüffung in seinem Gesicht zu lesen. Leider hupte es in diesem Moment von hinten.

„Scheint weiter zu gehen! Bis dann, Teresa!" Damit ließ er seinen Wagen rollen. Trotz zunehmender Entfernung schallte die Musik über den Asphalt, als säßen **Revolverheld** persönlich mit bei ihm im Auto und spulten ihre ganze CD ab.

Du brauchst eher einen Revolverschein für dein Mundwerk, Tessa-Teresa! Am Ende denkt er noch, er hätte vor dreißig Jahren einen riesigen Eindruck bei dir hinterlassen. Na, ein super Tag schien das wieder zu werden!

Trotzdem hätte sie zu gerne gewusst, wo er hinfuhr. Sein Schreibtisch stand – laut Webseite – in Uerdingen. Völlig andere Richtung!

***

Eine halbe Stunde über der Zeit. Tessa entschuldigte sich und kam sich vor wie einst in der Schule, wo sie vor versammelter Klasse dem Lehrer glaubhaft zu machen versuchte, dass ihre Mutter verschlafen und sie nicht rechtzeitig geweckt hatte. Im Stillen leistete Tessa ihrer Mutter Abbitte, dass sie immer für ihre Trödeleien auf dem Schulweg herhalten musste.

Heute war Tessa allerdings nicht die Einzige, die zu spät kam. Offensichtlich waren mehrere in den Stau geraten. Gut möglich sogar, dass sie alle in unmittelbarer Nähe standen, ohne es zu realisieren, da man sich zu wenig kannte, um sich die Gesichter einzuprägen.

Das von Jobst Birnbaum allerdings reichte Tessa vollkommen – mindestens für weitere dreißig Jahre.

Sie hatte Mühe, sich zu konzentrieren. Nicht nur dieser Kerl turnte Kapriolen in ihrem Kopf, sondern auch die Sache von gestern Abend. Lara war nicht schwanger, das war schon mal gut. Trotzdem wurde sie das Gefühl nicht los, dass noch irgendetwas hinterherkam. Was Benni anging, machte sie sich weniger Sorgen als dass es sie sogar freute. Sie kannte ihren Sohn gut genug, um zu erkennen, dass sein merkwürdiges Gebaren ein Zeichen von Frust war, etwas verloren zu haben. Und dabei ging es gewiss nicht um Corinna!

Endlich eine Pause. Tessa lechzte förmlich nach einem wohltuenden Becher Kaffee. Anja eine Mitstreiterin, bot ihr eine Zigarette an, Tessa wehrte dankend ab.

„Jetzt noch ein bisschen BWL und VWL, dann ist es überstanden!"

Hörte sich nicht an, als mache Anja die Maßnahme in irgendeiner Form Spaß.

„Bin gespannt, wo sie so schnell einen neuen Dozenten aufgetrieben haben, nachdem der von gestern scheinbar plötzlich krank geworden ist", gesellte sich Ilka, schon am ersten Tag auffällig durch ihr angeberisches Getue, hinzu.

„Und wie das Ganze dann bewertet wird", meckerte Anja verhalten.

Tessa zuckte die Schultern. „Was klappt, das klappt. Wenn nicht, dann eben nicht!"

Ilka musterte sie höchst neugierig. „Du bist wohl nicht drauf angewiesen?"

Tessa mochte sie auf Anhieb nicht und würde dieser Quasselstrippe jetzt mit Sicherheit nicht erzählen, worauf sie angewiesen war und worauf nicht.

Da ertönte auch schon der Gong – wie zu alten Schulzeiten – und alle fünfzehn Damen des Nachauswahlverfahrens nahmen wieder auf ihren Stühlen Platz. Die Tür ging auf, der neue Dozent betrat den Klassenraum. Beifall setzte ein. Die einzige, die nicht klatschte beim Anblick des gut aussehenden Mannes mit den dunklen Haaren, gekleidet mit weißem Oberhemd unter anthrazitfarbigen Sakko und Bluejeans, war Tessa.

„Werte Damen", begrüßte er mit wohlwollendem Lächeln die Schar der „späten" Mädels vor sich, „ich wünsche allseits einen wunderschönen *Guten Morgen!* Wie Sie sicher schon gehört haben, ist Herr Winkler ausgefallen und ich springe für ihn ein. Mein Name ist Jobst Birnbaum und normalerweise sitze ich jetzt …"

Tessa wünschte sich nichts lieber, als dass sich der Boden auftäte und sie lautlos verschluckte. Sie bekam auch nicht mit, wie Jobsts Blick durch die Reihen ging und an ihr hängen blieb, als habe er eine Halluzination.

„Frau Hofnagel? Das nenne ich jetzt aber eine wahrhaftige Überraschung!"

Sofort wanderten alle Augen zu Tessa.

Die sah nur ein breites Grinsen, in dem sie weitaus mehr las als alle anderen Anwesenden und zeigte demonstrativ auf die große Wanduhr hinter ihm über der Tür. „Immerhin doch noch geschafft, was?"

Die extra Portion Ironie in ihrer Stimme entfachte tumultartiges Getuschel im Raum. Sofort wurde klar: Dozent Birnbaum und die Hofnagel kannten sich besser als sie vorgaben.

Tessa fragte sich im Stillen, wie sie den Vormittag hinter sich bringen sollte. Unter den gegebenen Umständen samt Jobsts Argusaugen würde sie kaum mehr klar denken können. Nur mit Mühe zwang sie sich, sitzen zu bleiben, statt an dieser Stelle einfach abzubrechen.

Doch nicht wegen *dem*, Tessa Hofnagel! Jobst Birnbaum bringt dich nicht noch einmal vom Weg ab!

Dass er ihr wie selbstverständlich beigestanden hatte in einer schwierigen Situation, und die war ja gerade mal erst zwei Tage her, verbannte sie einfach in die Schublade „Diverses".

„Meine Damen", rief Dozent Birnbaum zur Ordnung, „dann wollen wir mal! Sind Sie bereit für den letzten Durchlauf?"

Wie sich das anhörte, letzter Durchlauf! Pah! Tessas Teufelchen war nun vollends erwacht. Ob er vor Gericht auch so sprach?

„Frau Hofnagel, *Sie* auch?", wandte er sich doch tatsächlich zur Belustigung aller noch einmal explizit an sie.

Tessa merkte, dass sie knallrot wurde. Wie konnte er es wagen! So, jetzt pass mal schön auf, werter Jobst!

„Was, wenn nicht, Herr Birnbaum? Gibt es dann einen *Ein*lauf?"

Schlagartig wurde es still und vorrangig in der Luftschiene Birnbaum – Hofnagel bildete sich eine gewaltige Spannung, von der Tessa sich kurzzeitig einbildete, das Knistern selbst zu hören. Jobsts schwarze Augen bohrten sich in ihre, drohten mit deutlichem: Na warte! Fakt aber: Seinem Mund hatte es die Sprache verschlagen. Was wollte sie mehr?

Jobst bewies sich als wahrer Meister der Contenance. Weder seiner Stimme noch seiner Miene ließ er entnehmen, ob er sich über die Bemerkung ärgerte.

Freundlich wie zuvor wandte er sich von nun an nur noch an die vierzehn anderen Damen. Tessa dagegen grinste er höchstens hier und da süffisant an.

Nachdem Jobst endlich mit seinem gewichtigen Statussymbol, dem Aktenkoffer, von der Bühne abgetreten war, stürmte sofort, wie sollte es auch anders sein, Ilkas dämliche Fragerei auf sie ein.

„Den Birnbaum kennst du aber ziemlich gut, was?" Unverkennbar, was sie meinte.

„Vielleicht", gab Tessa gleichmütig zurück.

„Vielleicht?", krähte es schrill. „Ich glaub es ja nicht!"

„Hast du einen Mann zu Hause?", fragte Tessa geradeheraus. Ilkas Getue ging ihr auf den Geist.

„Nein", kam es prompt.

„Na, dann schau doch mal im Internet auf die Seite der Rechtsanwälte Birnbaum & Seltenreich."

„Was denn, der Birnbaum hat eine eigene Kanzlei?"

„In Krefeld, ja."

„Und dann macht er einen auf Dozent?"

„Das eine schließt das andere nicht aus", befand Tessa.

„Auch wieder wahr." Ilka japste vor Euphorie. „Du weißt sicher auch, ob er verheiratet ist?"

„Finde es heraus", entgegnete Tessa gönnerhaft

und ließ sie stehen. Um nichts in der Welt hätte sie Ilka auf die Nase gebunden, dass sie von Jobsts Privatleben nur insofern Ahnung hatte, dass es da ein Mäxchen gab, mit dem er sich jeden Dienstag einen Opatag leistete.

***

„Warum bist du eigentlich so biestig zu mir?"

Tessa wollte die Wagentür öffnen und erschrak, als sie plötzlich seinen Atem in ihrem Nacken spürte. Sie drehte sich auf dem Absatz um und funkelte ihn an: „Wer ist hier biestig? *Du* warst es, der mich vor allen bloßgestellt hat!"

Jobst begriff nicht. „Womit bitte habe ich dich bloßgestellt?"

„Na, das eben vor versammelter Mannschaft …", sie brach ab, weil sie sich aus irgendeinem Grund auf einmal schrecklich albern vorkam. Sie wusste selbst nicht, warum sie so übertrieben reagierte, wenn es um ihn ging. Bei Udo, wo es wirklich mal angebracht gewesen wäre, tat sie es nicht.

„Teresa, was wirfst du mir vor?" Seine Stimme nahm einen eigenartig sanften Unterton an.

Sie konzentrierte den Blick auf ihr Auto, damit sie ihm bloß nicht in die Augen schauen musste. Doch dann fuhr seine Hand unter ihr Kinn, hob es mit sanfter Gewalt an. Jetzt musste sie ihn ansehen, ob sie wollte oder nicht.

„Teresa, sag es mir!" Die Schwärze um seine Iris zog sie wie magisch an. Ganz nebenbei legten sich zwei starke Männerarme um ihre Taille und drückten sie an seinen – aber holla! – spürbar athletischen Körper. „Ich warte!"

„Vielleicht fällt mir ja in den nächsten zwanzig Minuten das Passende ein!", giftete Tessa, doch Mimik und Gestik zeigten, dass ihr Widerstand schwand.

Sein Gesicht kam näher. „Ich verstehe nicht, was du immer mit deinen zwanzig Minuten hast." Wie selbstverständlich hauchte er ihr einen Kuss auf die Stirn, dann auf die Wange, dann auf den Mund. Der Hauch verwandelte sich in Wärme, Leidenschaft, Zärtlichkeit, verursachte ihr Kribbeln, weiche Knie. Es musste einfach eine andere Tessa sein, die seine Küsse jetzt auch noch erwiderte.

Erst als er sie wieder losließ, kam sie abrupt zur Besinnung. „Sag mal, spinnst du?!", schrie sie ihn an, puterrot vor ... Ja, was eigentlich? War es wirklich Wut, was da in ihr tobte? Oder doch eher ein inneres Flammenmeer, das sich soeben lichterloh entzündet hatte? Nein! Nein! Nein! Nie und nimmer! Mit aller Macht wehrte Tessa sich gegen die eigenen Gefühle. Und was tat er? Er stand einfach da und schien sich glänzend zu amüsieren.

„Du, das frag ich mich manchmal auch."

Wäre sie „Bibi Blocksberg" gewesen, sie hätte ihm sein dämliches Grinsen sonst wohin gehext.

„Huhu, Herr Birnbaum, bitte warten Sie einen Moment!", nahte die hochgradig willkommene Erlösung in Gestalt von Ilka.

Was auch immer die von Jobst wollte, war ihr natürlich schnuppe.

Tessa war nicht blöd, hatte schließlich Augen im Kopf. Und die sahen ganz genau, wie Ilka ihn anschmachtete. Na, sollte sie doch! Hauptsache, sie selbst konnte sich jetzt schleunigst vom Acker machen.

Täuschte sie sich oder suchte auch Jobst nach einer Möglichkeit zur Flucht?

„Lieb, dass Sie gewartet haben!" Ilka zeigte kein Gramm Fett zuviel durch ihr eng geschnittenes Modepüppchen-Outfit, schnaubte aber wie eine alte Dampflok. „Ich würde Sie gerne sprechen. Bitte. Nur zwanzig Minuten Ihrer Zeit ..." Es folgte ein demonstrativer Seitenblick zu Tessa. „Wenn es geht, unter vier Augen?"

Tessa sank belustigt auf den Fahrersitz und startete den Motor. Bevor sie den Schlag zudonnerte, ging noch einmal das Teufelchen mit ihr durch: „In zwanzig Minuten kann unheimlich viel passieren! Ilka, pass nur auf, dass du nicht von Einmachgläsern erschlagen wirst!"

„Hä?"

Dass sie erst vor einer halben Stunde den Freifahrtschein für die Bildungsmaßnahme erhalten hatte, war für Tessa irgendwie völlig Nebensache. Sie war nur damit beschäftigt, die riesig blinkenden Fragezeichen in Ilkas Mienenspiel zynisch zu belächeln, ebenso wie die weit aufgerissenen Lider des Herrn Birnbaum, dem gerade eine Birne der Erleuchtung zu glühen schien.

Mit dem wohltuenden Gefühl des Triumphs startete sie den Motor und brauste davon. Leider hielt es nur solange an, bis seine Gestalt aus dem Rückspiegel verschwand. Jetzt kämpfte sie gegen sämtliche Tessas, die mit im Wagen saßen:

Das hat er nun davon!

Du bist dumm! Jetzt hast du ihm auch noch

gezeigt, wie verletzt du immer noch bist!

Du hast ihn immer noch gern!

Nein! Nein! Nein!

Und er weiß es! Du hast es ihm deutlich gezeigt.

Soll er doch denken, was er will! Wissen tut er gar nichts!

So eine Frechheit, den Moment auszunutzen. Du hattest ja überhaupt keine Möglichkeit, dich zu wehren!

Na, ganz so willenlos hast du es ja nun wieder nicht geschehen lassen!

„SCHLUSS JETZT!", maßregelte Tessa sich selbst. Von nun an blieb ihr nichts anderes übrig als zu hoffen, dass Jobst Birnbaums Dozentenauftritt in ihrer Gegenwart eine einmalige Sache blieb und auch die merkwürdigen Zufallsbegegnungen der letzten Tage keine Fortsetzung fanden. Eines wusste sie ganz genau: Stadtwaldbesuche an einem Dienstag würde sie auf jeden Fall in Zukunft vermeiden.

***

Die Strecke, für die sie am Morgen wegen dem Stau über eine Stunde gebraucht hatte, schaffte Tessa zurück in sagenhaften zwanzig Minuten. Sie fand sogar wieder eine freie Parklücke unmittelbar vor ihrem Wohnhaus. Beim Aussteigen erspähte sie Bennis Wagen auf der anderen Straßenseite und ahnte sofort, das bedeutete nichts Gutes.

Sie beeilte sich mit dem Leeren des Briefkastens, vergaß auch Gittis nicht, und eilte die Treppen nach oben.

Als sie die Wohnungstür aufschloss, müffelte es ihr aufdringlich nach Schweißfüßen entgegen. Kein Wunder, Bennis Arbeitsschuhe lagen in der Diele herum, als habe er sie mit Wut einfach dorthin gepfeffert.

„Benni!", rief sie laut. Die Tür zu seinem Zimmer stand im Gegensatz zu sonstigen Gepflogenheiten weit offen.

„Ja, bin hier", kam es seltsam leise zurück.

Tessa warf die eingesammelte Post achtlos auf den Küchentisch und strebte sofort zur Bettkante ihres Sohnes, dem es augenscheinlich nicht gut zu gehen schien. Sie vergaß sogar den Klammergriff um die Nase, obwohl ihr von dem Mief im Raum übel zu werden drohte.

„Was ist denn mit dir?", fragte sie besorgt ob seiner Blässe, schloss zunächst auf einen Magen-Darm-Infekt. „Hast du Stuhlgangprobleme? Soll ich dir einen Tee machen?"

„Boah, Mama", hörte sie trotz Leidensmiene, „ich bin doch kein kleines Kind mehr!"

„Natürlich nicht", nahm Tessa sich zurück, „habe es nur gut gemeint."

„Weiß ich ja", behauptete der Kranke, „aber dagegen hilft auch kein Tee."

Warum klang das so traurig? Plötzlich hatte Tessa das untrügliche Gefühl, sein Infekt sei von ganz anderer Natur. „Benni, sag mir jetzt bitte, was los ist!"

Er zuckte die Achseln.

Sah sie richtig? Tränen? Bei ihm?

„Weiß auch nicht, irgendwie fühl ich mich so …", er suchte nach einer treffenden Beschreibung,

„toootal fertig. Hab die ganze Nacht nicht geschlafen deswegen!"

„Weswegen? Weil Du im Chat geturtelt hast?"

„Quatsch!", kam es postwendend zurück und Tessa beschlich eine leise Ahnung, dass sein Zustand etwas mit Lara zu tun haben könnte. Was hieße: Ihrem kleinen Benni wäre das Mädchen dann ja doch nicht so egal.

„Kann ich dich mal was fragen, Mama?"

„Natürlich!" Wie früher, wenn es ihm nicht gut ging, fuhr sie ihm liebevoll durch den widerspenstigen Haarschopf.

Er schüttelte sich. „Boah, Mamaaa!!!"

„Sorry." Sofort zog sie die Hand zurück. Sie hatte Verständnis, dass er sich so nicht mehr trösten ließ. „Also, was möchtest du wissen?"

Er druckste ein wenig herum, überlegte, wie er beginnen sollte. „Du und Papa ... wie soll ich sagen? ... wie habt ihr? ... oder besser ... wie hast du gewusst, dass es Liebe ist?"

„Ach, du meine Güte!", rutsche es ihr unbedarft heraus. Mit so einer Frage hatte sie nicht gerechnet.

„Aber du hast ihn doch mal geliebt, oder?", reagierte er sofort.

„Ja sicher!", beruhigte sie ihn schnell, weil sie merkte, dass offenbar nicht nur sie selbst, sondern auch er inzwischen die langen Ehejahre vor Stelzen-Susis Einschreiten infrage stellte.

„Das klingt aber nicht sehr glaubhaft!", stocherte er weiter in diesem äußerst wunden Punkt.

„Warum willst du das eigentlich alles so genau wissen?", versuchte sie ihn schnellstens zu seinem eigentlichen Thema zurückzulotsen.

„Mir geht Laras Blick nicht aus dem Kopf."

Ha, hatte sie es nicht gewusst?! Lara hatte ihm selbigen also doch gehörig verdreht! Stille Freude breitete sich in ihrem Mutterherz aus. Bei einer Freundin wie Lara brauchte sie sich keine Sorgen machen, sie würde ihn auf dem rechten Weg halten.

„Sie war verletzt, Benni! Es ist ja nun auch wirklich nicht gerade angenehm, wenn man auf derartige Weise herausfindet, dass man hintergangen wird."

„Du redest, als wäre dir das selbst passiert."

Sie schluckte. Er konnte nicht wissen, wie sehr er ins Schwarze getroffen hatte.

„Mit Gefühlen spielt man nicht, das habe ich dir schon mehrfach gesagt!"

„Ja, ja. Aber was mach ich denn jetzt?" Hörte sich an wie der kleine Junge, der dringend Mamis Hilfe brauchte.

„Die Frage ist eher: Was willst du?"

„Lara zurück!"

„Aha." Tessa versuchte sich unbeeindruckt zu geben, was ihr zugegebenermaßen schwerfiel. „Und Corinna?"

„Ach, die!", schoss er abwertend zurück. „Mit der war gut pimpern und kiffen, aber sonst …"

Schön, dass er es rechtzeitig einsah.

„Lara ist irgendwie ganz anders. Ich weiß auch nicht. Ich vermisse sie schon jetzt und mir ist richtig schlecht, wenn ich an gestern denke."

Dass sollte es auch sein! Aber gut, die Zeichen, dass sie ihrem Sohn doch eine gewisse Empathie vermittelt hatte, standen gut.

„Sprich mit ihr, entschuldige dich."

„Und wenn sie mich nicht sehen will?"
„Versuchst du es noch mal!"
„Und wenn …?"
„Hör zu, Sohn, entweder du suchst weiterhin banale Ausflüchte und lässt Lara laufen, oder du möchtest sie zurück. Dann zeig ihr, dass du deinen Fehler bereust und kämpfe mal ein bisschen!"

Benni sah sie mit großen Augen an. „Wie sich das anhört … kämpfen."

„Nun", gab Tessa weise zurück, „das kommt von: Bekämpfe deinen Stolz, besiege ihren Widerstand! Hat nichts zu tun mit deinen Ballerspielen auf der „X-box"."

„Weiß ich auch!"
„Prima, dann lass dich nicht aufhalten …!"
„Wie? Jetzt? Sofort?"
„Nö, du kannst natürlich auch warten, bis sie so dicht gemacht hat, dass sie dich tatsächlich nicht mehr sehr sehen will."

Benni zögerte immer noch. „Aber um die Zeit ist sie noch in der Uni."

„Ach so, und du hast keine Ahnung, wie man mit dem Auto nach Düsseldorf fährt?"

„Du meinst, ich soll sie einfach …?"

„Überraschen, ja", vollendete sie. „Und jetzt mache, dass du in die Puschen kommst! Mit Trauermiene in deinem Pumakäfig hocken", Tessa rümpfte die Nase, „bringt gar nichts. Dass du dir einmal frei genommen hast, ist in Ordnung, aber ich möchte nicht, dass sich das jetzt häuft und deswegen am Ende noch dein Ausbildungsplatz auf dem Spiel steht!"

„Hörst dich an wie Dad!", grummelte er.

„Das ist ein Punkt, mein Sohn ... ", Tessa lächelte verschmitzt, „in dem ich deinem Vater nun wirklich ausnahmsweise mal Recht geben muss."

***

Eine halbe Stunde später befand sich Benni – genauso ausnahmsweise frisch geduscht, ordentlich gekämmt und wohlriechend nach Udos vergessenem Deo – auf dem Weg ins nahe gelegene Düsseldorf.

„Aber denk dran", hatte Tessa ihm noch gut meinend mit auf den Weg gegeben, „auch wenn du Benjamin heißt, benimm dich bitte nicht wie einer!"

„Hä?", kam es begriffsstutzig zurück, dass Tessa sich fragte, wer von ihnen das bessere Gedächtnis hatte.

„Törööö!", half sie ihm auf die Sprünge, worauf er mit lautem: „Boah, Mama!" die Tür hinter sich ins Schloss fallen ließ.

Leider machte sich das bessere Gedächtnis in der plötzlichen Stille der Wohnung sogleich noch einmal bemerkbar. Es holte ihr ein dunkles Augenpaar zurück, in dem es begehrlich flackerte und Tessa war, als spüre sie noch immer den festen Händedruck in ihrem Rücken, als röche sie Jobsts Aftershave.

„NEIN! NEIN! NEIN! DU nicht mehr, Jobst Birnbaum!", machte sie sich Luft, als könne sie damit jegliches Gefühl für diesen Mann abschmettern. Warum zitterten ihre Hände und warum klopfte ihr Herz wie wild? Jobsts Gesicht, irgendwie fremd und doch vertraut – es wollte ihr partout nicht aus dem Sinn.

Tessa rauchte nicht, fand ihre Entspannung eher in einer ordentlich starken Tasse Kaffee. Deshalb setzte sie jetzt die Maschine in Gang. Das Gebräu würde helfen, ihr Gemüt wieder auf Normalpegel zu bringen. Hoffte sie zumindest.

Während das Wasser durch den Filter blubberte, zog der Vorfall am Auto erneut wie ein Film an ihr vorüber. Jobst machte ihr unmissverständlich Avancen. Das Schlimme daran: Für einen Moment war sie doch glatt schwach geworden.

Aber der Moment war klitzeklitzeklein und nicht ohne Grund schnell wieder dahin!, hielt Tessas Sturheit dagegen.

Warum sperrst du dich so gegen ihn?, fragte das süße Gefühl der Unvernunft.

Tu ich nicht!

Tust du doch!

NEIN! Der Mann hat seinen Spaß mit mir gehabt. Noch mal kriegt er ihn nicht!

Das ist dreißig Jahre her! Warum machst du dir jetzt nicht mal Spaß mit ihm?

Wumm! Was das innere Vögelein ihr da gerade zwitscherte ... warum eigentlich nicht? Schließlich empfand sie Jobst Birnbaum körperlich nicht unbedingt abstoßend. Wenn sie zum Beispiel an seinen knackigen Jeanshintern dachte ... Schließlich war sie eine Frau mit Sinnesreizen – wenn die auch langsam vertrockneten wie die einsame Yuccapalme im Amtszimmer von Herrn Wünsch.

Schlagartig hob sich Tessas Stimmung. Im Geiste sah sie sich ihre Ekstase mit Jobst irgendwo zwischen Einmachgläsern ausleben, um hinterher schleunigst von der Bildfläche zu verschwinden mit den Worten: „War nett mit dir! Wenn du mal wieder Bock hast … kennst ja meine Nummer!" Oder so ähnlich.

Tessa fand zunehmend Gefallen an dem Szenario. Das Dumme nur: Sie hatte Jobst gar nicht ihre Telefonnummer gegeben.

Tessa hörte einen Schlüssel in der Wohnungstür, dann ein Poltern und schweres Geächze. So laut, dass es sogar das Versieden der letzten Kaffeetropfen in die Glaskanne übertönte.

„Benni, wieso …?" Sie wollte schon losspulen, dass er in der kurzen Zeit kaum zu Lara gefahren sein und sich mit ihr ausgesprochen haben konnte, als sie den ehemaligen Mitbewohner dieser vier Wände wie einen ramponierten Bock auf dem Dielenboden hocken sah. Augenblicklich verwandelte sich der eben noch so schöne Film um Jobst Birnbaum in einen B-Streifen mit Udo Hofnagel. Zu sehen an den feinen Härchen auf ihrem Arm, die sich allesamt aufrichteten. Von denen im Nacken ganz zu schweigen.

„Was machst *du* denn hier?", fragte Tessa nicht gerade begeistert.

„Ich bin auf dem dämlichen Läufer ausgerutscht", ranzte er statt einer Antwort.

Nun ja, den kannte er noch nicht. So war das halt, wenn man die eheliche Wohnung monatelang nicht betrat – da konnte sich schon mal was verändert haben! Und wenn es nur ein Teppich zuviel war, über den er jetzt so geistreich fluchte.

„Du hättest klingeln können, dann würdest du noch stehen", wies Tessa ihn ironisch zurecht.

„Warum soll ich klingeln, wenn ich in meine

Wohnung will?", schmetterte er ihr prompt vor den Latz.

„Weil du nicht mehr hier wohnst!"

„Darf ich dich daran erinnern, dass du das so langsam mal auch nicht mehr tun solltest?!"

„Aha?" Tessa wunderte sich selbst über ihre Gelassenheit. „Wüsste nicht, warum!"

„Horst hat deutliche Worte zu Papier gebracht, die, wie ich finde …!"

„Horst?", stellte Tessa sich dumm. „Ich kenne keinen Horst." War nicht mal gelogen. Sie war diesem Fisch-Anwalt noch nie persönlich begegnet. Udo hatte ihn seinerzeit auf dem Tennisplatz kennengelernt. Ein Ort, an den er sie generell nie mitnahm. Ein Ort, den er nur wegen geschäftlich wichtigem Smalltalk besuchte. *Natürlich!* Vor allem ein Ort, wo Stelzen-Susi nach schweißtreibendem Satz auf dem Platz mit erfrischendem Nass in der Vereinspinte wartete.

Ihre Unschuldsmiene schien ihn zu verunsichern. Immerhin schaffte er es endlich, sich vom Boden aufzuraffen. Schwerfällig. Wie ein Elefant. Törööö! Nanu, Tessa, machst du dich etwa lustig? Über ihn, wegen dem du vor ein paar Tagen noch geheult hast wie ein Schlosshund? Aber nein, natürlich nicht!

„Lass uns die Sache abkürzen! Sag, was dich herführt und dann geh wieder!", forderte sie. „Ich möchte in Ruhe meinen Kaffee genießen, bevor er kalt ist."

„Ooh, Kaffee?" Als sei dies ein Zauberwort, verschwand das Grimmige aus seinen Zügen. „Könnte ich eventuell auch einen bekommen?"

Nanu, das hörte sich ja schon wieder ganz anders

an!

„Bitte", setzte er sogar noch überaus freundlich hinterher.

Sie musterte ihn. Zwanzig Jahre war sie mit Udo verheiratet, hatte geglaubt, ihn in- und auswendig zu kennen. Und nun? Der Mann, der da vor ihr stand und Udos Namen trug, war ein Fremder. Sie horchte in sich hinein. Nichts! Kein Herzklopfen, keine weichen Knie, kein gar nichts – alles wie weggeblasen. Geblieben war höchstens Mitleid, weil Udos Ego offenbar nur noch unter der Gürtelschnalle blühte.

Tessa konnte sich kaum vorstellen, dass Stelzen-Susi mehr in der Birne hatte als Hochhackies und Kosmetika. Die Preise gestand sie ihr vielleicht noch zu, das war's dann aber auch schon. Zum Addieren brauchte die garantiert einen Rechenschieber.

Also gut, einen Kaffee wollte sie Udo zugestehen. Hauptsache, er verschwand dann schleunigst wieder.

Es war eigenartig. Wie oft hatten sie sich an diesem Tisch in dieser Küche gegenübergesessen und Udo geredet und geredet? Jetzt saß er da, auf demselben Stuhl wie immer, musterte sie nur und schwieg.

Tessa fühlte sich unwohl, obgleich seine Miene nichts Verwerfliches aufwies. Im Gegenteil, sie signalisierte sogar Interesse. Hatte er sich gar mit Stelzen-Susi gezofft und suchte nun Zuspruch bei ihr, der ausrangierten Ehefrau? Langsam wurde sie neugierig.

Tessa, halt dich in Zaum! Frag bloß nicht! Wenn, dann lass ihn reden!

Aber Udo machte keine Anstalten derlei, schlürfte

dafür wie gewohnt an der Kaffeetasse. „Ach, tut das gut!" Ohne den Blick von Tessa zu wenden, ließ er lechzend seine Zunge über die Lippen fahren. „Deinen Kaffee vermisse ich!"

Was sollte das darstellen? Ein Kompliment?

„Dein Geschlürfe vermisse ich überhaupt nicht", erwiderte sie. „Aber du bist ja wohl kaum hergekommen, um dich mit mir über Kaffee zu unterhalten. Also?"

Einen Moment war er verdattert. Tessa reagierte so gar nicht, wie er erwartet hatte. Statt sich über sein Kommen zu freuen – schließlich wäre er einer Versöhnung ja nicht abgeneigt – zeigte sie ihm die kalte Schulter. Vielleicht eine neue Taktik, um ihn zurückzugewinnen?

„Wir wollten uns doch mal in Ruhe an einen Tisch setzen …", begann er, tat etwas unbeholfen.

Allein, dass er einfach über ihren Kopf hinweg entschied, wann sie Zeit zu haben hatte, ärgerte sie. „Der Telefonanschluss funktioniert noch. Es wäre nett gewesen, vorab durchzuläuten!"

Das Schlürfen wiederholte sich.

Oh, wie sie es hasste! Und es war wie eh und je – er nahm ihre Worte überhaupt nicht für voll. Oder besser gesagt: Er nahm *sie* nicht für voll. Oder war sie eben nicht deutlich genug geworden? „Lass das! Schlürfen, rülpsen, furzen in meiner Gegenwart ist ab jetzt passé!"

Was war denn mit *der* los? Kriegte die etwa ihre Tage? Udo Hofnagel kam gar nicht in den Sinn, dass eine Frau auch meinte, was sie sagte. Weder Susanna, die langsam anstrengend wurde mit ihren zunehmenden Forderungen, noch Babette, sein kleines Geheimnis, und schon gar nicht Tessa, die zwanzig Jahre stillgehalten hatte.

„Tessa, bitte, ich bin wirklich nicht hergekommen, um weiterhin Kleinkrieg zu führen …"

„Dann lass es doch einfach und gut ist!" Er hatte sich aber auch wirklich den denkbar ungünstigsten Zeitpunkt ausgesucht. Ihre Sinne waren bei Jobst, nicht bei ihm.

Ahnte er etwas? Warum beobachtete er sie, als habe sie etwas auf dem Kerbholz?

„Ah, jetzt begreif ich, warum du so komisch zu mir bist!", kam es prompt und reichlich abfällig. „Wegen diesem Kerl! Hab ich Recht?"

Seine Tasse donnerte auf den Untersetzer, dass es klirrte.

„Komisch bist eher du", entgegnete sie, innerlich vollkommen ruhig. Udo benahm sich wie ein kleiner Junge, dem man sein Spielzeug klauen wollte. Dafür musste ihr kleines Teufelchen seine Wut noch ein wenig schüren: „Einen Kerl, wie du so schön betonst, hatte ich zwanzig Jahre, jetzt ist es zur Abwechslung mal ein MANN."

Die verbale Ohrfeige ließ seinen Teint zwischen weiß und zornesrot schwanken. Tessa konnte in seinem Gesicht lesen wie in einem aufgeschlagenen Buch. Dass Udo sich trotz unübersehbar schäumender Wut am Riemen riss, musste einen speziellen Grund haben. Den Grund, aus dem er in Wahrheit gekommen war. Den Grund, den er noch nicht genannt hatte.

„Dein Kaffee wird kalt!", erinnerte sie ihn und setzte ihr unschuldigstes Lächeln auf. Gitti und Clara wären stolz auf sie gewesen.

„Du hast dich verändert, Tessa!", stellte er plötzlich ernst fest.

Sie horchte verwundert nach. Nanu, wo war der Udoeigene Sarkasmus geblieben? Klang ja beinahe wie Anerkennung. Höchste Warnstufe!

„Korrektur, Udo! Nicht ich habe mich verändert, sondern mein Leben. Wenn du verstehst, was ich meine."

„Wenn das jetzt auf meinen Einzug bei Susanna gemünzt sein sollte …"

„Ach, Stelzen-Susi heißt Susanna? Wie nett!", fuhr sie ihm ins Wort, wie sonst er es gerne bei ihr tat. „Nein, da kann ich dich beruhigen! Für mich ist sie nur die Spitze des Eisbergs. Aber du bist sicher auch nicht hier, um dich mit mir über *sie* zu unterhalten. Also komm endlich zum Punkt, worum geht es?"

Abrupt senkte er den Blick, als habe er etwas ausgefressen. „Ich kann das nicht bezahlen", kam es kleinlaut.

„Was kannst du nicht bezahlen?" Sie schaltete nicht gleich, wovon er sprach.

Irgendwoher zauberte er eine Ledermappe auf den Tisch. Ihr war nicht mal aufgefallen, dass er dergleichen dabeigehabt hatte.

Udo entnahm einen bedruckten Papierbogen. Der Absender-Schriftzug allerdings fiel Tessa sofort ins Auge: ***„Bundesagentur für Arbeit"***.

Udo schob ihn ihr direkt vor die Nase. „Die wollen Einkommensangaben von mir. Dazu bin ich nicht bereit."

Ach so, es ging um ihre Bildungsmaßnahme! Seiner Miene nach hatte sie schon geglaubt, es sei wer weiß was passiert. Tessa konnte sich ein diebisches Grinsen nicht verkneifen. „Ich denke, du willst nicht weiter den edlen Samariter spielen und weiter für mich, die böse Frau Nimmersatt, aufkommen!?"

Ertappt. Sein Blick sprach Bände.

„Hättest ja vorher mal mit mir reden können!"

„Worüber?"

„Na, hierüber vielleicht!?" Sein Zeigefinger tippte auf das Blatt.

„Warum?"

„Weil ich derjenige bin, der letztendlich mal wieder für alles aufkommt?" Udos kurze Anwandlung von Freundlichkeit und Zurückhaltung löste sich somit wieder in Luft auf und Tessa filterte sofort heraus: ICH ... MAL ... WIEDER ... ALLES!

Oh, was war er doch für ein armer Mann! Alle wollten nur sein Bestes, alle wollten nur sein Geld. Allen voran sie, die böse, böse Tessa! Gut nachzuvollziehen, warum Susanna ihn vor ihr beschützen musste.

Tessa stand auf und ging zum Küchenschrank, öffnete eine Schublade – in der zu Udozeiten Tisch-Sets lagerten – und warf ihm den Anwaltschrieb hin. „Hast du dir eigentlich mal durchgelesen, was dein sauberer Freund da in deinem Auftrag verfasst hat?"

„Was soll ich nach deiner Meinung tun, Tessa?", begehrte er auf, angesichts ihrer vollkommen unüblichen Haltung. Dabei war er fest davon ausgegangen, sie vermisse ihn, heule sich die Augen nach ihm rot, wie Benni sagte. Und was war? Keine Spur von alledem. „Du lebst weiterhin in dieser

Wohnung, viel zu groß für dich und viel zu teuer für mich. Die laufenden Belastungen nehmen Überhand. Hast du dich je gefragt, wie ich das alles finanzieren soll? Und nun halst du mir auch noch diese dusselige Umschulung auf. Und wofür überhaupt?" Die unterschwellige Wut ließ ihn hüsteln, fraß an seinen Schleimhäuten.

Tessa ging auf die unverschämte Bemerkung gar nicht erst ein, legte einfach ein weiteres Schreiben obenauf.

„Was ist das?" Verständnislos studierte er die fettgedruckte, schwarze Zahlentabelle.

„Nenn es Bilanz", erwiderte sie süffisant. „Alle Einnahmen und Ausgaben unserer gemeinsamen Ehejahre. Eröffnet einst mit einer ordentlichen Vermögenseinlage meinerseits, an die sich weder du noch dein Freund Hering zu entsinnen scheinen. Na ja, in eurem Alter … da kann man schon mal vergesslich werden, nicht wahr?"

„Mit Vergessen hat das nichts zu tun …"

„Sondern?"

Tessa sah, wie es in ihm brodelte. Damit hatte er nicht gerechnet.

„Was willst du eigentlich von mir?", fuhr er sie jetzt lautstark an, weil er sich in die Enge gedrückt fühlte. Völlig verkehrte Welt hier!

„Darf ich dich erinnern, dass *du* es warst, der zu Besuch kam?", gab sie unbeeindruckt zurück. „Ungebeten wohlbemerkt."

Erbost griff er nach den Papierbögen, knallte sie in seine Ledermappe, klemmte sich diese unter den Arm und schoss von seinem Stuhl in die Senkrechte.

Tessa blieb sitzen. Ihr fehlte die Lust, sich mit ihm

auf eine Ebene zu stellen.

„Dass du dich von diesem hergelaufenen Schnösel dermaßen manipulieren lässt … glaub ja nicht, dass ich das mitmache!" Sein Blick war vernichtend, sein breites Kinn – nanu, war das immer schon zu zweit? – bebte. Er schmetterte die Küchen-, dann die Wohnungstür in die Zarge, dass sämtliche Gläser im Schrank klirrten.

„Vielen Dank für das effiziente Gespräch!", rief Tessa hinterher und atmete auf. Endlich war er weg. Sie musste unbedingt das Schloss auswechseln lassen.

Dazu hast du kein Recht!, meldete sich direkt wieder die Stimme der Vernunft.

Und er hat kein Recht, nach Monaten einfach aufzukreuzen und sich auch noch an den Kaffeetisch zu setzen!, trotzte die Wut dagegen.

Tessa horchte in sich. Nichts mehr da von dem Frust um Udo. Dass er sich wie ein blasierter, eifersüchtiger Egomane aufführte, weckte keinen Jubel in ihr. Eher schrillende Alarmglocken. Was sie von ihm wolle, hatte er eben gefragt. Dabei musste es genau anders herum lauten: Was wollte er von ihr? Dabei war doch eigentlich alles klar: Er würde zahlen! So oder so. Entweder Unterhalt oder Umschulung. Was, das durfte er sich gerne aussuchen. Sollte er ihr jetzt allerdings weiter blöd kommen, dann würde es beides sein!

8

Freitag ...

„Na warte, Tessa Teresa, so kommst du mir nicht davon!" Jobst stand vor dem Badezimmerspiegel, durchlebte die Szene auf dem Parkplatz wie frisch erlebt und kleisterte sich völlig benebelt zum dritten Mal Rasierschaum aufs Kinn.

„Führst du Selbstgespräche, Paps?" Die junge Frau, die sich durch die angelehnte Tür schälte, nun neben ihn ans Waschbecken stellte und nach ihrem Zahnputzbecher griff, lächelte.

Aber es war ein gequältes Lächeln, ließ nichts von dem Frohsinn spüren, den sie sonst an den Tag legte. Er konnte es kaum mit ansehen: Seine Lara, sein Küken – jüngste von zwei Töchtern und einem Sohn, die längst in eigenen Familien lebten – hatte Liebeskummer, grämte sich wegen diesem Möchtegern-Adonis. Vielleicht war es ganz gut, dass sie nicht bereit war, ihm dessen Nachnamen und Adresse zu nennen. Wahrscheinlich wäre er sonst hingefahren und hätte dem Knaben eine saftige Ohrfeige verpasst. Kein Kerl der Welt hatte seine Tochter so zu behandeln!

„Das ist ganz allein meine Angelegenheit, Paps!", hatte sie ihm gestern Abend noch klar vermittelt und er war gezwungen, das zu akzeptieren. Vielleicht hatte Lara aber auch gemerkt, dass er im Augenblick selber etwas neben der Spur lief.

„Paps?"

Und zwar so daneben, dass offensichtlich nur noch ein Ohr in der Gegenwart weilte, während das andere irgendwo im Nirwana der Vergangenheit herumirrte. Er konnte nichts dafür, Tessas Stimme brannte einfach in seinem Gehirn: „In zwanzig Minuten kann unheimlich viel passieren! Ilka, pass nur auf, dass du nicht von Einmachgläsern erschlagen wirst!"

„Paps? Hallooo?"

Lara musste ihn anstoßen, damit er überhaupt reagierte.

„Wie? Was?" Es dauerte einen Moment, bis er in die Gegenwart zurückfand.

„Sag mal, hast du wieder eine Frau kennengelernt?"

Die Frage machte ihn perplex. „Das hört sich an, als schleppe ich dauernd welche ab."

„So war's nicht gemeint", entschuldigte Lara sich schnell. „Aber du siehst irgendwie aus, als wärst du verknallt!"

„Verknallt?", echote er schockiert. *„Ich?"*

„Ja, *du!*"

„Und das siehst du?"

Sie nickte. Die langen, blonden Haarspitzen wippten dabei lustig auf ihrer Schulter.

„Blödsinn!", wehrte er energisch ab. *Er* doch nicht! Nie und nimmer! Die Scheidung von Katharina, Laras Mutter, hatte ihm gereicht.

„Mensch, Paps, das ist doch was Schönes! Freu dich doch!" Laras Mund lachte, ihre Augen blickten bitter.

Sofort übermannte ihn wieder der väterliche Beschützerinstinkt. „Irgendwann krieg ich diesen Benni zu fassen und dann soll er mich kennenlernen!"

„Davon wird es für mich auch nicht besser", erstickte sie seine Drohung im Keim. „Nein, Paps, lass uns aufhören mit dem Thema, okay! Benni ist Geschichte! Und du weißt ja am allerbesten, dass Geschichte manchmal schwer verdaulich sein kann."

Solche Worte aus dem Mund seiner Tochter? Jobst zog die Brauen hoch. „Wie meinst du denn das jetzt wieder?"

„Na, hast du mir nicht mal was erzählt von einem Mädchen … damals, als du selbst noch zur Schule gegangen bist?"

Jobst hätte sich fast am Rasierschaum verschluckt. Daran konnte sie sich erinnern? „Das ist aber verdammt lange her."

„Sag ich doch: Geschichte!" Damit quetschte Lara so genüsslich die Tube, dass ein Teil der weißen Paste im Waschbecken landete.

Schweigend und nachdenklich verfolgte er durch das Spiegelglas, wie sie sich die Zähne putzte, die Haare kämmte, von denen ihr ein paar Strähnen wie magnetisiert an der Stirn klebten, und sie zu einem Pferdeschwanz band.

Er wollte es nicht, doch er konnte nichts dagegen tun – ein anderes Gesicht schob sich davor: sonnengebräunt, umrahmt von schulterlangen Locken, schwarz wie Ebenholz, tiefgründig blaue Augen, die ihn anblitzten. Teresas Gesicht. Teresas Augen.

Sein Kopfkino währte nicht lange, Lara war fertig

mit ihrer Morgentoilette und fragte mit leichter Ungeduld. „Bist du dann soweit?"

Er hatte versprochen, sie zur Bahnstation zu bringen, weil ihr Auto gestern Abend aus unerfindlichen Gründen, mit denen sich heute die Werkstatt beschäftigte, nicht mehr ansprang. Wahrscheinlich gab die Möhre jetzt langsam ihren Geist auf. Ein weiterer Schlag für Lara, hing sie doch an dem alten *Volkswagen* ihrer Mutter, den diese ihr vor einem Jahr mit bestandenem Führerschein erst für anfangs, und schließlich *ganz* überlassen hatte.

„Paps?", forschte Lara wachen Verstandes, weil er schon wieder keine Antwort gab, und brachte ihn damit endgültig zurück in die Realität.

„Ja, ja, komme! Alles gut!"

„Ich zieh mir schon mal Schuhe an und warte im Flur." Damit ging Lara hinaus und schloss die Tür hinter sich.

Jobst aber starrte sich selbst völlig verständnislos an. Was war bloß los mit ihm?

***

Der Weg zur Bahn-Haltestelle machte den begonnenen Tag nicht besser. Der Stadtverkehr floss träge dahin, und als hätten sich sämtliche Ampeln mit ihrer Rotphase gegen ihn höchstpersönlich verschworen, fluchte Jobst unentwegt wie ein Kesselflicker. Jäh ging er in die Eisen, als eine weiße Limousine, ohne zu blinken, einfach die Spur wechselte. „Hat der sie noch alle?!"

Lara erschrak. Allerdings weniger wegen dem

abrupten Bremsmanöver – sie würde es nie aussprechen, aber auch Paps fuhr mitunter, salopp gesagt, wie eine besengte Sau – sondern über die pulsierende Zornesfalte an seinem Hals. Musste sie sich Sorgen machen? Er benahm sich schon seit Tagen so komisch! Etwa, weil sie ihm von ihrem Kummer um Benni erzählt hatte? Bestimmt machte ihm zu schaffen, wenn es ihr, Lara, nicht gut ging, und doch mochte sie nicht ganz glauben, dass dies der einzige Grund war. Wie nachdenklich er eben vor dem Spiegel gestanden und an sich herumrasiert hatte … Das letzte Mal, als sie ihn so erlebte, war unmittelbar nach dem Auszug aus der gemeinsamen Wohnung mit ihrer Mutter gewesen. Also doch ein Zeichen, dass es um eine Frau ging? Eine Frau, die Paps etwas bedeutete?

Nachdem ihre Mutter wieder geheiratet hatte, begann er Zerstreuung zu suchen. Erst in lockeren Bekanntschaften, bei denen sie sogar selbst ein wenig nachhalf, dann lernte er diese blöde Margo kennen, die ihn ausnahm wie eine Weihnachtsgans. Nach dieser kurzen Beziehung stellte er jegliche Ambitionen ein. Statt einer netten Frau hatte er nun ein sanierungsbedürftiges Haus am Hals und versicherte ihr, Lara, immer und immer wieder, wie glücklich er sei, wenigstens sie bei sich zu haben.

Ja, Lara hatte sich damals bewusst entschieden, nicht mit ihrer Mutter vierhundert Kilometer weiter südlich zu ziehen, sondern nur rüber auf die andere Rheinseite nach Krefeld. So blieben ihr wenigstens die alten Freunde, die gewohnte Umgebung und der enge Kontakt zu ihren älteren Geschwistern weiter erhalten, von Mäxchen ganz zu schweigen.

Irgendwie konnte sie plötzlich nachfühlen, wie es ihrem Paps damals – knappe vier Jahre war das her – gegangen sein musste. Liebeskummer war etwas Grässliches, tat entsetzlich weh und es gab keine Tabletten in der Apotheke zu kaufen, damit dieser Schmerz verschwand. Lara schüttelte sich unmerklich. Die Szene, wie freizügig sich diese hässliche, dämliche Kuh in Hofnagels Küche gezeigt und Benni noch nicht einmal versucht hatte, die Situation zu entschärfen, brannte wie Zunder in ihrer Seele.

Zwei Tage heulte sie sich nun schon die Augen aus dem Kopf. Zwei Tage kämpfte sie gegen den unterschwelligen Wunsch, ihm zu verzeihen. Wie bedröppelt er vor der Uni gestanden und sie abgepasst hatte, um ihr zu sagen, wie leid ihm alles tat und wie sehr er sich wünschte, sie möge ihm verzeihen, es noch einmal mit ihm versuchen.

Zwei Tage, in denen ihr Verstand und ihr Herz einen erbitterten Kampf gegeneinander führten. Vielleicht hätte sie über ihren Schatten springen können, wenn ... ja, wenn sie eben jenes Bild nicht dauernd vor Augen sähe. Aber es wollte einfach nicht weg. Wollte genauso wenig verschwinden wie der sehnsuchtsvoll stechende Schmerz um eine verlorene Liebe. Sie mochte vielleicht erst neunzehn Jahre alt sein, aber was sie in diesem Alter an Gefühlen zu empfinden vermochte, all das hatte sie Benni gegeben. Ihr Herz blutete. Sie konnte es kaum ertragen, ihn zu sehen.

Doch er stand da, vor dem Haupteingang, mit einem riesigen Strauß bunter Sommerblüten und was tat *sie*? „Verschwinde, ich will nichts mehr mit dir zu schaffen haben!", hatte sie ihn angeschrien, und das auch noch vor allen anderen, die sich gerade in Hörweite befanden und sich natürlich sofort neugierig umdrehten.

Zunächst war er darüber hinweggegangen, tat, als interessierten ihn die Leute nicht. Wenn sie ehrlich war, musste sie zugeben, dass ihr die Situation eine gewisse Genugtuung verschaffte.

Konnte sie es ihm verdenken, dass er nach dem fünften Versuch dann doch die Flinte ins Korn warf? Als Benni verstanden hatte, dass er bei ihr abprallte wie ein Fußball ins Aus, drehte er sich um und ging davon.

Seither plagte sie sich mit Gewissensbissen herum, die sie vorher nicht gehabt hatte, und das machte sie langsam wütend. Benni Hofnagel war etwas, das mit „A" anfing und mit „H" aufhörte. Wenn hier einer gehörig was verbockt hatte, dann *er*, nicht sie! Jetzt musste sie nur noch ihre Gedanken dazu kriegen, sich nicht mehr mit ihm zu beschäftigen.

Im Geiste hörte sie Bennis Mutter: *„Mal ganz ehrlich, Lara, ihr seid noch so jung. Viel zu jung, um sich schon festzulegen. Genieß das Leben, Lara. Verfolg deine Ziele."* Sie hatte diese Worte auf eine sehr liebe Art und Weise gesagt. So, als mache sie sich nicht nur Gedanken um Benni, sondern auch um sie. Schade. Irgendwie tat es Lara leid, dass mit Benni auch der Kontakt zu Teresa Hofnagel wieder hinfällig geworden war. Sie mochte diese Frau, die ja auch von ihrem Mann so hinterhältig betrogen wurde, hatte das Gefühl, in ihr einen Menschen zu haben, mit dem man über alles reden konnte. Ihre eigene Mutter war dafür ja leider vierhundert

Kilometer zu weit weg. Und das Telefon war auch keine Option.

Siedendheiß fiel Lara ein, dass Teresa Hofnagel anwaltlichen Rat brauchte und sie selbst noch den Vorschlag gemacht hatte, Paps zu ihr zu schicken. Das Dumme bloß: Sie hatte die Sache schlichtweg vergessen. Prompt meldete sich das schlechte Gewissen. Was sollte sie jetzt tun?

Lara gehörte nicht zu den Menschen, die nur an sich selbst dachten. Wie sagte Paps gerne: *„Kind, du machst dir viel zuviel Kopf um andere Leute!"* Aber so war sie nun mal. Was sie mit Benni hatte, war eine Angelegenheit zwischen ihm und ihr. Seine Mutter blieb da außen vor. Was also sprach dagegen, sie und Paps trotzdem einander bekanntzumachen?

Weil er Teresa dabei garantiert seine Meinung zu ihrem Sohn sagen wird!, ahnte Lara unheilvoll. Nicht von Ungefähr schwieg sie über Bennis Nachnamen und Adresse.

Lara fühlte sich in der Zwickmühle. Sie bekam gar nicht mit, dass sie sich kurz vor Dießem befanden, so versunken war sie in ihre Überlegungen.

„Die *U76* kommt in sechs Minuten, das haben wir ja noch gut geschafft", rief Jobst erleichtert. „Ich lass dich am besten direkt vor der Haltestelle raus." Sprach's und fädelte sich in die Linksabbiegerspur der Ritterstraße ein.

„Du, Paps?" Zeitdruck war immer gut, wenn sie etwas von ihrem Vater wollte.

„Hm?"

„Hast du nächsten Samstagabend schon was vor?"

„Nichts, was mir momentan einfiele. Warum willst du das wissen?"

Im Rückspiegel tauchten hinter der Biegung am Voltaplatz bereits die rotweißen Schienenwagen der *Rheinbahn* auf.

„Erklär ich dir später!" Damit drückte sie ihm einen eiligen Kuss auf die Wange und stob aus der Beifahrertür.

Verdutzt schaute Jobst hinter ihr her. Er hatte nicht lange Zeit, über ihre Frage nachzudenken. Hinter ihm bimmelte es schrill. Die Straßenbahn kam und er blockierte die Schienen.

***

Tessa freute sich. Heute stand nun keine Prüfung mehr an und die Schulungsmaßnahme begann erst in sechs Wochen. So konnte sie sich die Zeit noch einteilen, wie es ihr gefiel und ohne Termindruck um elf Uhr vormittags – sogar im Nachthemd, wenn ihr danach war – Wischmopp und Staubtuch durch die Wohnung schwingen. Gut gelaunt drehte sie die HiFi-Anlage im Wohnzimmer höher. Die alte Droemer unter ihr war reichlich neugierig und bekam trotz ihrer Schwerhörigkeit alles mit, was sie nichts anging, doch war es Tessa im Moment so was von egal, ob die sich durch die laute Musik belästigt fühlte.

Gerade schob sie mit *Keshas „Rainbow ... "* im Takt den Staubsauger über die Läufer, als sie glaubte, die Klingel gehört zu haben. Sie stellte das Gerät ab, horchte einen Moment nach. Tatsächlich. Jetzt klopfte es. Offensichtlich war da jemand sehr ungeduldig, stand bereits vor der Wohnungstür. Die Droemer etwa?

Tessa lugte durch den Spion. Aha!

Ohne sich Gedanken über ihr Outfit zu machen, öffnete sie und sah sich sogleich begafft von einem grünen Augenpaar, in dem die Sprenkel wieder einmal belustigt tanzten.

„Schick, schick!" Clara pfiff durchs Gebiss, dass es das ganze Treppenhaus beschallte. „Guten Morgen, Frau Nachbarin! Ich wollte fragen, ob du am Nachmittag auf ein Stück Kuchen runterkommen magst. Meine Ma beehrt mich nämlich heute mit ihrem Besuch und da dachte ich, es wäre doch nett, wenn du auch …"

„Stopp!", unterbrach Tessa ihren Redeschwall, doch sie konnte nicht umhin zu lachen. Claras Miene wegen ihrem Aufzug war einfach zum Schießen. „Komm lieber rein, sonst steht demnächst noch ein Artikel über mich in der Zeitung."

Clara verstand. „Du spielst auf die Romanow oben an?" Grinsend drückte sie sich an Tessa vorbei in den Flur. „Ich sehe schon die Schlagzeile: ***Verlassene Ehefrau im Frust:** Statt morgens um sieben im Businesskostüm an ihrem Schreibtisch zu sitzen, putzt sie jetzt mittags in fragwürdiger Aufmachung die Wohnung."* Der Aufhänger schlechthin!"

Fast hätte Clara den Wassereimer übersehen, der mitten im Weg stand. „Oha, stören wollte ich dich jetzt wahrhaftig nicht im Reinemacherausch, dann beende ich den kurzen Besuch lieber wieder."

„Nicht böse sein, im Moment ist es wirklich etwas ungünstig." Tessa wusste ja inzwischen, wie sehr Clara Ehrlichkeit schätzte. „Aber nachher komme ich gern."

Clara war kein bisschen böse. Im Gegenteil, sie freute sich über die Zusage. „Prima, dann mache ich mich jetzt mal ans Kuchenbacken." Sie zwinkerte schelmisch. „Freuen wir uns auf die schönen Dinge des Lebens."
Mit dieser sagenhaften Weisheit überließ sie Tessa wieder ihrem Staubsauger.

***

Als Tessa fertig war, hingen die Zeiger der Uhr bereits auf halb zwei. Sie überlegte, ob sie sich noch etwas zu Mittag kochen sollte, verspürte aber keinen rechten Hunger. Benni hatte ihr eine Nachricht geschrieben, er führe nach der Arbeit direkt zu seinem Kumpel Jacky – eigentlich als Jacob zur Welt gekommen, aber aus irgendeinem Grunde scheinbar nicht so ganz einverstanden mit seinem Vornamen – einen draufzumachen. Was nichts anderes hieß als an der Wasserpfeife hängen.
Also ließ Tessa das mit dem Kochen und beschränkte sich auf eine kurze Shoppingtour im Supermarkt. Bei der Gelegenheit würde sie Clara auch ein Blümchen als kleine Geste des Dankes besorgen. Gegen Viertel vor zwei machte Tessa sich auf den Weg zum Blumentalcenter. Um fünf vor zwei hatte sie einen Parkplatz gefunden, um drei Minuten vor zwei schob sie ihren Einkaufswagen durch die breite Eingangstür, die mit einem Zisch beiseite schwang, und um Punkt zwei sichteten ihre Augen zwischen den Gefriertruhen Udo-Bärchen mit … nanu, wer war denn *das*? Jedenfalls nicht Stelzen-Susi! Höchst interessant, der Schopf aus

fragwürdigem Modellhaarschnitt in auffälliger Straßenköterfarbe, und völlig neu! Es sah auch nicht danach aus, als strecke Udo sich nur zufällig aus reiner Hilfsbereitschaft über die Truhe, um nach der Dose gehackter Petersilie zu langen. Nach seinem umwerfenden Erfolg langte er mit den Armen um die Frau. Ein albernes Glucksen folgte.

Udo hatte sie bisher nicht gesehen und Tessa wollte, dass das auch so blieb. Bevor er auf die Idee kam, sich umzudrehen, verschwand sie im Schutz der nächsten Regalreihe, stellte den Einkaufswagen ab und pirschte sich an den Kopf zurück, um das Geplänkel unbemerkt weiter verfolgen zu können.

Wie Udo die begrapschte, mitten im Laden … abartig! War das grelle Licht schuld, dass er Tessa plötzlich erschien wie ein alternder Stier, der sich immer noch nicht die Hörner abgestoßen hatte?

Seltsam! Es war noch nicht lange her, da wäre ihr dieser Anblick wie ein Messerstich ins Herz gefahren. Jetzt war sie nur neugierig, was ablief. Verständlich in ihrer Situation, wenn man bedachte, was ihr Noch-Ehemann für Geschütze auffuhr, wenn es seinem Vorteil diente.

Ob Susanna darüber wohl Bescheid wusste? Nanu, sie bezeichnete Stelzen-Susi schon mit ihrem richtigen Vornamen? Irgendwie erwachte gerade so etwas wie Solidarität für die junge Frau, welche für Udo ihre Füße in grässliche Schuhe zwängte, auf denen sie kaum laufen konnte.

Komisch, diese Frau da vorne sah nicht nur wesentlich älter aus als Susanna, sie war es garantiert auch. Zwar hatte Tessa noch nicht ihre volle Vorderfront sichten können, aber allein das alberne Getue, das dümmliche Gackern – wie eine in den Wechseljahren, die wieder zwanzig sein wollte.

Tessa Hofnagel, die wird doch nicht etwa *dein* Jahrgang sein? Das wäre ja wohl der blanke Hohn!

Tessa war sich im Klaren, dass das, was sie jetzt tat, nicht ganz astrein war. Aber was Udo machte, war auch nicht astrein. Also!

Sie zog ihr Handy aus der Tasche, deaktivierte das Blitzlicht der Kamera, und schoss ein paar nette Fotos. Mehr nicht! Wer wusste, ob man die nicht mal irgendwann gebrauchen konnte …

„Komm, Babby, genug jetzt, lass uns zur Kasse gehen, ich hab nicht soviel Geld dabei", hörte Tessa den vertrauten Udo-Tenor.

Babby? Toller Kosename, haha!

„Zahl doch mit Karte", kam die umwerfend durchdachte Alternative aus Babbys Munde, schrill wie eine Trillerpfeife, und zu hören für jeden, der sich in der Nähe aufhielt.

Udo schwieg, oder er flüsterte Babby was zu, so genau konnte Tessa das von ihrem Standort nicht ausmachen.

Jetzt drehte Babby sich, zeigte sozusagen klare Kante.

Ach herrje, welches Kraut hatte Udo denn *da* geraucht? Fahles Gesicht mit grimmiger Miene, Habichtnase, Alter schwer zu schätzen – das Licht der Welt erblickt wahrscheinlich doch eher noch zu Postkutschenzeiten. Aber eine Etage tiefer, das passte natürlich in Udos Beuteschema – was sich da prall unter dem rosaroten Shirt abzeichnete, konnte nur Silicon enthalten.

Klick. Und gleich noch einmal hinterher. Das

waren Fakten, die sie Udo-Bärchen nun jederzeit um die Ohren hauen konnte.

Tessa wartete, bis das hübsche Pärchen Richtung Kassenbereich und damit aus ihrem Sichtfeld verschwand, dann erinnerte sie sich wieder, weswegen sie eigentlich hier war.

Gutgelaunt beendete sie ihren Einkauf, besorgte einen Blumenstrauß für Clara und machte sich wieder auf den Weg nach Hause.

Der Zufall wollte, dass ihr auf dem Gehweg der Postbote über den Weg lief. Im Gegensatz zu sonst reichlich spät.

Offensichtlich stand der Ärmste unter Strom.

„Hallo, Frau Hofnagel, darf ich Ihnen den Brief für Frau Baumann geben? Dann brauche ich nicht extra ins Haus, ist heute alles für Ihre Nummer."

„Geben Sie nur her", erwiderte Tessa und nahm dem kenntlich dankbaren Mann – ja, diese Sorte gab es tatsächlich noch – den Umschlag ab. Sah aus wie ein Schrieb vom Amt und machte ungeheuer neugierig. Vielleicht schon die Antwort aus Dortmund? Das wäre jetzt aber echt zügig gegangen!

Tatsache, der Absender hieß *„Stadt Dortmund"*. Nur dumm, dass Gitti nicht da war. Da musste sie ihre Neugier noch zügeln. Es sei denn, Gitti erlaubte ihr, den Brief zu öffnen. Schließlich war sie ja auch involviert genug, um für die Freundin die Ämter anschreiben zu dürfen.

Tessa nahm den Umschlag mit in ihre Wohnung und rief Gitti kurzerhand vom Festnetzanschluss an.

„Tessa!", schallte es gehetzt aus dem Hörer. „Ich steh zwar grad auf dem Sprung, wir müssen zu meinem Schwiegervater, der Arzt will mit uns sprechen, aber ich freu mich trotzdem, von dir zu hören. Ist was Wichtiges?"

„Wie man's nimmt." Tessa merkte sofort die negative Stimmung, beneidete die Freundin wahrlich nicht um die momentane Situation. „Ich wollte dir nur sagen, Dortmund hat geantwortet."

„Was, sooo schnell?" Gitti hörte sich an, als hetze sie von einem Raum in den nächsten. „Was steht denn drin?"

„Keine Ahnung, habe ihn nicht aufgemacht."

„Warum denn nicht?" Gitti schien innezuhalten. „Dann mach mal, die Zeit hab ich noch."

Das Papier knisterte durch die Leitung. Schnell überflog Tessa den Inhalt und augenblicklich machte sich Enttäuschung breit. „Schade."

„Was schade?"

Fast vergaß Tessa, dass am anderen Ende Gitti auf ihre Antwort wartete.

„Da steht nur, dass Marie-Claire verzogen ist, darunter eine neue Adresse, diesmal in Bonn."

„Okay." Gitti überlegte nicht lange. „Schreibst du dann wieder das Amt an?"

„Mach ich", versprach Tessa.

„Danke, Tessa, du bist die Beste! Tut mir leid, dass ich so kurz angebunden bin, aber ich …"

„Alles gut", zollte Tessa Verständnis. „Mach dir keinen Kopf um mich. Dann bis Montag!"

„Ja, bis Montag, sorry …"

Damit war das Gespräch auch schon wieder beendet. Im Geiste sah Tessa Alwin in der Tür stehen und mit den Fingern ungeduldig gegen die Zarge trommeln.

***

Hätte jemand Tessa vorher gefragt, wie sie sich Claras Mutter vorstellte, sie hätte darauf keine Antwort geben können. Nur eines wusste sie: Ganz anders als die fünfundachtzigjährige Frau mit dem sommerlich braungebrannten Gesicht und dem silberweißen Pagenkopf, die ihr gegenüberstand. Tessa war sofort angetan von ihrem warmherzigen Lächeln. Allerdings suchte sie vergeblich nach einem Anzeichen von Ähnlichkeit zwischen Mutter und Tochter.

„Sagen Sie einfach Eleonore und Du zu mir, das ist so herrlich ungezwungen", bat sie ohne Umschweife, nachdem Tessa den förmlichen Akt für sich erledigt hatte.

„Gern", willigte sie, angenehm überrascht, ein. „Dann also Eleonore. Und für Dich Tessa."

Clara hatte den Kaffeetisch gedeckt, hübsch anzusehen, liebevoll dekoriert mit Kerzen. „Wenn Ma zu Besuch kommt, ist das einfach ein Muss", erklärte sie mit einem fast zärtlichen Seitenblick zu dieser, dass Tessa sie schon beneidete. Sie hatte ja leider keine Mutter mehr, aber auch ihrer war ein herzliches Verhältnis untereinander immer wichtig gewesen.

„Kommt, setzt euch schon mal, der Kaffee läuft noch durch, dürfte aber jeden Moment fertig sein." Damit überließ Clara beide Frauen sich selbst und verschwand in die Küche, aus der ein aromatischer Duft frisch aufgebrühter, gemahlener Kaffeebohnen herüberströmte.

„Ich finde es toll, wenn man sich unter Nachbarn so gut versteht", begann Eleonore Konversation. „Wohnst du schon lange hier im Haus?"

„Ja, sind mittlerweile einige Jährchen", antwortete Tessa.

„Clara erzählte, es gibt da noch eine Gitti?"

„Die wohnt bei mir nebenan. Die beiden verstehen sich recht gut und ich vermute, Gitti wäre jetzt auch hier, wenn sie sich zurzeit nicht um gewisse familiäre Angelegenheiten kümmern müsste."

„Ja, ich hörte schon ..."

„Was hörtest du schon, Ma?" Clara kam mit der Kanne aus der Küche und hatte die letzen Worte scheinbar mitbekommen.

„Wir sprachen gerade über Gitti", klärte Tessa sie auf.

„Die Ärmste kann einem wirklich leidtun!" Sofort sprang Clara auf das Thema an, berichtete ihrer Mutter jetzt und hier am Tisch alle Einzelheiten, insoweit sie informiert war. Sie endete mit einem Resümee, das Tessa aus der Seele sprach: „Ob Alwin ihr das jemals anerkennt? Sie macht und tut und er ... ach, ich finde, er ist einfach ein ungehobelter Klotz."

„Das klingt nicht besonders gut!" In Eleonores Stimme schwang Mitgefühl und Tessa fragte sich, warum sie plötzlich so betrübt wirkte. Sie kannte Gitti doch gar nicht.

„Na, müssen wir halt ein bisschen auf unsere Gitti aufpassen!" Clara lachte, als habe sie gerade einen besonders guten Witz gerissen. Immerhin stimmte ihre Mutter sofort ein.

Dann begann der gemütliche Teil. Clara hatte

vorzüglichen Apfelkuchen gebacken, der förmlich danach schrie, sich einen dicken Klecks Sahne mehr draufzuhauen.

Scheiß auf die Kalorien! Tessa tat sich noch einen dritten in ihren Kaffee.

Sie hielten lockere Konversation, man mochte sich, ließ es untereinander spüren.

Nach dem Kaffeeklatsch griff Clara wieder in das gewisse Fach. „Hier, vom Allerfeinsten ... Marke Tropical, extra für euch gebrannt."

„Sag bloß, der Haselnuss ist schon alle?", konnte Tessa sich an dieser Stelle nicht verkneifen zu fragen.

„Leider", griente Clara, „Da haben zwei versoffene Tanten doch glatt die ganze Flasche gekillt."

Versoffene Tanten? Also, ehrlich!

„Pst! Was soll denn deine arme Mutter bloß von mir denken?", flachste Tessa zurück.

„Wieso?" Clara tat erstaunt. „Hab ich denn deinen Namen genannt?"

Sie mussten beide lachen.

„Ich freue mich sehr, dass ihr euch so gut versteht. Ist unter Nachbarn nicht gang und gäbe", befand Eleonore. „Also, Prost, Mädels, so eine gute Gabe Gottes soll man nicht verkommen lassen!"

„Gabe Gottes?" Tessa kicherte, war direkt wieder angeschickert nach dem ersten Nippen. „Die haben wir doch wohl eher dem Josef an der Mosel zu verdanken, und ich muss sagen, der Mann versteht sein Handwerk."

Dem konnte auch Eleonore nur beipflichten und es entbrannte ein Gespräch über jenen Winzer, den

Clara Tessa nun schon mehrmals wärmstens empfohlen hatte.

Eine halbe Stunde später verabschiedete Tessa sich von der kleinen Alkirunde. Sie wusste nicht mal, *was* es war, aber es trieb sie nach oben.

***

Schon auf dem Treppenabsatz hörte sie das Telefon in ihrer Wohnung schrillen. Warum fühlte sie plötzlich diese Aufregung? Wenn sie nicht rechtzeitig abnahm, hatte der Anrufer halt Pech gehabt. War es wichtig, versuchte er es bestimmt noch mal oder sprach ihr auf Band.

Trotzdem spurtete sie die Stufen hoch, dass sie kurz vor ihrer Tür über die eigenen Füße stolperte. Im letzten Moment riss sie den schnurlosen Apparat von der Ladestation.

„Hofnagel!?" Es klang abgehetzt wie nach einem Marathonlauf über mindestens vierzig Kilometer.

„Hallo, hier ist Lara", eröffnete ihr ein verhaltenes Stimmchen.

„Lara, das ist aber schön, dass du dich meldest!", freute Tessa sich ehrlich. Von Benni fing sie jetzt bewusst nicht an, das mussten die beiden selbst miteinander regeln.

„Ich wollte nur Bescheid sagen … mein Vater kommt dann am Samstag."

„Wirklich?" Tessa hätte am liebsten einen Luftsprung gemacht. „Da freue ich mich sehr. Nur bitte, ich möchte ihm auf keinen Fall extra Umstände machen."

„Tun Sie nicht, Frau Hofnagel, ganz bestimmt

nicht", versicherte Lara. „Er brennt darauf, Sie kennenzulernen. Nur die Zeit müsste ich noch wissen."

Ein Mann, der darauf brannte, *sie* kennenzulernen? So was gab es noch? Wahrscheinlich übertrieb Lara nur maßlos. Aber egal jetzt, es war ein Kompliment, und Komplimente taten einfach verdammt gut.

„Zwanzig Uhr bei Gitti Baumann", erwiderte Tessa, fügte aber erklärend hinzu, damit es am Ende nicht zu irgendwelchen Missverständnissen kam: „Das ist meine Freundin, die nebenan wohnt, sie bereitet extra ein kleines Abendessen zu."

„Ja, weiß ich. Benni hat uns mal vorgestellt, irgendwann unten im Hausflur. Eins wäre da aber noch ..."

„Ja?"

„Könnten Sie Paps gegenüber bitte nicht erwähnen, dass Sie die Mutter von Benni sind ..."

Oho!, klickte es in Tessas Gehirnrinden.

„Von deeem Benni, meine ich!", korrigierte Lara schnell, in dem sie den Artikel vor dem Namen mindestens zog, wie ein Elefantenrüssel lang war.

Tessa glaubte zu verstehen. „Er ist wohl nicht gut auf ihn zu sprechen, was? Du, mir tut das alles so leid ..."

„Na ja, ich sage mal so ...", druckste Lara herum, „Paps ist nur nicht gut auf den Namen Benni zu sprechen. Ihn selbst kennen tut er nicht, kam ja nicht mehr dazu."

„Ach so?" Tessa zeigte sich überrascht, war sie doch vom Gegenteil ausgegangen, so fest überzeugt, wie Benni sich geäußert hatte, Laras Vater helfe mit Sicherheit.

„Paps versucht zwar schon die ganze Zeit, mich auszuquetschen, aber ich will nicht, dass er nachher hingeht und …"

Benni einen hinter die Löffel gibt?, vollendete Tessa in Gedanken.

„Wissen Sie, mein Paps ist wirklich der allerbeste Paps der Welt, will mich immer beschützen", führte Lara weiter aus. „Aber wenn er sieht, dass es mir nicht gut geht, neigt er schon mal zum Einmischen, und das ist mir peinlich."

Tessa konnte beides gut nachvollziehen: Egal, ob aus Kind- oder Elternperspektive, ihr würde es nicht anders gehen.

„Was hast du deinem Vater denn gesagt, wer ich bin? Dass ich neben dir auf der Hörsaalbank sitze, wird er mir wohl kaum abnehmen." Ha, toller Witz, Tessa Hofnagel! Den betrübten Seufzer vom anderen Ende der Leitung wollte sie jetzt mal nicht darauf beziehen.

„Ehrlich gesagt …", stotterte es verlegen, „hab ich Paps nur gefragt, ob er an dem Abend Zeit hat, weil jemand, den ich kenne, dringend einen Rat braucht."

Soweit mal wieder dazu: *„Er brennt darauf, Sie kennenzulernen"*!

Offenbar dauerte es Lara zu lange, bis sie wieder etwas sagte. „Sind Sie mir jetzt böse?", kam es vorsichtig.

„Ich dir böse? Warum sollte ich?" Tessa schüttelte den Kopf, ohne sich bewusst zu machen, dass Lara es gar nicht sehen konnte. „Natürlich nicht!!!", betonte sie mit mindestens drei Ausrufezeichen. „Im Gegenteil, ich danke dir für deine Offenheit und ganz besonders dafür, dass du mir deinen Vater, trotz der Sache mit Benni, zur Unterstützung schickst."

„Ich hab es Ihnen ja auch versprochen", kam es erklärend zurück. „Könnten Sie Benni vielleicht auch sagen, dass er nicht …"

„Der wird gar nicht hier sein."

„Nicht?"

Es klang enttäuscht und Tessa frohlockte innerlich. Vielleicht sah Benni im Bezug auf dieses Mädchen viel schwarzer, als es war. Der Junge gefiel ihr im Moment sowieso nicht ganz. Im krassen Gegensatz zu dem Schwerenöter noch vor wenigen Tagen igelte er sich nun abends – mürrisch und allein – in seiner Miefbude ein, stellte die Lautsprecher hoch und ballerte Spiele, was das Zeug hielt. Sie hatte sich schon gefragt, ob er krank werde, als er ihr heute Morgen verkündete, nicht nur dieses, sondern vor allem nächstes Wochenende mit Jacky am Eyller See zelten zu wollen. Die knappe Begründung: „Ich muss dringend raus hier!"

Heute Morgen konnte sie sich noch keinen Reim auf die Aussage machen, inzwischen nistete sich die Vermutung ein, dass er schlicht und ergreifend flüchtete. Lara könnte ja gemeinsam mit Daddy hier aufkreuzen.

Die Feigheit hat er nicht von mir!, stellte Tessa mal schnell für sich selbst fest. Da würde sie ihm wohl noch einige Tipps für die Zukunft unter die Weste jubeln müssen.

„Benni ist mit Jacky unterwegs", beruhigte sie Lara. „Den kennst du sicher?"

„Ach so, ja klar kenn ich den", rief Lara prompt eine Spur zu schrill – das Aufatmen hinter den

Worten unüberhörbar, was Tessa Anlass gab, Bennis Beziehungskiste wesentlich strahlender zu sehen als ihre eigene.

Ob Lara selbst merkte, dass sie gerade zu viel preisgegeben hatte? Der zitternde Unterton ihrer Stimme war plötzlich verschwunden und einem aufgesetzt neutralen gewichen, mit dem sie das Telefonat jetzt offenbar schnell zum Ende bringen wollte. „Prima. Dann hoffe ich, dass Paps Ihnen auch helfen kann."

„Du kommst nicht mit?", vergewisserte Tessa sich noch. Nur für alle Fälle. Man wusste ja nie.

„Ich bin mit ein paar Freunden in Düsseldorf unterwegs." Die klare Botschaft, die Tessas feinfühlige Antennen widerhallten: *„Kannst du Benni gerne ausrichten!"*

„Schade, ich hätte mich gefreut", gab sie Lara zu verstehen, dass sie jederzeit bei ihr willkommen war. Aber vielleicht war es ja auch besser so. „Nur haben wir jetzt immer noch nicht geklärt, woher wir uns kennen."

„Hm", hörte Tessa sie überlegen, dann einen erquickenden Aufschrei: „Ich hab's! Ich sag ihm einfach, Sie sind die Mutter eines Kommilitonen, der zufällig auch Ben heißt. Das schluckt er."

Sie hatte ein Kind, das studierte? Eine ganz neue Perspektive. Bennis Studium beschränkte sich bislang ja leider nur auf den weiblichen Teil der Bevölkerung.

„Ganz ehrlich, Lara?"

„Ja?"

„Ich kenne deinen Vater zwar noch nicht, aber ich glaube trotzdem nicht, dass er darauf reinfällt", gab

Tessa zu bedenken. „Ich möchte aber auch nicht, dass du ihn deswegen belügst. Das kann nur nach hinten losgehen."

„Hm!", hörte sie wieder.

„Aber habe ich das eben richtig verstanden", forschte Tessa, „dein Vater kennt gar nicht unseren Nachnamen?"

„Den will er ja wissen, aber ich sag eben nichts, weil …", wiederholte Lara.

Plötzlich kam Tessa eine Idee: Es war doch sowieso Gitti, die einlud, es war Gittis Wohnung, in der sie sich trafen und es war Gitti, die ihr Problem mindestens so gut kannte wie sie selbst. Welche Rolle spielten da schon Namen? Wenn Laras Vater also noch gar nichts Konkretes wusste, konnte genauso gut Gitti die Rat suchende Mutter eines Kommilitonen abgeben. Man würde eh gemeinsam essen und sie selbst auch kein Problem damit haben, dass zusätzlich Clara mit am Tisch saß.

„Genial." Lara kicherte, als Tessa ihre Überlegung laut werden ließ. „Danke, Frau Hofnagel."

„Wofür? Ich habe *dir* zu danken, Lara."

Zurück kam noch ein „Ganz, ganz viel Erfolg!", dann war das Gespräch beendet.

Tessa starrte auf den Hörer in ihrer Hand, der Termin übernächsten Samstag war besiegelt. Die Frage nur: Wie reagierte Gitti, wenn sie erfuhr, dass sie nicht nur die Gastgeberin bot, sondern auch gleich dazu diejenige, die anwaltlichen Rat in Sachen Scheidung brauchte?

***

Die Sonne ging langsam unter, die Luft zeigte sich immer noch herrlich lau. Ein Abend, der viel zu schade war, um ihn vor dem Fernseher zu verbringen. Abgesehen davon stand sowieso nichts auf dem Programm, was man nicht schon mindestens zwanzig Mal gesehen hatte. Also verteilte Tessa ein paar Windlichter auf der Loggia und machte es sich mit einem Glas Weißwein und einer Packung Cracker im Liegestuhl bequem. Je dunkler es wurde, desto mehr Sterne glitzerten am Firmament.

Kurz dachte sie an Benni, wie er vielleicht jetzt mit Jacky und ein paar anderen Leuten vorm Lagerfeuer saß, dazu jemand auf der Gitarre herumklimperte. Ansonsten genoss Tessa den Augenblick der Ruhe.

Etwas Schwarzes flog knapp am Geländer vorbei. Familie Fledermaus, wohnhaft oben unter dem schützenden Dachüberhang, wieder in Aktion. Sie mochte diese possierlichen Tierchen. Die Romanow über ihr schimpfte ständig, welchen Dreck sie hinterließen. Seit sich so ein armes Vieh durch die offene Tür ins Wohnzimmer der Frau verirrt hatte, litt die an einer regelrechten Phobie. Dabei, so fand Tessa, müsste eher die Fledermaus eine haben, seit sie die Romanow gesehen hatte.

Maria C. Romanow, freiberufliche Journalistin. Wofür das C. in ihrem Namen stand, war und blieb deren Geheimnis. Auch kannte niemand ihr wahres Alter. Eine Frau, die sich kleidete wie eine

Dreißigjährige, schminkte wie eine Achtzehnjährige, die in der Disco Typen aufreißen wollte, aber Falten hatte wie eine Siebzigjährige. Wahrscheinlich, weil sie sich jeden Tag auf die Sonnenbank legte. Und besonders freundlich konnte man sie auch nicht nennen.

Tessa beschloss, nicht weiter nachzudenken. Sie lauschte den sanften Wogen der Baumkronen, beobachtete den leuchtenden Punkt, der sich kilometerhoch fortbewegte. Ein Flugzeug, in dem auch sie jetzt gerne gesessen hätte, egal, wohin die Reise ging.

Eine leichte Böe strich ihre Wange. Warum fühlten sich ihre Beine auf einmal schwer wie Blei an? Wie von selbst fielen ihr die Lider herunter und im nächsten Moment war sie eingedöst.

Allerdings nicht lange. Helles Gelächter schreckte sie wieder auf. Tessa brauchte ein paar Sekunden zum Sondieren, wo es herkam. Eindeutig von unten. Irgendwo in den Tiefen des Hauses wiederholte es sich, von weit glaubte sie Claras Stimme zu hören.

Ob die beiden sich immer noch einen pichelten? Eleonore schien ordentlich was zu vertragen. Nur gut, dass sie selbst rechtzeitig die Kurve gekratzt hatte.

Tessa ließ den Nachmittag Revue passieren, empfand Claras Mutter als überaus sympathische Mittachtzigerin, deren Geist wacher schien als ihr eigener manchmal, dazu körperlich fit wie ein Turnschuh. So unterschiedlich beide Frauen wirkten, so wenig sie sich äußerlich ähnelten ... identisch waren Körperhaltung, Gestik und vor allem der Humor. Oder sollte man es eher als reine Lebenslust bezeichnen?

Tessa mochte Menschen, die die Gabe besaßen, andere ein Stück weit mitzureißen, ihren Frohsinn zu verbreiten.

Und doch … irgendetwas war da … wollte nicht so recht passen! Je mehr sie Clara kennenlernte, desto mehr verstärkte sich das Gefühl. Jetzt, wo sie Zeit und Ruhe zum Nachdenken hatte, spürte sie es wieder ganz deutlich.

Tessa schalt sich bescheuert. Clara tat doch gar nichts Ungewöhnliches. Im Gegenteil, sie war hilfsbereit, zeigte ein offenes und herzliches Wesen, neigte vielleicht ein bisschen viel zu feuchtfröhlicher Geselligkeit, aber sonst?

Drrrrrrrrrr…

Dass es ihre Türklingel war, die gerade mit durchdringendem Ton sämtliche Fledermäuse der Umgebung in die Flucht schlug, registrierte Tessa erst beim zweiten Mal. Wer suchte sie so spätabends noch auf? Etwa Udo-Bärchen, den wieder die Sehnsucht trieb?

Am besten gar nicht reagieren. Wer auch immer da unten vor dem Haus stand und Einlass begehrte … um diese Zeit war sie nicht mehr zu sprechen!

Wenn nur diese dumme Neugier nicht gewesen wäre! Jetzt war es zu spät. Sie hatte längst die Gegensprechanlage betätigt. Eine Reibeisenstimme dröhnte, er sei Pikko. Ihr durchaus ein Begriff, dieser Pikko war einer von Udos Stammkunden und sie, Tessa, wahrscheinlich die Einzige, die seinen vollständigen Namen kannte. Noch kurz bevor Udo einfiel, Susanna näher kennenzulernen, hatte sie ein Mahnverfahren wegen einer ziemlich hohen, unbezahlten Rechnung gegen ihn eingeleitet.

Und jetzt stand ausgerechnet *der* vor ihrer Tür? Was hatte das zu bedeuten?

Es dauerte nicht lange, bis ihr diese Frage beantwortet wurde.

Abgekämpft erreichte Pikko den Treppenabsatz. „Herr…schafts…zeiten!", stöhnte er und musste Luft holen, bevor er ein weiteres Wort hervorbrachte. „Dass muss ich mir aber doch gut überlegen, ob ich hier einziehen will."

„*Was* wollen Sie?" Tessa glaubte sich verhört zu haben.

„Die Wohnung ansehen!"

„Was für eine Wohnung?"

Sein Blick sagte alles und Tessa spürte, wie sich die feinen Härchen in ihrem Nacken steil aufrichteten.

„Schickt mein Mann Sie etwa?" Mühsam versuchte sie, die keimende Wut zu zügeln.

„Sie steht zum Verkauf, wurde mir gesagt, und ich könne sie jederzeit besichtigen", wich er aus.

Tessa war nicht dumm genug, um das abgekartete Spiel nicht zu durchschauen. Sie dachte nicht im Traum dran, diesen Kerl über die Schwelle zu lassen.

„Nur mal so zum Mitschreiben …", sie verschränkte die Arme ineinander, lehnte sich wie eine Barriere gegen den Türrahmen und sah ihn herausfordernd an, „Sie wollen also mitten in der Nacht meine Wohnung besichtigen, weil Udo Hofnagel sie geschickt hat?"

„Mitten in der Nacht ist jetzt aber übertrieben", belehrte dieser Knilch sie auch noch frech mit Blick auf seine altmodische Armbanduhr.

Tessa wurde höllisch warm. Das war gerade eine von jenen Situationen, in denen ihre Hitzewallungen ungezügelt durch ihren Körper schossen.

„Sie tragen sich also mit dem Gedanken, Eigentum zu erwerben? Hat Herr Hofnagel Ihnen auch den Preis genannt?"

„Klar", kam es unverschämt grinsend zurück. Mehr nicht. Aber das reichte eigentlich auch schon.

„Und?", fragte sie rein zum Spaß weiter.

„Was und?"

„Haben Sie eine halbe Mille auf dem Konto?"

„Halbe Mille? Moment mal, der Udo hat doch gesagt …" Offensichtlich war er nicht gut vorbereitet.

„Was hat er Ihnen dafür versprochen?"

„Versprochen …? Gar nichts!" Der eben noch so strotzende Pikko wich ihrem Blick aus.

„Gegen Sie läuft ein gerichtliches Mahnverfahren, da werden Sie kaum diese Wohnung hier kaufen!", versetzte Tessa ihm mit Nachdruck.

Ein Satz, der alle Farbe aus seinem Gesicht weichen ließ. Er hüstelte. „Woher wissen Sie das?"

Scheinbar war er dusseliger, als sie bisher annahm.

„Ich habe es selbst eingeleitet!"

Ein messerscharfer Blick traf sie. Zornesrot drehte er sich um, preschte, ohne sich zu verabschieden, dafür mit unschönen Flüchen, die Treppe runter.

„Wünsche ebenfalls noch einen angenehmen Abend!", rief Tessa ihm durch die Geländerschlucht hinterher. Das konnte sie sich jetzt einfach nicht verkneifen.

Erst als sie unten die schwere Holztür ins Schloss

fallen hörte, merkte sie, wie es um ihren eigenen Adrenalinspiegel stand. Sie kochte mindestens genauso vor Wut wie dieser Pikko. Nein, nicht auf ihn. Wenn der sich wie hirnloses Spielzeug benutzen ließ, seine Sache.

  Aber auf Udo …

9

Samstag ...

Das Fass lief über, als Tessa am nächsten Vormittag wieder einen Umschlag der Kanzlei Hering aus dem Briefkasten fischte.

„Sehr geehrte Frau Hofnagel,

unser Mandant, Herr Udo Hofnagel, teilt uns mit, dass Sie den Zugang zum Verkaufsobjekt, insbesondere zum Zwecke der Besichtigung durch mögliche Interessenten verweigert haben. Wir weisen darauf hin, dass unser Mandant nach wie vor hälftiger Miteigentümer des Objektes ist, so dass Ihnen hierzu ein entsprechendes Recht nicht zusteht. Hinzu kommt, dass Sie die Belastungen für die Wohnung allein nicht aufbringen werden können, so dass ein freihändiger Verkauf auf dem Markt an interessierte Personen auch in Ihrem Sinne sein dürfte, um einen möglichst hohen Erlös zu erzielen. Sollten Sie weiterhin die Besichtigung des Objektes verweigern, müssten wir unserem Mandanten empfehlen, die gerichtliche Zwangsversteigerung des Objektes durchzuführen, wobei Ihnen hier selbstverständlich auch finanzielle Verluste drohen.

Des Weiteren fordern wir Sie an dieser Stelle noch einmal auf, an unseren Mandanten die Hälfte der finanziellen Belastungen in Höhe von ... umgehend zu überweisen.

Mit freundlichen Grüßen

gez. Horst Hering
Rechtsanwalt

Wäre Tessa eine Rakete gewesen, sie hätte auf der Stelle von selbst gezündet. „Dieser miese ...!", schrie sie die Wand an, rannte zornig aus der Küche hinüber ins Wohnzimmer und wieder zurück. Gleich fünfmal in Folge, um die aufgestauten Emotionen unter Kontrolle zu bringen. Dass Udo es wagte, sie so zu behandeln. Sie, die alles mit ihm geteilt und für ihn getan hatte!

Harte Brocken hatte sie bereits im Laufe ihrer Ehe schlucken und sich dennoch am Riemen reißen müssen, um nicht ihr Gesicht zu verlieren. Die Affäre mit Stelzen-Susanna war nicht Udos erste, wohl aber die einzige, wegen der er auszog. Damit musste sie klarkommen, ob sie wollte oder nicht. Was ihr in der letzten Zeit auch ganz gut gelang, wie sie fand.

Dass er nun aber mit Absicht – und da war sie sich hundertprozentig sicher – spätabends diesen Pikko als angeblichen Kaufinteressenten vorbeischickte in der Gewissheit, dass sie diesen nicht reinlassen würde – schließlich kannte er sie genauso gut wie sie ihn – und das entsprechende Anwaltsschreiben bereits vorher aufsetzen ließ – wie sonst hätte es heute bereits kommen können? – war schlichtweg zuviel.

„Udo Hofnagel, damit bist du zu weit gegangen! Jetzt halte ich nicht mehr still!", drohte sie dem Spiegelbild über der Kommode im Flur, als sei es seins und er könne es hören.

Einen Moment lang war Tessa geneigt, sich ins Auto zu setzen und Udo in seinem neuen Refugium einen Besuch abzustatten, der sich gewaschen hatte. Im letzten Moment besann sie sich. Wahrscheinlich wartete er nur darauf und sie würde am Ende dastehen wie die streitsüchtige Ehefrau, die gerade frei Haus den Beweis lieferte, warum der arme Udo nicht anders konnte als vor ihr zu flüchten.

Nein, *den* Gefallen tat sie ihm nicht! Sie würde andere Wege finden. Selbst, wenn sie sich damit auf dasselbe Niveau begab ... was hatte sie noch groß zu verlieren? Gut, von der Wohnung mal abgesehen. Benni war erwachsen, ihm brauchte sie kein Elternhaus mehr erhalten. Udo pflückte zuviel Löwenzahn am Wegesrand, sie konnte gut auf ihn verzichten. Das einzige, was sie noch von ihm wollte: eine saubere Regelung der Finanzen und die Scheidung. Selbst wenn Udo hundertmal das Gegenteil schreiben ließ.

Inzwischen war ihr klar geworden, dass sie dafür um ein anwaltliches Mandat nicht mehr herumkommen würde.

Aber bis nächsten Samstag dauerte es noch eine Woche. Was, wenn Laras Vater aus irgendeinem Grund absagte? Oder wenn er ihr gar nicht weiterhelfen konnte? Sie wusste ja nicht einmal, ob er sich im Ehe- und Familienrecht auskannte.

Eigentlich wusste sie gar nichts über ihn, außer dass er Wendt hieß und rein gar nichts über ihn im Netz zu finden war. Im Prinzip vertraute sie nur auf ihn, weil sie Lara für ein liebes und patentes Mädchen hielt, die bestimmt nichts anbot, was nicht auch Hand und Fuß hatte.

Wärst du nicht so kiebig zu ihm gewesen … Jobst hätte dir bestimmt auch helfen können!, ging es ihr wie ein Pfeil durchs Gehirn.

Nein, bitte nicht! Der war nun wirklich der Allerletzte, an den sie denken wollte! Außerdem: Es ist Samstag, Tessa, da sitzt auch kein Jobst in seinem Büro!, wehrte sie sich sofort gegen jede Überlegung in etwaige Richtung.

Also, Jobst, bleib, wo auch immer Du gerade bist! Tessa-Teresa braucht Dich nicht!

***

Etwa eine Stunde und drei Tassen Kaffee später, und schon wieder wesentlich besser gelaunt, nahm Tessa sich Gittis Zimmerpflanzen vor. Die drüsche Yuccapalme zwischen Fernseher und Loggiazugang sah genauso traurig aus wie die bei Herrn Wünsch. Kein Wunder, sie musste dringend umgepflanzt werden, der Topf war viel zu klein für diesen Monsterwuchs.

Tessa machte sich ans Gießen und hatte die dumpfe Ahnung, sämtliches Grün und Braun in diesen Räumen würde ihr überglücklich dankend die Äste reichen, wenn es könnte.

Sie ging in die Küche, wo auf der schmalen Fensterbank neben der Balkontür noch ein paar

Kräutertöpfchen warteten.

Sofort fiel ihr Blick auf das Fotobündel auf dem Küchentisch. Die Bilder Marie-Claires. Hatte Gitti sie ihr mit Absicht so offen drapiert, damit sie sich diese noch einmal genauer ansah?

Nun, sie war gerade wirklich sehr dankbar für jede Möglichkeit, sich von dem unverschämten Anwaltsbrief abzulenken.

Obenauf lag das Bild, das sich ursprünglich in dem vergilbten Briefumschlag befunden hatte. Der wiederum war, einmal geknickt, direkt darunter in den Stapel geschoben worden.

Das strahlende Lächeln in dem niedlichen Puppengesicht zauberte selbst Tessa eins zurück, und es war nur ein klitzekleiner Moment, in dem sie glaubte, in den wachen Augen ein fröhliches Schillern zu sehen. Wahrscheinlich der Einfall der grellen Lampe über dem Tisch, deren Schalter sie betätigte, um Details besser erkennen zu können.

Die Wut auf Udo und seinen Anwalt verflog langsam, dafür verspürte sie plötzlich ein eigenartiges Kribbeln im Magen. Wie magisch angezogen betrachtete sie noch einmal alle Fotos, verglich und drehte sie unter akribisch suchendem Blick hin und her, hielt sie ins Licht und dagegen. Doch es fand sich nichts, was jetzt irgendwie anders aussah. Und schon gar nichts, was ihre merkwürdige Unruhe erklärte.

Dass es sich, bis auf dieses einzelne, um eine Serienaufnahme handelte, hatten Gitti und sie ja bereits festgestellt. Kleidung, Hintergrund: alles identisch. Höchstens die Pose der kleinen Marie-Claire veränderte sich hier und dort. Einmal zog sie die Lippen zu einem gekonnten Schmollmund und verschränkte die Arme vor der Brust. Einmal streckte sie den rechten Arm gen Himmel, als wolle sie ihren Eltern etwas zeigen. Das war das Bild mit dem dunklen Fleck, wo Marie-Claires Oberarm unter dem Saum des Puffärmels verschwand.

Tessa wusste nicht mal, wonach sie überhaupt suchte. Allenfalls stand für sie nun fest, dass es sich im Hintergrund tatsächlich um den *Deuß-Tempel* handelte. Das Säulenplateau zeichnete sich eigentlich schon allein an seiner markanten Form ab.

Noch mal ein Blick auf die Rückseiten. Kein Vermerk, kein Aufdruck eines Fotogeschäftes – sei er auch noch so verblasst – einfach rein gar nichts außer der grauen Fläche mit gelblichem Stich.

Die Spannung in ihr hielt an. Trotzdem gab sie auf, häufte die Fotos wieder zu dem Stapel, den sie vorgefunden hatte, und seufzte laut vor sich hin: „Tut mir leid, Gitti, aber da werden wir wohl doch abwarten müssen, bis uns das letzte Amt die richtige Adresse mitteilt, selbst wenn es noch so lange dauert."

Ihr Blick streifte die Küchenuhr. Anderthalb Stunden hatte sie über den Fotos gebrütet? Sie mochte kaum glauben, wie schnell die Zeit verflogen war. Na, wenigstens hatte sie über das Übel, mit dem dieser Morgen begann, nicht mehr nachgedacht.

Fast hätte Tessa vergessen, die Deckenlampe wieder auszuschalten, weil die hereindrängende Sonne sie längst überbot. So vergewisserte sie sich vorsichtshalber noch einmal, ob auch alle anderen Lichter in Gittis Wohnung gelöscht, alle Fenster geschlossen und alle Pflanzen gegossen waren. Nicht, dass Meister Alwin am Ende einen Grund zu meckern bekam.

***

Die Sonne schien herrlich, tauchte ihre Balkonoase in gleißendes Licht. Tessa hatte sich wieder den **„Ehemann umständehalber abzugeben"** vorgenommen und las die beiden letzten Kapitel im Buch. Oder besser gesagt, sie versuchte es. Ihr fehlte die richtige Konzentration, denn auf dem Küchentisch lag noch immer der Herings-Wisch, den sie liebend in den Rhein geworfen hätte, damit er nach Rotterdam oder sonst wohin trieb. Nur das Mitleid mit den anderen Fischen im Fluss hielt sie davon ab.

Schade, dass Clara nicht da war, die hätte sie mit ihrer Art abgelenkt von all den Dingen, die ihr auf den Magen schlugen. Doch Clara, so hatte diese gestern noch verkündet, machte heute mit ihrer Mutter einen Verwandtenbesuch in Köln. Irgendein Cousin – so genau wollte Tessa es gar nicht wissen – wohnte wohl in Ehrenfeld.

Natürlich hätte sie auch gerne Gitti angerufen. Einfach, um mal wieder eine Runde mit ihr zu plauschen, ihr zu sagen, dass sie sich die Bilder zwar noch mal in Ruhe angeschaut, aber nichts gefunden habe, was irgendeinen Hinweis auf Marie-Claires Verbleib lieferte. Da Gitti aber im fernen Bremen so eingespannt wurde, dass sie am Telefon nur gestresst wirkte, ließ sie es sein. Zumal sie sich sowieso lieber persönlich mit der Freundin unterhielt.

Benni war auch nicht zu Hause, sondern voll und ganz damit beschäftigt, seine Wunden zu lecken, weil Lara sein Entschuldigungsversuch vor der Uni überhaupt nicht interessiert hatte, und Jacky verstand ihn ja sooo gut. *Dessen Alte* – O-Ton: Benni – *hatte auch erst vor kurzem die Biege gemacht, bloß, weil er aus Versehen mit 'ner Anderen knutschte.*

Also keiner da, mit dem sie reden konnte. So begnügte Tessa sich damit, einen Eiscafe aus Pulver und Milch zusammenzurühren, eine Kugel Vanilleeis aus dem Gefrierschrank hinzuzufügen und mit dem Riesenglas, Telefon und Laptop auf den Balkon zurückzukehren.

So ließ es sich gut aushalten.

Mit der einen Hand hielt sie den Strohhalm, sog an ihrem Eiscafe. Mit der anderen klappte sie den Computer auf und erst als die Eingabespalte der Suchmaschine vor ihr leuchtete, fragte sie sich, was oder wen sie jetzt eigentlich finden wollte. In ihrem Kopf schwirrte ein heilloses Durcheinander von Namen. Aber sie hatte ja Zeit. Viel Zeit. Niemand war da, der ihr die frisch gewienerte Bude einsaute. Niemand lag auf der Couch, so derbe schnarchend, dass der liebevoll aufgepäppelte „Ficus benjamini" im Schwall braune Blätter abwarf.

Tessa Hofnagel, fröne der Langeweile! Du darfst es! Niemand beschwert sich!

Tessa Hofnagel, was machst du denn da schon wieder?

Erst jetzt registrierte ihr Verstand, welche Seite sie blind aufgerufen hatte.

Birnbaum & Seltenreich … Hm! Einmal anrufen?

Schon hatte sie das Telefon in der Hand.

Einfach nur mal ausprobieren, ob sich jemand meldete? War schon zu Teenie-Zeiten ein begehrtes Spiel, und mit ihrer damaligen besten Freundin Bärbel hatte es besonders viel Spaß gemacht. Erst hatte sie einfach irgendeine Nummer angewählt und nach Maja Bienen gefragt. Natürlich bemerkte der Teilnehmer den Ulk dahinter nicht und erklärte wahrheitsgemäß, niemanden mit diesem Namen zu kennen. Nach ein paar Minuten rief dann Bärbel dieselbe Nummer an und hauchte todernst, während sie selbst sich vor unterdrücktem Lachen krümmte, in die Muschel: „Hallo, hier ist Maja Bienen! Hat jemand für mich angerufen?"

Sicherlich war heute niemand in der Kanzlei. Was also sollte passieren, wenn sie die Nummer wählte? Wahrscheinlich lief bloß eine Bandansage, die auf die offiziellen Sprechzeiten in der Woche vertröstete.

Genauso war es, wie Tessa Sekunden später feststellte. Die weiblich nette Stimme kam ihr überraschenderweise bekannt vor. Woher, das wusste sie nicht.

Tessa drückte auf Wahlwiederholung und laut, horchte erneut dem Klang. Beim dritten Mal kam sie immer noch nicht drauf, beim vierten klickte es plötzlich in der Leitung und eine abgehetzte Männerstimme, von der sie sehr genau wusste, wem sie gehörte, meldete sich mit einem knappen: „Ja!?"

Als hätte das Teil in ihrer Hand Feuer gefangen, warf sie es auf den Tisch. Sie registrierte gar nicht, dass die Verbindung noch stand. Ihr Herz klopfte zum Zerspringen, als Jobsts: „Hallo? Hallo, wer ist denn da?" den Balkon beschallte.

Sie hielt den Atem an, hörte ihn fluchen, dann legte er auf.

Jäh erwachte Tessa aus ihrer Starre. Wie alt bist du eigentlich?, schimpfte es in ihr und schon im Begriff, ein fünftes Mal anzurufen, um diesmal vernünftig mit ihm zu sprechen, unterließ sie es dann doch. Jobst würde sie unweigerlich für bescheuert halten. Außerdem: Was wollte sie von ihm?

Natürlich nichts! Na also, Tessa Hofnagel, das wäre schon mal geklärt! Und jetzt bloß die Finger vom Telefon! Lauf lieber eine große Runde durch den Stadtwald, da tust du wenigstens was Sinnvolles!

***

In der Tat pustete ihr die Bewegung in der grünen Natur die Sinne frei. Tessa liebte das weitläufige Areal mit dem großen, verzweigten Weiher, über den zahlreiche Brücken die Ufer verbanden. Beim *Deuß-Tempel* verhielt sie. Da vorne vor den Säulen mussten die Fotos von Gittis Schwester gemacht worden sein. Neugierig, als könne sie nach all den Jahrzehnten noch einen Hinweis finden, ging sie zu der Stelle und ließ ihren Blick suchend umherschweifen.

Was ihr sofort in die Augen sprang, war ein verrotztes Taschentuch der Gegenwart, achtlos entsorgt oder jemandem aus der Tasche gefallen.

Mit verschränkten Armen lehnte Tessa sich auf die Steinplatten der Balustrade. Die breite Wasserfläche vor ihr schimmerte in unergründlichem Dunkel. Beim gegenüberliegenden Bootsverleih war trotz des guten Wetters nicht viel los, die Kähne dümpelten vor sich hin. Ein paar Enten zogen unterhalb des Plateaus vorbei, ein paar andere schnatterten wütend, als auf der Seite zu ihrer Linken ein Labrador ins Wasser hechtete, um seinem Herrchen das dicke Stöckchen zu holen.

Beim Blick auf den Biergarten dahinter überfiel sie prompt die Lust auf eine Apfelschorle. Die hatte sie sich jetzt verdient. Nur dumm, dass sie plötzlich das Gefühl hatte, Jobst könne jederzeit hier aufkreuzen.

Bloß nicht!

Quatsch, ich kann hingehen, wo ich will, und er auch!

Aber nicht hierhin, wenn ich hier bin!

Tessa, der Mann ist dir vollkommen schnuppe!!!

So innere Stimmen war schon was Feines ... besonders, wenn sie sich gegenseitig zu übertrumpfen versuchten. Tessa hätte gern den Knopf gefunden, um sie abzustellen.

Die Schorle besorgte sie sich trotzdem und genoss sogar jeden einzelnen Schluck. Jobst tauchte nicht auf. Aber heute war ja auch Samstag und nicht Opas Dienstag.

***

„Hallo? Was machen Sie denn da?"

Als Tessa um die Ecke bog, überfiel sie sofort der Argwohn. Was hatte der fremde Mann, duckend und mit dem Rücken zu ihr gewandt, an der Haustür zu schaffen?

Offensichtlich fühlte er sich durch ihren lauten Ruf ertappt, schnellte auf dem Absatz herum.

Tessa hatte bereits einiges an Worten auf der Zunge. Allesamt erstarben ihr im Ansatz, als sie sein Gesicht erkannte.

„Jobst?" Eine Halluzination!

„Teresa!", rief die Halluzination laut und deutlich, und offenbar hoch erfreut. „Gut schaust du aus! Also alles okay bei dir?"

Was faselte er da? Und woher wusste er, wo sie wohnte? Sie hatte ihm ihre Adresse doch gar nicht gegeben. Und wieso behauptete er, sie sähe gut aus?

Ihre Haare klebten in einem stumpfen Zopf und das Träger-T-Shirt prahlte mit Schweißflecken, wohin das Auge reichte.

„Du hast einen eigenartigen Geschmack", entgegnete sie süffisant. „Darf ich fragen, wen du in diesem Haus mit deinem Besuch beehren willst?"

„Dich."

„Miiich?" Tessa fragte sich, ob die Situation real war oder sie nur träumte. Im letzteren Fall würde sie schnellstens einen Arzt aufsuchen müssen.

Der Arztbesuch blieb ihr erspart. Jobst legte ihr freundschaftlich die Hand auf die Schulter. Allein diese Geste jagte einen regelrechten Feuerball durch ihren Körper. Nix Wechseljahre diesmal!

Scheiße! Hoffentlich hörte er nicht, wie ihr Herz klopfte! Verdammt, warum musste er immer so dämlich grinsen?

„Wa...ass verschafft mir denn die Ehre?", versuchte sie sich herauszuhangeln, was ihr jedoch nicht ohne Stolpern der Stimme gelang.

„Du hast mich angerufen", sagte er knapp.

Vier Worte, die ihren Atem zum Stocken brachten. Woher wusste er das? Doch die Blöße wollte sie sich jetzt um keinen Preis geben. „*Ich ... dich* angerufen? Blödsinn!"

Seine wahnsinnig dunklen Augen durchleuchteten sie wie Scanner.

„Ich wäre dafür, du lädst mich jetzt auf eine Tasse Kaffee in deine Wohnung ein und wir klären den Sachverhalt weiter unter vier Augen", schlug er vor.

„Wie komme ich dazu?"

„Weil ich mir Sorgen gemacht habe und jetzt wissen möchte, was du von mir wolltest."

„Ich hab keine Ahnung, wovon du redest!"

„Teresa, hör auf mit der Scharade!" Sein Grinsen verschwand, wich einer stummen Bitte. „Du hast gegen halb eins in meiner Kanzlei angerufen, und das mehrmals hintereinander."

„Woher nimmst du die Gewissheit, dass ich das war?"

„Hättest schon deine Nummer unterdrücken müssen ..."

Er brauchte nicht aussprechen, sie wurde auch so puterrot vor Scham. Natürlich war es ein leichtes, ihre Nummer in die Rückwärtssuche einzugeben, um fündig zu werden. Udo und Teresa Hofnagel plus Adresse. Jetzt zahlte sich aus, dass sie den Eintrag noch nicht hatte löschen lassen.

„Sagst du mir nun bitte, was du von mir wolltest?", wiederholte er ruhig.

„Ich wollte nie etwas von dir!", ging sie prompt in die verbale Attacke.

„Klingt in meinen Ohren eher wie das Gegenteil."

Sie wäre am liebsten in Grund und Boden versunken, so schien er ihr bis auf selbigen sehen zu können.

„Die Röte steht dir gut."

Tessa hätte zerspringen können vor Wut. Wut auf sich selbst. Wie konnte sie auch so dusselig sein!

Doch diesmal erwiderte sie nichts, öffnete die Tür und gab ihm schweigend ein Handzeichen, ihr nach oben zu folgen.

Wie auf Kommando schloss sich über ihnen das Küchenfenster von Frau Droemer. Dafür sprang deren Wohnungstür fast aus den Angeln, als Tessa und Jobst ihren Absatz passierten.

„Und ich dachte immer, die ist schwerhörig!", nuschelte Tessa, nur für Jobst hörbar.

„Ah, Frau Hofnagel, wie mich das freut ..." Die Droemer'schen Augäpfel rollten sichtlich angetan vom Erscheinungsbild eines Jobst Birnbaum hin und her. „Ich sag der Maria schon die ganze Zeit, die Frau Hofnagel, die hat einen netten Mann verdient!"

Nicht schwer zu erraten, was sie damit zum Ausdruck bringen wollte.

„Nett, dass sie sich Sorgen um mich machen, ist aber nicht nötig!", wies Tessa sie betont freundlich in ihre Schranken.

Jobst dagegen bedankte sich herzhaft lachend für das Kompliment. Tessa griff nach seinem Handgelenk, zog ihn schnell weiter.

„Seit wann so stürmisch?"

Sie überging die Anspielung, beeilte sich, die Wohnungstür aufzuschließen. „Du hast keine Ahnung, wie schnell sich jetzt im Haus verbreitet, wir hätten was miteinander. Mit Maria meint sie nämlich ihre Reporterfreundin, die oben unterm Dach wohnt."

Die Tür knallte ins Schloss. Sie standen in Tessas Flur, Auge um Auge gegenüber.

Jobst grinste. „Ich glaube nicht, dass deswegen ein Artikel über uns in der Presse erscheint."

„Der Hausklatsch alleine reicht mir schon", grummelte sie, was ihr half, diese blöde Unsicherheit, die sie jedes Mal in seiner Nähe empfand, zu überspielen. Außerdem hafteten die Nebenerscheinungen von Udos Auszug noch gut genug in ihrem Gedächtnis.

„Ist der Gedanke denn so furchtbar für dich?", fragte er mit niedlichem Dackelblick.

Stünde nicht ausgerechnet der Jobst Birnbaum vor ihr, der sie im zarten Alter von achtzehn Jahren nach zwanzig Minuten Fummeln zwischen Omas Einmachgläsern wie Kompost fallen ließ ... sie hätte herzhaft darüber lachen können. „Der Gedanke ist nicht furchtbar, sondern einfach nur absurd!", stellte sie, betont lässig natürlich, richtig.

„Ach ja?" Jobst kam näher, und mit ihm diese dunklen Augen, die wie ein Sog wirkten.

„Was ... ähem ... was soll ...?"

Sein Mund beendete ihr unbeholfenes Gestotter, verschloss ihre Lippen erst fordernd, dann leidenschaftlich, dann unendlich zärtlich ... es war wie eine Wiederholung der Szene auf dem Parkplatz. Nur konnte sie diesmal nicht weglaufen.

Aber diesmal wollte sie das auch gar nicht. Diesmal ließ sie sich mitreißen vom feurigen Wirbel der Gefühle.

10

Sonntag ...

Tessa, was hast du getan? Bist du jetzt vollkommen durchgeknallt?

Obwohl Jobst noch immer neben ihr lag, die Bettdecke seinen männlich breiten Brustbereich freigab, kam der bittere Beigeschmack wie das jähe Ende eines wunderschönen Traums. Ein Traum, der fast achtzehn Stunden andauerte!

Wie hatte sie sich nur so vergessen können? Ausgerechnet mit *ihm*?

Gib doch zu, es war wunderschön!, raunten ihre Sinne.

Es war nur eine alte Rechnung, die noch offenstand, meldete sich Negativ-Tessa sofort zu Wort.

Was da *stand*, war deutlich!, konterte es.

Zwanzig Minuten höchstens, Tessa, dann wolltest du ihm den verbalen Hieb versetzen!

„Schluss jetzt!", gebot Tessa dem Wirrwarr in ihrem Schädel Einhalt.

„Selbstgespräche?"

Scheinbar war Jobst davon wach geworden. Behaglich streckte er die Gliedmaßen. Auch jenes unter der Bettdecke. Sofort wurde sein Blick wieder begehrlich und sofort – verdammt – regte sich etwas in ihr.

„Jobst, ich glaube, es ist besser, wenn du jetzt gehst!" Sie sagte es leise und traurig. „Es ... es tut mir leid ... es hätte gar nicht erst passieren dürfen."

Jobst lachte, als hielte er die Worte für einen Scherz. Er streckte den Arm nach ihr aus, wollte sie zu sich hinab aufs Bett ziehen.

Doch sie wand sich, seine Hand griff ins Leere.

„Ich meine es ernst, Jobst!" Sie war kaum in der Lage, ihn anzusehen, setzte dennoch zu einer vagen Erklärung an: „Du hast mir einmal sehr wehgetan. Ich möchte nicht, dass sich das wiederholt."

In seinen magischen Augen bildeten sich zunächst magische Fragezeichen. „Du spielst damit jetzt aber hoffentlich nicht auf die dumme Sache damals im Schreberhäuschen an?" Natürlich hatte er gegrübelt, warum sie ihm bei jeder Begegnung diese ominösen zwanzig Minuten um die Ohren haute. Dämmern tat es ihm allerdings erst, als sie auf dem Parkplatz dieser aufdringlichen Ilka gegenüber was von Einmachgläsern erwähnte.

Dumme Sache? Er titulierte es als dumme Sache? Tessa war, als habe er ihr gerade erneut einen Boxhieb in den Magen versetzt. Höchste Zeit, Stellung zu beziehen, schließlich war sie nicht mehr das kleine Dummchen, für das er sie damals gehalten hatte. „Für dich mag es ja nur eine *dumme Sache*" – extra betont und zum Mitschreiben! – „gewesen sein, für mich war es der berühmte Arschtritt. Du hast mich benutzt und weggeworfen wie ein Spielzeug."

Seine Miene wurde ernst. „Nein, Tessa, ich war neunzehn und ...", er überlegte, wie er sich am besten ausdrücken sollte, ohne überheblich zu klingen, „verspielt, wenn ich mal so sagen darf. Ich hatte mit festen Beziehungen noch gar nichts im Sinn und wäre auch nie darauf gekommen, dass du das anders sehen könntest." Das musste sie doch verstehen.

Selbstverständlich verstand Tessa. Aus heutiger Sicht zumindest. Damals aber fühlte sie sich dreckig und benutzt. Vor allem, weil sie kurz danach über drei Ecken zugeflüstert bekam, dass sie bloß den Gegenstand einer Wette abgegeben hatte und sich alle darüber lustig machten. Von da an bezog sie jedes Grinsen sofort auf sich. Doch sich die Blöße zu geben zu zeigen, wie verletzt sie sich fühlte? Niemals! Es war verdammt schwer gewesen, so zu tun, als könne ihr das alles nichts anhaben, während sie sich zu Hause die Augen aus dem Kopf geheult hatte.

Warum sich die Vergangenheit ausgerechnet jetzt und zu diesem Zeitpunkt Bahn brechen musste, wusste Tessa selbst nicht. Wie von Sinnen schleuderte sie Jobst die Worte an den Kopf.

Der männlich breite Brustkorb hob und senkte sich schwer, bevor er sich nun steil aufrichtete. Der Hals darüber reckte sich und das Gesicht wirkte binnen Sekunden wie eine stählerne Maske. „Du spielst also nur deine Rache an mir aus?" Seine Stimme hatte nichts Weiches mehr, die Härte darin passte zu seinem Gesichtsausdruck. „Die letzten Stunden haben dir nichts bedeutet?"

„Es war schön. Aber es ändert nichts daran, dass wir nicht zueinander passen." War das wirklich sie, die so sprach?

„Bis vorhin hat sich das aber noch ganz anders

angefühlt!"

„Es war ein Irrtum und es tut mir aufrichtig leid." Was redete sie denn da? Sie sah doch, wie verletzt er war.

„Hör *gut* zu, Teresa, ich frage nur ein einziges Mal …!", der vorher so leidenschaftliche Mund presste die Worte mit einer Schärfe hervor, die Tessa vor Scham rot werden ließ. „Meinst du *wirklich,* was du gerade gesagt hast?"

Nein, Jobst, ich meine es nicht so, aber du und ich, das passt nicht! Warum war sie nicht in der Lage, ihm das anständig und ruhig zu sagen? Weil jedes Wort sie Lügen gestraft hätte und so brachte sie nur, wenn auch schwerlich, ein Nicken zustande.

„Gut, dann muss ich das wohl akzeptieren!" Abrupt warf Jobst die Beine aus dem Bett, streifte seine Jeans über und sammelte in Nullkommanichts den Rest seiner Klamotten ein, die vor Udos Bettseite auf dem Boden verteilt lagen.

Obgleich sie selbst ihn aufgefordert hatte, zu gehen, beobachtete sie sein Tun mit ziehenden Schmerzen in Herz und Magen. Sie wusste, dies war ein endgültiger Abschied, wenn sie ihm keinen Einhalt gebot.

An der Tür drehte er sich noch einmal um, starrte sie kurz an. Im Dunkel seiner Augen funkelte es. Und dann tat er etwas, mit dem Tessa nicht rechnete: Er kam zurück, stellte sich vor sie, dass nicht einmal eine Bürokammer zwischen sie gepasst hätte und küsste sie derb auf den Mund.

„Ich weiß nicht, was ich dir getan habe, dass du mir offenbar selbst nach drei Jahrzehnten meine Dumm-Jungen-Tat von einst nicht vergeben kannst und ich weiß auch nicht, was du mit mir gemacht hast, ich weiß nur eines …" Sein Blick bohrte sich erneut in ihren, hielt ihn gefangen. Verursachte ihr einen Stich ins Herz, während er sich langsam rückwärts abwandte. „Im Hier und Jetzt, Teresa, liebe ich dich! Ich überlasse dir, was du nun damit anfängst!"

Er ließ sie stehen und ging.

In ihrem Kopf rauschte das Blut. Mit dem Zufallen der Wohnungstür setzten die Tränen ein.

Tessa, warum hast du das jetzt kaputt gemacht?

Zum ersten Mal blieb die Stimme der Gegenwehr ruhig.

***

Niemand im Haus, weder die neugierige Frau Droemer noch Clara noch sonst wer, bekam Tessa an diesem verkorksten Sonntag zu Gesicht. Sie gab sich dem heulenden Elend hin und zog die Decke über den Kopf, als könne sie damit das nagende Gefühl, einen riesigen Fehler gemacht zu haben, genauso in die Verbannung schicken wie Jobst.

Tessa war regelrecht froh, als Benni per Message mitteilte, er schlafe auch diese Nacht bei Jacky und fahre am anderen Morgen direkt von dort aus zur Arbeit. Dann sah er sie wenigstens nicht in diesem Zustand. Wie hätte sie ihrem Sohn den auch erklären sollen? Etwa: Benni, ich hatte Besuch von einem alten Freund, der ist Rechtsanwalt und ich wollte mit ihm über die Situation sprechen. Leider sind wir dazu nicht gekommen, weil wir was anderes gemacht haben (???).

Ob Benni dann direkt zu Udo rannte und ihm steckte, sie habe da „was am Laufen"? Wie würde Udo reagieren? Ihr Noch-Ehemann war und blieb unberechenbar. Vor allem, wenn es um sein vermeintliches Eigentum ging, zu dem auch sie irgendwo zählte.

Bevor sie überhaupt an eine neue Beziehung denken konnte, musste sie erstmal ihr Leben sortieren. Dazu gehörte vor allem klare Fronten schaffen. Tessa wurde schon schlecht, wenn sie nur daran dachte, was ihr bevorstand. Udo würde mit seinem Fischanwalt versuchen, ihr alles zu nehmen. Sie würde mit ihrem Anwalt – Laras Vater oder nicht, ließ sie jetzt mal dahingestellt – seine Schwarzgeldmachenschaften und zweigleisige Affären aufdecken. Stelzen-Susi würde weinend zusammenbrechen, wenn sie von Babette erfuhr und Babette würde – so schätzte sie diese schon allein wegen ihrem Habichtblick zwischen den Kühltheken ein – einen Riesenzinnober vom Stamm brechen, der Udo-Bärchen für alle Zeiten vom Frauenvolk kurierte.

Obwohl das doch eigentlich recht gute Aussichten waren, liefen die Tränen wieder wie ein Sturzbach.

Verdammt, warum hatte sie Jobst – das berühmte Tüpfelchen auf dem i – überhaupt ins Haus gelassen?

11

Montag ...

„Wie siehst *du* denn aus?" Gitti erschrak, als Tessa die Tür aufmachte. Noch am frühen Morgen war sie froh gewesen, ihren anstrengenden Schwiegereltern entfliehen zu können, und nun, Montagmittag, kurz nach eins und endlich wieder zu Hause, trat ihr die beste Freundin wie ein Gespenst entgegen. Dass sie mit der Frage sofort ein neues Flussbett von Tränen entfachte, bereitete ihr wahrhaft Sorge.

Noch im Flur nahm Gitti die weinende Tessa in die Arme. Doch die wollte sich einfach nicht beruhigen. Gitti schob sie in die Küche, drückte sie auf einen Stuhl und rückte ihren davor, so, dass sie ihr im Sitzen ins Gesicht sehen konnte.

„Hat Udo wieder ...?" Wer oder was sonst sollte Tessa so zusetzen?

„Nein ... Udo ... nicht ..." Tessa schluchzte und schluchzte. Für Gitti kaum möglich, ein vernünftiges Wort zu verstehen. Wohl aber hörte sie heraus, dass er nicht der Grund war.

Gitti überlegte, wie sie helfen konnte. So jedenfalls hatte es keinen Sinn.

„Okay, Tessa, weißt du, was wir zwei jetzt machen?" Sie streichelte der Freundin beruhigend über den Arm. „Du heulst dich erstmal richtig aus, ich bleib einfach still hier sitzen und warte, und danach erzählst du mir in Ruhe und der Reihe nach, was dich so fertig macht."

Als ob sich allein durch diese Worte eine Blockade löste, dauerte es keine fünf Minuten, bis Tessa redete.

Gitti hörte aufmerksam zu. „Habe ich das richtig verstanden ... es geht um denselben Jobst, den du am liebsten schon in der Drehtür massakriert hättest?", vergewisserte sie sich, nachdem Tessa endete, machte aus ihrer Verblüffung keinen Hehl.

Tessa nickte zaghaft.

„Du bist also ernsthaft in deinen Zwanzig-Minuten-Mann verknallt!", diagnostizierte Gitti ohne Umschweife und schlug auch gleich die passende Therapie vor: „Dann lasse es zu!"

„Wie ... wie meinst du das?"

„Ich denk, er hat gesagt, er liebt dich? Mensch, Mädchen, man kann es sich auch unnötig schwer machen! Vor allem, weil dieser Jobst viel besser zu dir passt als Udo."

„Woher willst du das wissen?" Tessas Stimmbänder krächzten wie nach einer durchzechten Nacht.

„Glaub mir, ich habe einen Blick dafür."

„Ach!?" Für den Bruchteil von Sekunden erschien Tessa Alwins selbstgefällig grinsendes Gesicht vor Augen. Wo Gittis Blick da gerade in Urlaub gewesen war, fragte sie jetzt wohl besser nicht.

Doch Gitti kannte Tessa lange und gut genug, um ihrer Miene zu entnehmen, was sie dachte. Jede andere an ihrer Stelle wäre jetzt vielleicht sogar sauer geworden, sie nicht. Wenn sie auch gerne auf das ewige Hahnenkampfspiel zwischen Tessa und

Alwin verzichtet hätte, so nahm sie es doch zumindest mit gesundem Humor. „Ich versichere dir, benähme Alwin sich mir gegenüber immer so wie bei dir, wäre er die längste Zeit mein Alwin gewesen. Er hat auch Seiten, die kenne eben nur ich."

„Welche?"

„Immerhin hat allein der Gedanke an ihn dafür gesorgt, dass sich deine Miene wieder aufhellt, oder?", stellte Gitti belustigt klar.

Tessa schämte sich. „Entschuldige, ich …"

„Schon gut, hast ja gar nichts gesagt", ließ Gitti die unausgesprochenen Worte im Raum stehen.

Tessa wusste, dass sie nicht fair war. Da half ihr die Freundin aus dem tiefen Loch der Verzweiflung und sie dachte nur schlecht.

Aber nicht nur über Alwin, sondern Männer im Allgemeinen. Oh, wie hatte sie die Schnauze voll! Udo und sein unverschämter Fischanwalt standen ihr ganz besonders bis oben hin. Und Jobst? Ja, er hatte gesagt, er liebe sie und sein Blick war sehr ernst gewesen dabei. Warum also konnte sie ihm nicht einfach glauben?

Weil er dir schon einmal die Würde genommen hat!, meldete sich die uralte blutende Wunde in ihrem Herzen. Die Jahrzehnte hindurch hatte sie nicht gezwickt und Tessa geglaubt, sie sei verheilt. Mit Jobsts plötzlichem Auftauchen wurde sie eines Besseren belehrt. Auch wenn das dumme Ding in ihrer Brust allein bei seinem Anblick vollkommen aus dem Takt geriet … der Schmerz von damals hatte sich in Rachegelüste verwandelt. Oder vielleicht gerade *deswegen*?

„Weißt du, wo Jobst wohnt?", holte Gitti sie aus ihren Gedanken zurück.

Tessa schüttelte den Kopf und rieb sich den steifen Nacken. „Ich kenne nur die Anschrift der Kanzlei."

„Ach, sieh einer an, Frau Hofnagel hat bereits fleißig recherchiert?", feixte Gitti. „Tessa, brauchst nicht rot werden, ich kenn dich!"

„Ich war neugierig", gab sie zu. „Aber was bringt das jetzt und wozu brauchst du seine Adresse?"

„Wir fahren hin und du redest vernünftig mit ihm."

Entsetzt fuhr Tessa auf: „Nee, Gitti, das … das kann ich nicht, ich …"

„Du kannst!" Gitti ließ sich nicht beirren. „Und wenn du keine Privatanschrift hast, müssen wir eben in die Kanzlei."

„Aber ich kann doch nicht einfach da reinschneien und …" Tessa wand sich allein vor der Eventualität wie eine Schlange.

„Ja?"

„Wenn Jobst mich gar nicht sehen will?"

Gitti überlegte. Tessas Befürchtung bestand nicht zu Unrecht, so, wie sie ihn behandelt hatte. „Okay, ich hab's!"

„Was hast du?", echote Tessa nicht gerade geistreich.

Gitti rollte die Augen. „Der Mann hat dir aber ordentlich die Sinne verhagelt, was!?" Die prompte dunkle Röte in Tessas Gesicht war Bestätigung genug. „Gib mir einfach das Telefon und lass mich machen!"

Tessa reichte es ihr widerstrebend.

„Und?"

„Was und?"

„Na, die Nummer!?"
„Ach so, ja ... ähm ..." Sie nannte ihr die Zahlenfolge.
Dass Tessa sie auswendig kannte, wunderte Gitti überhaupt nicht. Sie tippte, gab ihr ein Zeichen, mucksmäuschenstill zu sein und aktivierte den Lautsprecher.
Angespannt lauschte Tessa dem durchdringenden Ton des Freizeichens. Sie befürchtete schon, Jobst selbst könne an den Apparat gehen und atmete erleichtert auf, als sie wieder die Frauenstimme hörte, die auch den AB besprochen hatte. Überhaupt: Eigentlich war genau *die* der Auslöser für den ganzen Schlamassel. Nur, weil sie ihr bekannt vorgekommen war, hatte sie mehrmals die Nummer gewählt.
Jetzt meldete sich die freundliche Dame persönlich: „Rechtsanwaltskanzlei Birnbaum & Seltenreich, Meis am Apparat, was kann ich für Sie tun?" Wieder war Tessa überzeugt, die Stimme zu kennen, doch ihr fiel niemand ein, der so hieß.
Das Resultat der Aktion: Frau Gitti Spillmann, die auf ein Beratungsgespräch in Sachen möglicher Trennung unbedingt bei Herrn Rechtsanwalt Birnbaum bestand, wurde in dessen Kalender für kommenden Donnerstag um 14 Uhr eingetragen, da habe ein anderer Mandant seinen Termin abgesagt.
Tessa wollte abblocken, gestikulierte. Gitti aber drehte sich einfach um, schaltete den Ton leise und führte das Gespräch seelenruhig zu Ende. Siegeslächelnd drückte sie die Aus-Taste. „So, das wäre geklärt! Jetzt hast du einen Termin, um dich mit Jobst auszusprechen."

„Hm", machte Tessa, keineswegs so zuversichtlich wie Gitti. „Und wieso überhaupt *Spillmann*?"

„Für so eine Aktion lass ich besser meinen Mädchennamen dran glauben", erklärte sie. „Stell dir vor, ich gehe als Gitti Baumann zum Scheidungsanwalt und Alwin kommt dahinter ... und wenn es nur durch blöden Zufall ist ... schon hab' ich die Kacke dampfen."

Da war was dran! Selbst Tessa mochte sich das Szenario nicht ausmalen. „Ich muss dir noch was sagen ... wegen dem Abendessen bei dir ..."

„Ja?"

„Laras Vater wird wahrscheinlich der Annahme sein, du bist ich."

„Hä?"

„Na ja, Lara rief mich am Freitag an und ..." Tessa gab das Gespräch in gekürzter Form wieder. Den letzten Teil mit schlechtem Gewissen, denn natürlich hätte sie Gitti vorher nach ihrem Einverständnis fragen müssen. Dass die sich in Bremen aufhielt, war kein Grund, es nicht zu tun. Ein kurzes Telefonat wäre ausreichend gewesen.

„Na, super, wie das gerade alles schön zusammenpasst!", rief Gitti spitz.

„Tut mir leid", versicherte Tessa kleinlaut. „Weißt du was, ich ruf Lara einfach an und blase alles ab. War sowieso eine doofe Idee, das Ganze!"

„Das lässt du mal hübsch bleiben, meine Liebe!"

„Aber ich wollte dich nicht ..."

„Lass gut sein, Tess!" Schon grinste Gitti wieder. „Ich muss zugeben, ich musste jetzt schon ein bisschen schlucken, mit Trennungsabsichten hab ich mich noch nie auseinandergesetzt. Aber ein bisschen schauspielern, das werde ich wohl hinkriegen."

„Danke, Gitti." Tessa fiel ein Stein vom Herzen.

„Ich mach es, weil das kleine Beratungsgespräch mit Abendessen ohnehin meine Idee war und ich weiß, dass du mir umgekehrt genauso helfen würdest." Gitti seufzte theatralisch. „Bin nur froh, dass Alwin ab Freitag weit genug weg ist …!"

12

Dienstag ...

Tessa zog sich das schweißdurchtränkte Band von der Stirn und steuerte auf den Biergarten zu. Sie war gefühlte hundert Runden durch den Stadtwald gelaufen, jetzt taten ihr die Knochen weh und ihre Kehle schrie nach einer süffigen Schorle.

Ursprünglich hatte sie sich zwar vorgenommen, den Stadtwald dienstags zu meiden, jetzt aber trieb die innere Unruhe sie hierher. Die einzige Stelle, Jobst weiszumachen, sie sei ihm ganz zufällig über den Weg gelaufen, wenn ...

Ja, was wenn? Hoffte sie wirklich darauf, ihn hier anzutreffen, gar mit Enkel an der Hand? Ja, sie hoffte, einerseits. Andererseits hatte sie Angst vor einer Begegnung.

Sie ließ den Blick zum Spielplatz nebenan und weitläufig über sämtliche Tischreihen schweifen, um festzustellen, dass weder Jobst noch Mäxchen vor Ort waren. Sie atmete auf. Sah sowieso besser aus, wenn sie zuerst hier saß. Sie strebte zum Getränkeverkauf, mischte sich dann mit ihrer Apfelschorle unters Volk, versank sozusagen in der Menge. Allerdings nicht ohne die Zugänge im Auge zu behalten.

Die Zeit verstrich, es tat sich nichts. Nur die Sonne brannte ihr zunehmend auf den nackten Schultern unter ihrem Trägershirt. Fast zweieinhalb Stunden saß sie jetzt hier!

Tessa, es reicht! Geh nach Hause und dusch dich!

Sie brachte das Glas zur Pfandrückgabe, die sich an gut besuchten Sommertagen wie heute, geschützt durch einen dreiseitigen Windfang, unweit des Eingangs zu den Toiletten befand.

Ein kleiner Moment der Unachtsamkeit auf beiden Seiten, schon war es passiert: Tessa drehte sich um und prallte mit einer Frau zusammen, die gerade, mit den Fingern auf ihrer Smartphone-Tastatur herumtippend, ein Stück zu nah an ihr vorbeilief.

„Hoppla!", entfuhr es Tessa und sie starrte – jetzt erst recht erschrocken – in ein grimmiges Gesicht mit arrogant hochgezogenen Brauen und gerümpfter Nase. Babby, der Habicht! Tessa erkannte sie sofort wieder.

„Können Sie nicht aufpassen!", schimpfte der Habicht, ohne sie anzusehen, und stapfte weiter.

Tessa blieb die Spucke weg vor so viel Dreistigkeit. Doch bevor sie ihr das Passende hinterherrief, überfiel sie der Gedanke, dass auch Udo nicht weit sein konnte. Automatisch fuhr sie herum, überblickte erneut das Areal. Die beiden in trauter Harmonie zu überraschen … die ideale Gelegenheit, Udo-Bärchen zu zeigen, wie der Hase in Zukunft lief, und auch Babby würde sie danach bestimmt nicht mehr übersehen.

Wo saß er? Normalerweise war er doch gar nicht so unauffällig. War Babby alleine hier? Ah, da lief sie ja. Mit zwei Tellern Kuchen und zwei Tassen Kaffee auf einem Tablett. Also doch nicht alleine! Oder aß und trank sie für zwei?

Gespannt verfolgte Tessa, wo sie Platz nahm. Dort saß bereits ein Mann. Schmale Statur, schütteres Haar, Brille. Er wartete, bis sie das Tablett abgestellt hatte und nahm sich eines der Gedecke herunter. Nach seiner Mimik zu urteilen, wirkte er genervt. Dementsprechende Gestik begleitende Worte aus seinem Mund, die Tessa aus der Entfernung nicht hören konnte.

Aber was sollte sie davon abhalten, sich einfach an den Tisch dahinter zu setzen, wo zufällig gerade frei wurde? Tessa ergriff die Gelegenheit. Wer konnte ihr verdenken, dass sie neugierig war, weil sie die Zweit-Geliebte ihres Mannes mit ihrem Geliebten belauschte? Und im Gegenteil zu Babby mischte sie ja schließlich Inkognito mit.

„Hör auf, das ist eine Unterstellung!", herrschte der Habicht in derselben Stimmnuance, wie eben sie bei der Pfandrückgabe, ihr männliches Gegenüber an, als Tessa sich hinter dessen Rücken niederließ.

„Mach mir nichts vor, Babette! Ich will, dass du die Finger von Udo lässt!" Sein Kehlkopf donnerte die Worte heraus und sein Monolog versandete in wahrnehmbarer Schnappatmung.

Tessa spitzte die Ohren, obwohl sie auch so jedes Wort deutlich verstand. Sie sprachen von Udo? Der Mann nannte ihn vertraut, als würde er ihn gut kennen. Woher? Sie, Tessa, hatte ihn noch nie gesehen.

„Sag mal, Horst, wie oft jetzt noch? Ich kann es langsam nicht mehr hören! Wir haben eine Abmachung, schon vergessen? Du gehst deiner Wege, ich meiner, und nach außen mimen wir weiterhin das glückliche Ehepaar, das wir nie waren." Es folgte ein sarkastisches Lachen, das zwar in Tessas Gehörgänge drang, dort aber abprallte an der geballten Erkenntnis, die gerade über sie hereinbrach: Dieser Mann war Udos Fischanwalt! Horst Hering, der ihr immer mal wieder einen dieser netten Briefchen in Udos Auftrag schickte. Horst Hering, der sie aus ihrer Wohnung werfen wollte. Horst Hering, der seine Frau mit ihrem Mann teilte?! Horst Hering, auf den sie genauso wütend war wie auf Udo! ÄH!!!

Horst Hering, dem sie gerade eigentlich eher dankbar sein sollte, dass Jobst mal für einen Moment in Vergessenheit geriet.

Sie spürte, wie ihr Kampfgeist wiedererwachte. Vielleicht, weil sie jetzt ein Gesicht vor Augen hatte? Vielleicht aber auch, weil sie in den letzten Tagen so vieles erfahren hatte, was ihr in die Hände spielte.

Tessa war nahe dran, sich umzudrehen und namentlich vorzustellen. Gerade noch rechtzeitig besann sie sich. Was brachte es, ohne Überlegung dieses „Wespennest" aufzuscheuchen? Würde gar einen späteren Triumph unnötig verspielen.

Mist! Hätte sie jetzt das Handy dabei ... Aber sie war zum Joggen hergekommen – na ja, ein gezielt zufälliges Treffen mit Jobst inbegriffen –, da nahm sie doch kein Telefon mit! Jetzt ärgerte sie sich darüber. Was sich die beiden an den Kopf warfen, und das nicht gerade leise, wäre ein Gesprächsmitschnitt allemal wert gewesen.

Fast tiefenentspannt hörte Tessa zu. Der gute Horst bekam ganz schön Fett ab. Babettes Organ beschallte jeden in unmittelbarer Nähe mit ihrer

Eheunzufriedenheit. Das brachte ihr zwar einige erzürnte Gesichter und Getuschel ein, schien sie aber nicht zu interessieren.

Tessas Befund: Die Frau war unmöglich! Unter normalen Umständen hätte Horst Hering ihr sogar leidgetan.

Der versuchte, Babette zu zügeln. Vergeblich.

„Wird sich sowieso einiges ändern, wenn er die Alte quitt ist!"

Ach! Tessas Entspannung war augenblicklich vorbei. Redete die etwa von *ihr*?

Konnte aber auch Susanna mit gemeint sein. Konnte aber auch sein, dass die gar nichts von Susanna wusste …

Es kostete Tessa Mühe, der Dame da hinter ihr nicht sofort ein paar Takte Tacheles um die Ohren zu hauen.

Der Hering lachte gekünstelt auf. „Udo hat nicht vor, sich scheiden zu lassen. Würde viel zu teuer für ihn, von wegen Unterhalt und so. Merk dir das!"

„Und warum will er sie dann raushaben?", setzte der Habicht aggressiv entgegen.

„Damit er die Wohnung verkaufen kann."

„Gehört die nicht zum Teil auch ihr?"

„Offiziell eben nicht. Zumindest steht sie nicht mit im Grundbuch."

„Was heißt zumindest?"

„Sie hat die Wohnung von ihrem Erbe finanziert und sich das damals von Udo unterschreiben lassen, aber es gibt keine notarielle Beglaubigung."

Die plötzliche Übelkeit kam genau richtig, zwang Tessa, ihren Lauschposten zu verlassen. Was war auf einmal los mit ihr? Bekam ihr die Apfelschorle nicht, die jetzt mit ihren Magensäuren um die Wette zu gären schien?

Oder war ihr schlecht, weil sie gerade erst richtig begriff, welch überdimensionale Scheuklappen sie all die Jahre getragen hatte?

***

Clara mit „C" lief ihr mal wieder genau in dem Moment in die Arme, als sie am wenigsten damit rechnete. Dabei wollte Tessa nur hinauf in ihre Wohnung, den abwechselnden Emotionen von Wut und Enttäuschung ungehindert freien Lauf lassen.

„Ach herrje, was ist passiert? Du siehst aus, als wäre eine Boing im Vorgarten gelandet!", konstatierte sie denn auch sogleich in ihrer umwerfend komischen Art. Trotzdem stand unverkennbar Sorge in den grünen Augen.

„So ähnlich." Tessa verzog den Mund.

„Und …?"

Logisch, dass Clara *mehr* wissen wollte.

„Bin vorhin Zeuge eines Gespräches geworden, das …" Tessa stockte. Aber vielleicht tat es ja gut, wenn sie Clara das Gehörte wiedergab. Geteilter Frust war halber Frust. Und Clara war ihr inzwischen ja auch eine Freundin geworden, die ihr Vertrauen besaß.

Oben im Flur wurden Schritte hörbar.

„Nicht hier …", sagte Tessa leise. „Kommst du mit hoch?"

Kein Wort davon, dass sie eigentlich was anderes vorgehabt hatte. Clara nickte sofort und machte Anstalten, sie hinauf zu begleiten, als die hagere

Gestalt Marlene Droemers auf dem Treppenabsatz erschien.

„Frau Hofnagel, gut, dass ich Sie erwische! Ihr Mann war hier. Er wollte in die Wohnung und kam nicht rein …"

Clara und Tessa tauschten einen viel sagenden Blick.

„Aha", presste Tessa, nur mit Mühe freundlich, hervor. „Hat er bei Ihnen geklingelt?"

„Nein, nein, ich bin hinaus, weil er so laut geschimpft hat. Sagen Sie, haben Sie etwa das Schloss ausgetauscht?" Inzwischen war sie unten angelangt und fixierte Tessa mit ihren Argusaugen.

„Und wenn es so wäre … liebe Frau Droemer, ich wüsste nicht, was Sie das angeht!" Tessa war kurz davor, zu platzen. Nicht die jetzt auch noch!

Entweder hatte Frau Droemer ihr Hörgerät verlegt oder sie tat mit Absicht, als verstünde sie nichts. Sie überging Tessas Tadel, wirkte nicht mal die Spur verlegen. „Wissen Sie, wie ich das finde?"

Tessa interessierte nicht die Bohne, wie Frau Droemer irgendwas fand und wollte schon einen geharnischten Kommentar abgeben, da fiel ihr das zufriedene Grinsen in dem faltigen Gesicht auf.

Unbeirrt sprach Frau Droemer weiter: „Super finde ich das! Unter uns: Er hat es aber auch verdient!"

Tessa glaubte, sie habe sich verhört. Das klang ja fast, als wolle sie ihr einen Orden verleihen.

Clara, bislang die stille Zuhörerin, lachte schallend auf und frotzelte: „Sie kennen sich aber aus, was!?"

Die Lockenwickler auf dem Droemer'schen Haupt wippten nickend. „Ich besaß nie den Mumm, meinem Eberhard die Tür zu verschließen, obwohl ich es manchmal liebend gern getan hätte ..."

Ach!? Die alte Droemer ... wer hätte das gedacht!

Und wer hätte gedacht, dass sie noch viel mehr über Udos Treiben wusste, als Tessa lieb sein konnte. Sie platzte förmlich mit ihrem Wissen heraus: „Ich habe ihn gesehen. Neulich. In der Stadt. Mit dieser furchtbar griesgrämigen Frau am Arm. Eine Lache wie eine Kreissäge und Haare wie ..." Sie verzog das Gesicht, als habe sie gerade eine Dose stinkenden Fisch geöffnet.

Sie musste von Babette Hering reden, soviel wurde Tessa schnell klar.

„Marlene, hab ich mir da gesagt, so was hat die arme Frau Hofnagel nun wirklich nicht verdient. Wie er Ihnen Hörner aufsetzt, auch noch in aller Öffentlichkeit, das ist einfach PFUI!!!"

Wenn die Droemer so weiterredete, wurde sie ihr glatt noch sympathisch.

Natürlich hätte Tessa gern gezielte Fragen zu der Beobachtung gestellt. Doch nach Udos Auszug hatte sie die Feststellung machen müssen, dass Marlene Droemer zu den Menschen gehörte, die einem freundlich ins Gesicht lächelten, um dann hinterm Rücken Spitzfindigkeiten zu verbreiten.

„Danke für die Information", entgegnete sie daher nur knapp und versuchte, es so desinteressiert wie möglich klingen zu lassen. Egal, mit wem Udo in der Gegend herumscharwenzelte, es ging die Frau schlichtweg nichts an. „Clara, kommst du?"

„Schönen Tag dann noch, die Damen!", rief Marlene Droemer ihnen über den Treppenabsatz hinterher. Eindeutig hallte darin Enttäuschung.

Tessa war froh, als sie ihre Wohnungstür von innen zumachen konnte. „Oh man, das hat mir gerade noch gefehlt!"

„Steh drüber!" Clara grinste. „Immerhin käme hier kein Einbrecher ins Haus, ohne aufzufallen. Und das hat, finde ich, schon was."

So gesehen hatte Clara natürlich Recht. Aber anders gesehen ... „Ist sie über dein Privatleben auch so gut informiert?"

Clara lachte. „Da müsste sie so manches Rätsel knacken und ich glaube, damit wäre sie dann doch ein wenig überfordert."

Gerade wollte Tessa fragen, was sie damit meinte, als jemand gegen das Türblatt klopfte.

„Jetzt kommt die Droemer sich beschweren, weil sie uns reden gehört hat." Allein die Vorstellung schien Clara wahnsinnig zu erheitern.

„Hört sich eher nach Gitti an", vermutete Tessa und öffnete.

„Hi, Tess, ich wollt sehen, ob es dir wieder besser geht." Eine sichtbar gut gelaunte Gitti, die sich nur ganz kurz wunderte, als sie Clara erblickte und dann ehrlich freute. „Oh, du auch hier? Ihr habt euch angefreundet? Schön!"

Sie umarmten sich, dabei ein Begrüßungsküsschen auf jede Wange.

Ein Fünkchen Eifersucht zwickte Tessa bei dem Anblick. Dass die beiden sooo dicke miteinander waren, hatte sie nicht gewusst. „Na, dann geht mal durch!", forderte sie sie auf. „Oder wollte ihr die ganze Zeit im Flur stehen bleiben?"

***

„Unglaublich!" Gitti schnappte vor Empörung nach Luft, während Clara eifrig Notizen machte.

„Moment, Moment, nicht so schnell!", rief Clara. „Bitte noch mal genau: *Was* hat die Schnepfe gesagt?"

Tessa strich sich über den Hals, der sich von innen anfühlte wie ein Reibeisen. „Ich weiß nicht, was es bringen soll, wenn du das alles mitpinnst."

„Du wirst es noch brauchen können", erwiderte Clara mit solcher Inbrunst, dass Tessa automatisch daran dachte, was sie über die Zeit nach Helges Abgang erzählt hatte. „Männer sind Schweine!", so Claras Fazit an jenem Weinbrandträchtigen Nachmittag. Merkwürdigerweise hatte sich schon da bei ihr die Ahnung eingeschlichen, dass Clara nicht nur auf ihre dreijährige Ehe anspielte. Dass sie bei der bloßen Namensnennung von Udos Anwalt derart auf die Palme ging, zeigte klar, dass es bei ihr noch etwas anderes gab, was noch nicht ganz verarbeitet war.

„Besser, du hättest dein Smartphone mitgehabt und das Gespräch aufgezeichnet", rief Gitti, die zwar um Computer aller Arten einen großen Bogen machte, dafür offenbar Spaß am Abhören von Gesprächen entwickelte.

„Willst du nicht besser beim *BND* anfangen?"

Gitti grinste. „Unter uns: In Wirklichkeit trag ich eine Perücke und bin Geheimagentin, aber psst!"

„Lass mich raten", haute Clara in die Kerbe, „008, Jane Blondin?"

Gitti und Clara lachten. Tessa stimmte ein. Was brachte es auch, nur noch sauertöpfisch in die Welt zu gucken?! Vor allem, wenn man zwei Freundinnen wie Gitti und Clara besaß, die alles taten, um ihr aus diesem grässlichen Tief zu helfen, in das sie sich selber hineinmanövriert hatte.

„Also noch mal: Babette hat *was* gesagt?" Clara schwang den Kugelschreiber, die Mine wartete auf Bewegung.

Tessa seufzte, zitierte, wo von Udos einst geleisteter Unterschrift die Rede war.

Zufrieden malte Clara einen dicken Punkt. „Damit lässt sich was anfangen."

Tessa verstand nicht.

Gitti dagegen sofort. „Liebelein, es wird wirklich Zeit, dass du wieder die Alte wirst! Mit den Aussagen hast du was in der Hand, kannst endlich handeln!"

„Laut Herings-Babette bin ich schon die Alte." Bei der Erinnerung an die Bezeichnung aus Babette Herings Mund überlegte Tessa, ob es nicht doch besser gewesen wäre, dem sauberen Pärchen sofort in den Kaffee zu spucken.

Aber nur kurz. War jetzt eh gelaufen.

„Ich schlage vor, du stattest Herrn Anwalt einen Besuch ab und konfrontierst ihn mit seinen eigenen Worten." In Claras Blick hatte sich wieder jene Ernsthaftigkeit geschlichen, die Tessa schon auffiel, als es um die Narbe an ihrem Schultergelenk ging.

„Bin der gleichen Meinung!", befand auch Gitti. „Allerdings mit einer Einschränkung …"

„Die da wäre?", fragte Clara.

„Tess, erst redest du mit Laras Vater. Wenn *der*

sagt, macht, dann machen wir …"

Tessa schüttelte den Kopf. „Ihr habt vielleicht Ideen!"

„Also, ich find die super!" Clara lachte.

„Und wenn ich das beweisen soll? Ich habe doch gar nichts in der Hand."

„Dann sagst du, es gibt Zeugen, die jedes Wort gehört haben."

Sieh einer an, Clara schien Ahnung von solchen Dingen zu haben!

Prompt schmiss die noch hinterher: „Oder hat sich einer der Heringe umgedreht, sich vergewissert, wer selbst in normaler Lautstärke alles verstehen kann?"

„Nein, die waren zu sehr damit beschäftigt, sich gegenseitig niederzumachen."

„Ist doch prima, besser geht gar nicht. Also …?"

„Was also?"

„Wann gehen wir dahin?"

„*Wer* geht *wohin*?"

„Na, wir mit dir zum Hering!" Gitti rollte wieder mal die Augen, was langsam zu ihrer Lieblingsbeschäftigung zu werden drohte. „Clara, schreib mit: Clara Sinzig und Gitti Baumann begleiten Teresa Wilhelmine Hofnagel …"

„Pass bloß auf, dass dir nicht gleich was um die Ohren fliegt für die Wilhelmine!" Doch Tessa nahm es auf, wie Gitti es meinte – als Ulk, und kicherte jetzt sogar albern wie damals zu Bärbels Zeiten mit dem Telefon.

Gitti kicherte mit. „Als aussagekräftige Zeuginnen verbaler Unverschämtheiten."

„Ist notiert", feixte die Dritte im Bunde. „Auf das dumme Gesicht freu ich mich jetzt schon! Wann denn nun?"

Oh, da konnte es jemand nicht erwarten!

„Nächste Woche, nachdem Tessa mit Laras Vater gesprochen hat", blieb Gitti bei ihrer Vernunft.

„Drei Anwälte ... das wird ein Spaß. Den einen machen wir gemeinsam fertig, den zweiten macht Tessa fertig und der dritte macht hoffentlich zügig die Scheidungspapiere fertig."

„Nur die Reihenfolge stimmt nicht ganz." Gitti hielt sich den Bauch vor Lachen.

„Hört sich so aber besser an", frotzelte Clara. „Tessa, was sagst *du* dazu?"

13

Donnerstag ...

„Oh lala!", schnaubte Gitti ehrfürchtig, als sie ihren Wagen durch die alte Villenstraße lenkte. „Bist du sicher, dass wir hier richtig sind?"

„Ja." Auch Tessas Augen verfolgten staunend die Backsteinfassaden aus einer Zeit, in der ihre Großeltern Kinder waren. „Die *22* müsste gleich auf der rechten Seite sein."

„Dann scheint das Geschäft ja nicht schlecht zu laufen!", witzelte Gitti.

Das große messinggoldene Schild neben einer Eingangspforte mit zwei Säulen blitzte schon von fern in der gleißenden Mittagssonne.

Tillmann Seltenreich & Jobst Birnbaum
Rechtsanwälte
Fachanwälte für Erbschafts- und Familienrecht

Erst beim Aussteigen merkte Tessa, wie ihre Knie zitterten und während Gitti schnurstracks zwischen den akkurat angelegten Beeten und kleinen Golfrasenflächen dem Portal entgegenstrebte, blieb sie wie angewurzelt stehen.

„Gitti, ich kann das nicht!"

Sofort schoss Gitti herum. „Und ob du kannst!", befahl sie streng wie eine Mutter, deren Kind Angst hatte, sich für seine Missetat zu entschuldigen. „Los jetzt, wir haben schließlich einen Termin!"

„*Du* hast einen Termin!", korrigierte Tessa.

Gitti grinste. „Bist du feige?"

„Iiich feige? Quatsch!" Natürlich war sie nicht feige! Wie Gitti nur auf so etwas kam?

Gitti drückte auf den Klingelknopf und im selben Moment sprang die behäbige Eichentür mit Klopfer, der scheinbar nur als Attrappe diente, mit einem Surren auf.

Beiden Frauen stand vor Staunen der Mund offen. Es war, als hätten sie eine Zeitschwelle übertreten. Die Außenfassade der Vergangenheit ließ rein gar nichts ahnen von der Extravaganz gegenwärtiger Architektur, die sich im Inneren des Hauses zeigte. Schwarzweißer Marmor, der Fliesenspiegel im Schachbrettformat angelegt, führte hin zum schwarzweißen Marmortresen unter der Empore, zu der linksseitig eine breite Treppe mit teppichbelegten Stufen hinaufführte. Hinter dem Tresen saß eine Frau mittleren Alters. Ihr modischer Stufenhaarschnitt in modischem Blond federte mit dem schrillen Ton eines Lachers, den sie gerade in die Telefonleitung schickte, um die Wette, der Gesprächspartner war offensichtlich vertraut. Immerhin fand sie Zeit, den Besucherinnen freundlich zuzunicken und mit der freien Hand einladend auf die gemütlich wirkenden weißen Besuchersessel zu weisen.

„Ach du Scheiße!", entfuhr es Tessa. Wohl aber so leise, dass nur Gitti es hörte.

„Was ist?"

„Die Telefonfrau ... jetzt weiß ich, woher mir die

Stimme so bekannt vorkam ... das ist Michaela."

Gittis Hirn ratterte durch, wie viele Michaelas ihren Weg bisher gekreuzt hatten. Unauffällig beäugte sie die Empfangsdame mit dem durchaus charmant versprühenden Esprit und kam zu dem Schluss: „Sagt mir nichts."

„Mir umso mehr! Komm, lass uns schnell wieder abhauen, bevor bei ihr der Groschen fällt."

„Erst will ich wissen ..."

Gitti wäre zwar deswegen nicht gleich einfach wieder gegangen, aber es war trotzdem zu spät – Michaela Meis legte mit einem fröhlichen: „Ich danke dir. Bis dann!" den Hörer auf, wandte sich nun über den Tresen und entschuldigte sich herzlich für den kleinen Aufschub ihrer Aufmerksamkeit.

„Was kann ich Ihnen denn Schönes tun?", erkundigte sie sich mit jenem Schalk in den braunen Augen, der Tessa schon während ihrer gemeinsamen Schulzeit auf die Palme gebracht hatte, während sie beiläufig im Terminplaner blätterte. „Ah ja, Frau Spillmann, richtig?" Ihr Blick wanderte wie suchend zwischen Tessa zu Gitti hin und her, blieb an Tessa hängen.

„Die bin *ich*!", löste Gitti die Knobelfrage.

Trotzdem musterte Michaela Meis Tessa mit zunehmender Intensität.

Wenn sie mich nicht erkennt, umso besser, dachte Tessa. Von sich aus würde sie jedenfalls nichts sagen.

Zu früh gefreut.

Michaelas braune Rehaugen leuchteten plötzlich wie Glühbirnen. „Teresa, du bist es also doch!"

„Hallo, Michaela." Mist! Michaela, die stets über

alles und jedes bestens informiert war!

„Wir haben uns ja Ewigkeiten nicht gesehen", setzte sofort die in solchen Fällen übliche Konversation ein, wobei Michaela bereits die Jahre runterzählte. „Sag: Was machst du so, wie geht es dir?"

„Danke, alles prima." Am besten kurz und knapp, schnell eine Gegenfrage stellen, bevor Michaela sie ausgequetschte wie eine Pampelmuse. „Und du? Arbeitest du schon immer für die beiden?"

Wen Tessa mit „die beiden" meinte, war Michaela natürlich klar. „Bin nach dem Mutterschutz erst aushilfsweise bei Tillmann eingesprungen." Sofort kramte sie ihr Handy hervor, präsentierte stolz Mann und Töchter und begann mit einem ausschweifenden Bericht, wie es sie vor rund zehn Jahren in die Kanzlei Seltenreich verschlagen hatte, in die Jobst – wie Tessa jetzt erfuhr – erst später mit eingestiegen war.

Mitten in der Erzählung wurde linksseitig eine Tür aufgerissen und ein weißgrauer Hüne, insgesamt eine durchaus attraktiv maskuline Erscheinung, legte Michaela eine rote Kladde mit angehefteter Notiz auf die Schreibplatte. Ungeachtet dessen, ob sie gerade in ein Gespräch verwickelt war oder nicht, drang seine sonore Stimme über den Tresen: „Wenn Sie das bitte noch in das Schreiben für Stenzel einfügen, Frau Meis!"

„Mach ich, Tillmann", zwitscherte sie belustigt, wohl, weil sie wusste, dass er ihr für diese Missachtung der Contenance einen missbilligenden Blick zukommen ließ.

Tatsächlich öffnete er den Mund zu einer

entsprechenden Entgegnung, schloss ihn aber wieder in Anbetracht der vermeintlichen Mandantinnen.

„Ha, du erkennst sie auch nicht!" Michaela lachte, als bereitete es ihr diebisches Vergnügen, ihren Chef und alten Schulfreund ein wenig vorzuführen.

Steif und unbeholfen wie in einer Ritterrüstung!, urteilte Tessa im Stillen. „Guten Tag, Tillmann", grüßte sie jedoch laut, bevor ein weiteres verblüfftes *„Teresa?"* kam.

In Anbetracht der vertraulichen Anrede musterte er sie konsterniert. Tessa fühlte sich wie bei der Sicherheitskontrolle vorm Abflug nach Irgendwo.

Dann huschte ein Zeichen des Erkennens über das bislang ausdruckslose Gesicht, und er kam auf sie zu. „Teresa! Das ist aber eine Überraschung! Möchtest du zu mir?", fragte er ungläubig. Einen Moment gab er den Anschein, er wolle sie umarmen, doch dann streckte er ihr die Hand entgegen.

„Ich ... nein, nein!", erwiderte Tessa schnell, was ihr einen deftigen Hieb Gittis in den Rücken versetzte. „Ich begleite nur meine Freundin Gitti Bau... äh ... Spillmann."

„Frau Spillmann, das sind *Sie*, nehme ich an?", wandte er sich somit gewinnend lächelnd an Gitti.

„Ja, man hat mir Ihre Kanzlei empfohlen und ich habe einen Termin bei Herrn Birnbaum", erklärte die.

„Ach so?"

Ein viel sagender Augenaufschlag folgte, der Tessa das Gefühl gab, er kenne den wahren Grund ihres Besuches.

Gitti hatte zwar kein Wort davon gesagt, von wem sie die Empfehlung hatte, trotzdem bedankte er sich bei Tessa: „Schön, dass du dich an deine alten Mitstreiter erinnerst."

„Sorry, ihr Lieben ...", fiel Michaela plötzlich ein – die ganze Contenance war jetzt eh über die Wupper – „aber Jobst ist gar nicht mehr hier!" Und zu Tillmann gewandt: „Er musste weg, irgendein Notfall, keine Ahnung ... hat mir nur im Vorbeirauschen zugerufen, ich solle seine Termine auf deine Liste umschreiben. Frau Spillmann wäre dann jetzt auch die Nächste."

Tillmanns Miene verfinsterte sich. So, als ob er in die Machenschaften seines Sozius gar nicht involviert war. Doch nur für einen Moment, dann lächelte er wieder charmant. „Ich bin zwar mehr der Besserwisser für Erbschafts-Angelegenheiten, aber nun gut, für das Erstgespräch stehe auch ich selbstverständlich gerne zur Verfügung."

Tessa sah Gitti an, Gitti sah Tessa an. Was jetzt?, forderten sie gegenseitig stumm Hilfe. Das konnte natürlich keine von ihnen vorhersehen.

Tillmann bat Gitti und Tessa, in sein Büro vorzugehen. „Ich komme gleich nach."

Was er vorhatte, war nicht schwer zu raten. Er würde Michaela zwischen Tür und Angel ausquetschen, wohin und warum Jobst die Kanzlei verließ, ohne ihm persönlich Meldung zu machen.

Es gab Tage, da blieb man besser im Bett! – Tessas Lieblingsresümee, inzwischen auf Platz eins ihrer Hitliste. Heute war so einer. Definitiv!

„Entschuldigen Sie, wenn ich das jetzt so sage", haute Gitti selbstbewusst heraus, „aber ich hatte mich eigentlich auf Herrn Birnbaum eingestellt. Ich hoffe, Sie sind mir nicht böse, wenn ich dann doch besser noch einmal wiederkomme und die Angelegenheit von vornherein mit *ihm* persönlich bespreche?"

Tessa schlackerten die Ohren. Verdrehte Welt! Sonst war doch eher sie diejenige, die Gitti mit ihren Einfällen überraschte.

Tillmann Seltenreich zeigte sich keineswegs böse. Im Gegenteil. Er lächelte immer noch, und wie es schien, sogar ein wenig erleichtert.

„Darf ich den Damen wenigstens einen Kaffee oder Tee anbieten? Der nächste Mandant dürfte ja somit noch etwas Zeit haben. Oder, Michaela?"

„Eine gute Dreiviertelstunde", bestätigte die.

„Also, wie sieht es aus? Mögen Sie, Frau Spillmann? Wie steht's mit dir, Teresa?" Wie selbstverständlich blieb er bei der vertrauten Anrede.

Tessa fühlte sich unwohl in der ganzen Situation, Gitti dagegen freute sich über die Einladung und fackelte nicht lange. Tillmann gefiel ihr.

Und so nahmen sie dann doch noch Platz vor dem breiten Schreibtisch, der ebenfalls aus einer lange zurückliegenden Epoche stammte.

„Aber jetzt erzählt doch mal ... ich darf doch Du sagen? Tessa und ich ... sag mal, wie lange ist es eigentlich her, dass wir uns ...?" Mit dem Schließen der Tür schien er die Steife der Anwaltsfigur abgelegt zu haben und verwandelte sich in den alten Kumpel, als hätten sie sich erst gestern das letzte Mal gesehen.

Tessa wusste noch immer nicht recht, wie sie sich verhalten sollte. Egal, was sie hier sagte ... mit Sicherheit gab er Jobst bei der nächsten Gelegenheit eine Berichterstattung.

Wohl, weil Tessa nicht so richtig auf seine Fragen reagierte und damit ihr Desinteresse an der Auffrischung alter Zeiten signalisierte, wandte Tillmann sich schließlich Gitti zu und es dauerte nicht lange, bis die beiden in ein amüsantes Gespräch verwickelt waren.

Er erzählte und erzählte. Leider auch jede Menge Storys aus der Schulzeit, an die Tessa sich überhaupt nicht erinnern konnte. Gittis glockenhelles Lachen läutete schrill in ihren Ohren. Als die Freundin fragte, warum er ausgerechnet Rechtsanwalt geworden sei und er dann auch noch vergnügt demonstrierte: „Mit dem Namen Seltenreich wird man nur selten reich!", reichte es Tessa und sie tippte mindestens ebenso demonstrativ auf ihr Handgelenk. Ob Tillmann vergessen hatte, dass draußen bei Michaela bestimmt schon der nächste Klient saß und wartete?

***

„Na suuuperrr!!! Das ist ja wohl volle Kanne in die Hose gegangen!", stänkerte Tessa und war heilfroh, endlich wieder im Auto zu sitzen.

„Ich versteh dich nicht", hielt Gitti kopfschüttelnd dagegen, „dein alter Freund ist doch sehr nett und ich bin davon überzeugt, sicher auch ein guter Anwalt."

„Vor allem ein geschiedener Anwalt!", grummelte Tessa sarkastisch. Auch wenn ihr Mund keinen Bedarf gezeigt hatte, ihr Gehirn speicherte nachhaltig jedes Wort, das Tillmann Seltenreich in den letzten fünfundvierzig Minuten abgesetzt hatte.

„Also, ich mag ihn", setzte Gitti nach. „Keine Ahnung, was du gegen ihn hast."

„Ich habe gar nichts gegen ihn!"

„Warum bist du dann so?"

„Wie bin ich denn?"

„Grantig."

„Ich? Grantig?"

„Ja."

„Nee!"

„Doch, Tessa, ehrlich, bist du! Ich kenn dich kaum wieder!"

Tessa wollte sich verteidigen, Gittis Vorwurf auf der Stelle abschmettern. Dabei wusste sie: Gitti knallte ihr nur die Wahrheit an den Kopf. Eine echte Freundin durfte das.

„War nicht meine Absicht", gestand Tessa ein. „Aber bestimmt wird er Jobst brühwarm …"

Gitti ließ sie gar nicht erst ausreden. „Komm, ich bitte dich, was soll Tillmann deinem Jobst schon groß erzählen? Schließlich hatte ich den Termin, nicht du. Wenn er also etwas sagt, was ich nicht mal glaube, dann höchstens, dass er erstaunt war, dich in meiner Begleitung wiederzuerkennen."

„Und wenn er von der ganzen Sache weiß?"

„Wer jetzt? Tillmann?" Gitti fühlte sich mit ihrem Latein langsam am Ende.

Tessa nickte. Sie redete sich ein, dass Jobst mit Absicht die Kanzlei verlassen hatte, um ihr aus dem Weg zu gehen. Und genau das sagte sie jetzt Gitti.

„Blödsinn! Woher sollte er denn wissen, dass du kommst? Abgesehen davon glaube ich auch nicht, dass Tillmann seine Überraschung gespielt hat. Dann müsste er ein verdammt guter Schauspieler sein!"

Es folgte Schweigen, ungewöhnlich zwischen ihnen. Gitti lenkte ihre Aufmerksamkeit auf den Verkehr, Tessa grübelte und musste sich eingestehen, dass die Freundin wieder einmal Recht hatte.

Inzwischen waren sie zu Hause angekommen, stiegen die Treppen hinauf zu ihrer Etage, die Stimmung immer noch bedrückt. Trotzdem, oder vielleicht gerade deshalb, umarmte Gitti die Freundin liebevoll verabschiedend.

„Ich kümmere mich dann jetzt mal um meine Waschmaschine, bevor Alwin aus der Muckibude kommt. Und du ...", gab sie Tessa den weisen Rat, „versuchst mal, nicht in jedem Mann ein Arschloch zu sehen. Tillmann zum Beispiel ist nämlich echt in Ordnung!"

„Wahrscheinlich hättest du ihn auch für Samstag eingeladen, hättest du ihn früher kennengelernt."

„Klar hätte ich!" Gittis Sorge lichtete sich. Wenn Tessa schon wieder Ironie versprühte, war doch ein gutes Zeichen. „Aber da ja Laras Vater kommt, wären das am Ende wahrscheinlich zu viele Rechtsanwälte in meinem bescheidenen Heim."

Tessa seufzte. Ach ja, Samstag! Laras Vater! Seit der Nacht mit Jobst hatte sie den Termin vollkommen vergessen, verdrängt ... wie auch immer.

„Sei nicht gekränkt!" Gittis Stimme nahm einen sanft tröstenden Klang ein. „Selbst, wenn Jobst gewusst hätte, dass du kommst und nur deswegen abgehauen wäre, sähe ich darin eher ein Zeichen, dass er sich mehr mit dir beschäftigt, als du zu glauben bereit bist."

Ein Satz, der den Rest des Tages in Tessas Ohren hallte wie der Widerruf eines Echos.

***

Tillmann Seltenreich fand es bedauerlich, dass die Freude, sich nach so vielen Jahren wieder gegenüberzustehen, offenbar recht einseitig war. Früher war Teresa ein richtiger Kumpel gewesen, mit dem man Pferde stehlen konnte, gerade eben hatte sie eher arrogant gewirkt. Warum aber kam sie dann ausgerechnet hierher in die Kanzlei? Ach nein!, berichtigte er dann sogleich wieder seinen Gedankengang. Es ging ja um diese nette Gitti Spillmann, für die der Termin bestimmt war, Tessa hatte sie nur begleitet. Alles in allem ein witziger Zufall, der sie ausgerechnet zu ihnen führte.

Apropos *zu ihnen*: Was veranlasste Jobst, einfach zu verschwinden, ohne auf Termine zu achten? Was hatte Michaela ihm eben im Flur mitgeteilt: Jobst habe einen Anruf erhalten und sei daraufhin mit rotem Kopf und einem hitzigen *„Muss weg!"* hinausgerannt?

War etwas mit Lara oder gar Mäxchen? Sorge machte sich in Tillmann breit. Beide waren seine Patenkinder und er normalerweise in alles involviert, was sie anging. Selbst in Laras Liebeskummer um diesen Benni, zu dem sie so gar nichts preisgeben wollte, außer, dass sie den jungen Mann zappeln ließ, was er persönlich nur als ausgleichende Gerechtigkeit befand.

Er beruhigte sich damit, dass Lara sich gewiss

nicht auf der Kanzleileitung gemeldet hätte, sie kommunizierte in der Regel nur per Handy.

Dann machte er einen gedanklichen Sprung. Wie Jobst wohl bei Teresas Anblick reagiert hätte?

Tillmanns Gedächtnis ließ ein ungutes Stück Erinnerung aufflammen: Eine miese Wette auf dem Abi-Ball zwischen seinem besten Freund Jobst und diesem *„Lege alles flach was ich will!"*-Holger, den er nie leiden konnte. Es ging darum, auf wen von beiden die so spröde wirkende Teresa Marquard wirklich ansprang. Das Schlimme: Er, Tillmann, wusste, wie verliebt sie in Jobst war, aber er war nicht in der Lage, dem den Unfug auszureden. Dazu hätte er Teresas Gefühle verraten müssen und das wollte er auf keinen Fall.

So viele Jahre war es her, und doch meldete sich jetzt wieder das alte schlechte Gewissen. Er hätte Teresa warnen müssen, aber er tat es nicht.

War sie deshalb so distanziert aufgetreten? Konnte es sein, dass sie nach dieser langen Zeit immer noch Groll hegte? Weil sie sich auch von ihm verraten fühlte?

Er hatte gesehen, wie sie aus der Laube kam, in ihrem Ballkleid, einem begossenen Pudel gleichend und bitterlich schluchzend, weil Jobst einfach verduftete. Sie wusste wohl kaum, dass auch er die restlichen Stunden der Nacht im elterlichen Schrebergarten direkt nebenan verbracht hatte und nun hinter dem dichten Kirschlorbeer Zeuge ihres jämmerlichen Zustandes wurde. Und sie hatte auch nie von dem Streit erfahren, den er kurz danach ihretwegen mit Jobst anzettelte.

Komisch, was ihm plötzlich wieder alles so

einfiel!

***

Jobst fluchte. Irgendwie schien sich alles gegen ihn verschworen zu haben. Jetzt auch noch ein Rohrbruch in der Küche! Wer konnte so etwas schon gebrauchen? Gut, dass ihn Frau Haberland, die unter ihm wohnte, sofort benachrichtigt hatte. Die Wand sei klatschnass, hatte sie aufgeregt erklärt und gefragt, ob sie den Klempner rufen sollte.

Jetzt konnte Jobst nur hoffen, dass der Schaden gut zu händeln war, ohne alles aufreißen zu müssen. Der Nachteil, wenn man Eigentümer war: kümmern und zahlen. Eindeutig.

Tillmann war eben mit einem Mandanten beschäftigt, deshalb hatte er Michaela gebeten, ihm anschließend sofort Bescheid zu sagen, dass er wegmusste. Er war sicher, dass es Tillmann keine großen Probleme bereiten würde, seinen einzigen Folgetermin für diesen Nachmittag zu übernehmen. Tillmann wollte später zum Golfplatz nach Niep. Auf eine Stunde mehr oder weniger kam es da sicher nicht an.

Da hast du dir ja eine tolle Schrottimmobilie angelacht!, hörte er im Geiste dessen schadenfrohes Lästern. Und nur, weil der Freund ihn schon von vornherein gewarnt hatte, sich auf diesen Kauf einzulassen: „Nur, weil du glaubst, mit dieser komischen Margo dein Glück gefunden zu haben, musst du ihr noch lange nicht diese Bruchbude abkaufen!"

Klare und deutliche Worte zu Haus und zu Frau,

aber Jobst hatte sie in den Wind geschlagen. Seine Sinne waren vernebelt, die schöne Margo wusste ihn zu nehmen.

Hätte, hätte, Fahrradkette!, dachte Jobst im Rückblick sarkastisch. Statt der schönen Margo hatte er die schöne Bruchbude am Hals! Doch was brachte es, sich jetzt darüber aufzuregen? Nichts, niente!

Trotzdem schimpfte er, als er das Ausmaß des Schadens ins Visier nahm. Frau Haberland hatte nicht übertrieben und der Klempner stellte schlechte Aussichten für seine Brieftasche.

Vielleicht sollte ich abhauen, irgendwohin, wo mich keiner kennt!, ging es ihm kurz durch den Kopf. Doch dann blätterten sofort drei Namen durch sein Gehirn, die solch ein Vorhaben erst gar nicht zuließen: Lara, Mäxchen, Teresa.

Teresa fraß sich sowieso gerade in ihm fest. Zugegeben, was er damals getan hatte, war nicht in Ordnung gewesen, aber er war doch erst neunzehn. Neunzehn und unreif, und beileibe nie auf die Idee gekommen, dass sich da auf ihrer Seite echte Gefühle manifestierten. Und jetzt hatte sie ihn *deswegen* zum Teufel gejagt? Aber was sollte er tun? Auf Knien hinter ihr her rutschen? Nein!, meldete sich sein Stolz. Du hast ihr gesagt, dass du sie liebst. Wenn sie nicht in der Lage ist, das zu verinnerlichen, kannst du nichts machen!

Trotzdem saß da ein Schmerz in seiner Brust, den er seit seiner Scheidung in dieser Intensität nicht mehr erlebt hatte, weder bei Margo noch bei Irmi noch bei Birgit.

Das Zerbersten einer Kachel auf dem teuren

Fliesenboden riss ihn in die Gegenwart von Klempner Gerke zurück.

Gerke zeigte sich mindestens so erschrocken wie er. „Scheiße!", stieß er geschäftsmäßig aus, wobei er sich mit einem ölverschmierten Tuch aus seiner Latzhose den Schweiß von der Stirn wischte, die nun schwarze Striemen zierten. „Aber wir sind ja versichert", beruhigte er Jobst, bevor der überhaupt dazu kam, ein Wort zu sagen.

***

Jobst stöhnte. Erst die Sorge wegen Laras Liebeskummer, dann das Katz- und Mausspiel mit Teresa samt dem, für seine Verhältnisse, reichlich krassen Ende, und nun auch noch der Rohrbruch und die kaputten Fliesen – er hatte jetzt echt die Faxen dicke, griff zum Handy, um Tillmann zu sagen, dass er sich auch morgen noch freinehmen würde. Er brauchte dringend ein verlängertes Wochenende, um wieder einigermaßen in der Spur zu laufen.

Dabei sah er, dass Tillmann versucht hatte, ihn zu erreichen.

„Sag mal, was ist denn da los bei dir?", prasselte es sogleich auf ihn ein. „Was? Freinehmen willst du morgen? Was ist mit deinen Terminen? Die soll ich übernehmen? Na, du bist lustig, alter Freund, wie soll das gehen? Aha, ich mach das also schon? Soso!" Nur kurz dauerte Tillmanns Atempause, dann fing er von neuem an: „Du, übrigens, diese Mandantin da heute von dir …"

Doch Jobst fehlte jegliche Lust auf weitere Konversation. „Erzähl es mir Montag! Im Moment

bin ich einfach nicht mehr aufnahmefähig."
„Meckere später nur nicht, ich hätte dir nichts gesagt!"
„Bestimmt nicht. Bis dann!" Mit einem eilig abschließenden: „Hast auch was gut bei mir!" drückte er Tillmann weg und atmete gleichzeitig auf. Vor ihm lagen drei, laut Wetterbericht, heiße, sonnige Tage, die wollte er nutzen. Vielleicht würde er eine Tour zur Nordsee machen. Mal abwarten, was Lara an diesem Wochenende vorhatte.

***

„Tut mir leid, Papsi, bin verabredet", hörte er auf seine Frage. „Aber mach das doch bitte nicht von mir abhängig, fahr du ruhig nach Domburg und mach dir einen schönen Tag am Strand. Das Wetter ist ja echt super dafür."
„Alleine?" Dazu fehlte ihm die Lust.
„Soll ich dir eine Freundin suchen?" Lara lachte gönnerhaft.
„Bloß nicht!", wehrte er grinsend ab. „Dein letzter Versuch hat mir gereicht."
Der Versuch war jene Birgit, frisch geschieden und frisch gebackene Meisterin in ihrem frisch eröffneten Friseursalon, direkt vorne am Eck. Sie hatte Lara beim Haareschnibbeln beplaudert, bräuchte dringend jemanden, der mal über ihren Pachtvertrag schaue, weil es da einen Punkt gäbe … Der Punkt am Ende war: Er hatte nach einem Monat Achterbahnfahrt der Emotionen – leider stellte Birgit sich, trotz Meisterbrief, als reichlich phlegmatisch in jeder Hinsicht heraus – die Liaison gekündigt.

Seitdem grüßte sie nicht mehr und Lara suchte sich von selbst einen anderen Friseur. Gesagt hatte sie zwar nie etwas, aber er vermutete, dass Birgit in ihrer Gegenwart stichelte.

„Ich bin überzeugt, du wirst schon eine Beschäftigung finden", gluckste Lara.

Na, wenigstens ihr schien es ja wieder gut zu gehen. Nach den letzten vierzehn Tagen, in denen er mit Sorge die tiefen Ränder unter ihren verheulten Augen beobachtete, fiel ihm jetzt fast so etwas wie ein Felsbrocken vom Herzen.

„Nur denk bitte dran, dass du Samstag eine Einladung hast."

Vage entsann er sich an die Frage, ob er an jenem Abend etwas vorhabe, mehr aber auch nicht. Was er ihr jetzt auch sagte. „Vielleicht klärst du mich ja mal auf, um wen und was es überhaupt geht?"

Lara rief sich ins Gedächtnis, was Teresa Hofnagel und sie ausgemacht hatten. „Es geht um einen fachlichen Rat, dazu bist du zum Abendessen eingeladen, mehr nicht", betonte sie wahrheitsgemäß. Nebenbei warf sie einen Blick durch die Gardine hinunter zur Straße. Noch kein schwarzer Opel in Sicht. Hoffentlich kam er jetzt bald!

„Aha! Und wer nun braucht meinen Rat?" Jobst wunderte sich über Laras Geheimniskrämerei. „Einen Namen zu wissen, wäre vielleicht nicht schlecht."

Irgendwo röhrte ein Motor, erst leise, dann immer lauter werdend.

„Gitti Baumann", sprudelte Lara hervor und hatte es plötzlich sehr eilig, hinauszukommen, „Papsi, sei mir nicht böse, Enzo holt mich jetzt ab! Samstag war zwanzig Uhr! Adresse kommt noch!"

Weg war sie.

Natürlich hatte auch Jobst das Geräusch auf der Straße vernommen und er beobachtete mit Argusaugen, wie sie in ein schwarzes Geschoss mit gelborangem Blitzaufkleber einstieg. Enzo, aha! Dann war also der Knabe da unten der Grund, wegen dem sie seit Tagen wieder sang und fröhlich durch die Wohnung tanzte? Nun, es sah ganz danach aus und nichts war ihm lieber, konnte es doch nur bedeuten: Lara war über diesen Benni hinweg.

Nun musste er noch Teresa aus seinem Gedächtnis streichen, dann war die Welt wieder in Ordnung!

14

D E R Samstag ...

„Schön, dass du deinen alleinerziehenden Vater nicht alleine zu dieser fremden Frau schickst!", witzelte Jobst. Natürlich freute er sich, dass Lara ihn nun doch begleiten würde, wenn er auch nicht ganz verstand, weshalb sie ihre Verabredung in Düsseldorf extra dafür auf später verlegt hatte. Mit diesem Enzo schien jedenfalls alles rund zu laufen, ihre Augen strahlten wieder, die traurigen Ringe waren verschwunden.

Im Stillen hegte er die Vermutung, das Abendessen bei Gitti Baumann sei vielleicht auch nur ein raffiniert eingefädelter Versuch, ihn zu verkuppeln. Frau Baumann sei im Moment nicht so flüssig, war für ihn ein ausgesprochen merkwürdiges Argument. Es gab Beratungshilfen bei Gericht, die kosteten nicht viel.

„Du wirst sie mögen!", prophezeite Laras fröhliche Stimme durch die angelehnte Badezimmertür, vor der er stand und darauf wartete, dass sie endlich herauskam, damit er hineinkonnte. Was machte sie bloß die ganze Zeit da drin?

Die Antwort ließ nicht lange auf sich warten.

„Wow!" Jobst staunte bei ihrem Anblick, stieß einen anerkennenden Pfiff durch die Zähne. Sie stand als erwachsene Frau vor ihm, gerade ein echter

Hingucker, der deutlich zeigte, was er bezweckte. Das Outfit mit hochgesteckten Haaren, riesigen Ohrringen – er wusste bis dato nicht mal, dass sie solche besaß – dezentem Rouge, Kajal- und Lippenstift, azurblauem Top und weißem Minirock, dazu hochhackige Sandaletten an den schmalen Füßen, entflammten auf der Stelle nicht nur seinen väterlichen Stolz, sondern auch die Ahnung, dass sein kleines Töchterlein gezielt auf Anmache aus war.

„Sag mal, gibt es da etwas, von dem ich nichts weiß?"

„Quatsch, Papsi!" Lara lachte.

Wieso glaubte er, einen leichten Ton von Unsicherheit in ihrer Antwort zu hören?

***

„So, dann schieß mal los: Wohin darf dein alter Herr denn nun fahren?" In dunkelblauem Polohemd, Jeans und Sneakers glitt Jobst hinters Steuer und wartete auf Laras Anweisung.

„Bismarckstraße."

Auf der Stelle sackte ihm die Kinnlade. „Bismarckstraße?"

„Ja, Paps, sagte ich doch." Sie taxierte ihn von der Seite. „Alles in Ordnung mit dir?"

„Wie? Ja, ja." Jobst, reiß dich zusammen! Die Bismarckstraße ist lang.

Trotzdem überkam ihn eine böse Vorahnung. „Welche Nummer?"

Lara nannte sie und er wäre haarscharf in die Eisen gegangen, wäre er schon losgefahren. Gut, dass er noch nicht einmal den Zündknopf gedrückt hatte.

„Nee!", rief er entgeistert.

„Was nee?"

„Ausgerechnet!", stieß er hervor. „Als wenn es in dieser Stadt nicht tausend andere Adressen geben würde! Muss es ausgerechnet diese sein?"

Jetzt konnte sie überlegen, ob er *ihr* die Frage stellte oder Herrn Zufall persönlich.

Wie erwartet sah Lara ihn verständnislos an. „Versteh kein Wort!"

Wie sollte sie auch? Er fühlte Erklärungsnot. Sollte er ihr von Teresa erzählen, obgleich es sich längst wieder austeresat hatte, bevor es überhaupt begann? Wozu ihr damit unnötig die Stimmung vermiesen? Das war seine Baustelle, seine ganz allein. Also Jobst, reiß dich zusammen! In diesem Haus gibt es sieben Parteien und solange du nicht Teresa oder Frau Droemer über den Weg läufst, ist alles in bester Ordnung. Und selbst wenn ..., läutete da eine andere Stimme in seinem Kopf, ich kann besuchen, wen und wo ich will, das geht Teresa gar nichts an! Nichts! Niente! Was sollte er Lara jetzt sagen? Am besten, er habe da etwas verwechselt.

„Entschuldige", redete er sich auf die Schnelle heraus, „ich dachte erst, als du die Nummer sagtest, da wohnt jemand, den ich von früher kenne. Aber ich habe mich vertan. Muss weiter vorne Richtung „Moltke" gewesen sein."

„Ach so."

Lara wirkte, als sei sie erleichtert.

Komisch nur, dass sie gar nicht nachhakte, von wem er sprach. Völlig atypisch. Ein Zeichen, dass sie sich gerade mit ihrem Enzo beschäftigte?

„Bist du richtig in ihn verliebt?" Das würde er als Vater ja wohl noch in Erfahrung bringen dürfen.

Statt einer Antwort blickte Lara starr durch die Windschutzscheibe, als sei sie nicht gewillt, etwas dazu zu sagen.

„Reden wir drüber, wenn wir wieder zu Hause sind? Ich meine, nach deinem Reinfall mit diesem komischen Benni …"

„Bitte, Paps, fang nicht wieder davon an!", blockte sie jetzt aber doch sofort ab.

Täuschte er sich oder hatte sie das Thema doch nicht ad acta gelegt? Warum sonst reagierte sie bockig wie ein kleines Kind? Es war nur ein unterschwelliges Gefühl, er vermochte nicht einmal zu orten, wo es herkam, aber es sagte ihm deutlich: Irgendwas stimmt hier nicht!

„Können wir jetzt bitte endlich fahren? Ist gleich acht!"

Erst bockig, dann zickig? Besser, er fragte erstmal nichts mehr.

Jobst startete den Motor. Mit gemischten Gefühlen schlug er den Weg zur Bismarckstraße ein.

***

Jobst versuchte das flaue Gefühl, das mit jedem abnehmenden Kilometer gen Fahrtziel wuchs, zu ignorieren. Die Parkplätze vorm Haus waren allesamt besetzt, er musste zweimal um den Block kurven, bis einer endlich die passende Lücke freimachte. Kurz darauf stand er vor jener Haustür, durch die er vor genau einer Woche wie ein gepeinigter Hund hinausgestürmt war. Jeden

Moment konnte sie aufgehen und Teresa das Haus verlassen.

Lara drückte auf den Klingelknopf neben dem Namensschildchen „Baumann". Der Türöffner surrte umgehend.

Jobsts Herz schlug härter gegen die Brust, je höher sie die Etagen erklommen. Die Wohnung von Frau Droemer hatten sie passiert, ohne dass die alte Dame den Dutt über die Schwelle streckte. Danach folgte Teresas Absatz, der ihm vertraut schien, als habe er hier selbst gewohnt. Schnell wollte er weiter zur nächsten Treppe, doch Lara klopfte bereits zielstrebig an die Nachbartür.

Was denn, da wohnte Laras neuer Freund? Direkt neben Teresa? Zu dem flauen Gefühl gesellte sich verblüffte Ungläubigkeit.

Ihm blieb nicht viel Zeit für weitere Grübeleien, das Türblatt schwang zur Seite.

„Kooomme schooon!", fiepte es atemlos, und Jobst sah sich einem schulterlangen, dunkelblonden Flechtzopf gegenüber. „Oh, hallo, Lara?!"

Wieso klang es in seinen Ohren fragend?

Das ist aber schön, dass du doch mitgekommen bist!"

„Hallo, Frau Baumann!"

Es irritierte ihn, wie vertraut Gitti Baumann seine Tochter begrüßte.

„Geh ruhig schon durch. Sie ist in der Küche, bewacht den Backofen."

Lara nickte lächelnd und verschwand mit einem: „Bis gleich, Paps!" in der Tiefe des langen Flurs.

Er hätte zwar gerne gewusst, für wen Lara ihn hier jetzt einfach stehen ließ, aber Gitti gab ihm keine

Möglichkeit. „Herr Wendt, bitte kommen Sie herein. Ich bin Ihnen wirklich sehr dankbar, dass ..."

„Guten Abend, Frau Baumann." Warmherzig drückte Jobst ihre ausgestreckte Rechte. „Doch muss ich gestehen, hier liegt ein kleines Missverständnis vor: Ich heiße Birnbaum. Jobst Birnbaum. Nur meine Tochter trägt den Namen Wendt."

Erst jetzt, bei der Nennung des Namen Birnbaum, richtete Gitti ihr ganzes Augenmerk auf den verdammt attraktiven Mann und verfiel gleichzeitig in eine jähe Schockstarre. Natürlich! Wieso war ihr das nicht gleich aufgefallen? Aber halt, Jobst Birnbaum, der Mann in der Drehtür, Tessas Jobst, der Rechtsanwalt, bei dem sie vorgestern einen Termin gehabt hätte, tanzte hier mit Lara, Bennis Exfreundin an? Gitti verstand die Welt nicht mehr.

„Frau Baumann?" Jobst überlegte, wann er das letzte Mal einer Frau dermaßen die Sprache verschlagen hatte. Allerdings war das in einem etwas anderen Zusammenhang passiert.

Sie berappelte sich wieder, wirkte aber weiterhin reichlich neben der Spur.

„Ähem ... entschuldigen Sie bitte ... ähem ...", hüstel, hüstel, „bitte kommen Sie durch ... ich hoffe, es macht Ihnen nichts aus, dass meine beiden Freundinnen ebenfalls zu Gast sind?"

Merkwürdige Frau!, dachte Jobst, als sie jetzt auch noch lauthals durch den Flur Richtung Wohnzimmer schnaubte: „Mädels, ich fürchte, hier läuft gerades was völlig anders als geplant!"

Geplant? Wovon redete die? Jobsts Hirn ratterte. Man verwechselte ihn hoffentlich nicht mit dem männlichen Escort-Service? Er sehnte sich nach seiner Couch und seinem Fernseher. Wo war eigentlich Lara abgeblieben?

Hinter der halb offenstehenden Glastür, auf die sie jetzt zusteuerten, ertönte eine zweite Frauenstimme: „Was 'n los?"

Kurz darauf stand er in einem überraschend großen Raum. Zunächst fiel sein Augenmerk auf die scheußlich beige gestrichene Strukturtapete, die er nicht mal einem Hund in die Hütte gekleistert hätte, daneben eine komplette Fotoseite, auf der sich ein Sonnenstrahl im herbstlich bunten Laub eines Waldes verirrte. Rechts, vor Lümmel-Sofa und Zugang zur Loggia, hing ein überdimensionaler Flachbildschirm.

Nummer zwei, was seine Augen streifte, war eine etwa sechzigjährige Frau mit unnatürlich roten Haaren, die sich bei seinem Eintritt sofort von ihrem Platz erhob. Eine gewisse *Clara mit „C"*, worauf sie äußerst großen Wert zu legen schien. Jetzt rollte sie in ihrer ganzen Vollendung auf ihn zu. Das orange leuchtende Longshirt über der schreiendgrünen Pluderhose, von den Sandalen, die sie trug, ganz zu schweigen, erinnerte auffällig an vergangene Hippiezeiten. Fehlte nur noch der Blümchenkranz auf dem Kopf.

„Guten Abend, Herr Wendt!"

„Birnbaum", berichtigte Gitti, immer noch benebelt.

„Ach!" Clara mit „C" schenkte ihm nun die volle Aufmerksamkeit ihrer grünen Augen, die sich erst ungläubig, dann belustigt sprenkelnd zeigten. „Na, dann sag ich mal: Herzlich willkommen in unserer trauten Runde!"

Traute Runde? Wo war er hier gelandet? Und, verdammt noch einer, wo war Lara?

Das Entscheidende aber erreichte sein Gehirn in Zeitlupe …

„Was läuft anders als gepla…?" Der Ton, der sich hinter ihm vom Flur aus näherte, erstarb noch im Ansatz.

Ganz langsam drehte er sich um. Die schwarzen Locken, das vertraute Gesicht, aus dem gerade jegliche Farbe wich, die wahnsinnsblauen Augen, in denen die pure Entgeisterung ungezählter Fragezeichen stand, der Geräuschpegel von zerschellendem Porzellan auf dem Steinboden: Teresa. Dahinter Lara, die mindestens ebenso verdutzt aus der Wäsche guckte.

„Duuu!?", stieß er dumpf aus. Mehr ging nicht, es hatte ihm die Sprache verschlagen.

***

„Uih, uih!", gab das Hippieweib am Esstisch von sich. „Mir scheint, wir haben ein kleines Malheur. Gitti, wenn du das Kehrblech holst, feg ich schon mal auf."

Clara und Gitti waren überhaupt die einzigen, die sich in dem Standbild regten.

Lara lehnte bewegungslos im Türrahmen. Deutlich, dass sie null Ahnung hatte, was hier abging, während sich Tessa und Jobst gegenseitig mit großen Kaninchenaugen hypnotisierten.

„Ich fürchte, wir alle hier sind einem ordentlichen Missverständnis aufgesessen!" Gitti fand langsam ihre Sprache wieder, ihre Augen jedoch hingen fragend an Tessa.

Die versuchte, ihren rasenden Puls zu ignorieren. Verdammt, warum pochte ihr Herz wie verrückt? Wieder die Wechseljahre? Nee, Tessa, diesmal wohl eher nicht!

„Vielleicht kann mir freundlicherweise mal jemand erklären, was hier vor sich geht!?" Jobst hatte das Gefühl, einen ganzen Apfel verschluckt zu haben, der ihm jetzt quer im Hals saß. Ohne Tessa aus dem Visier zu lassen, schaffte er einen Seitenblick zu Lara. „Du scheinst mehr im Bilde zu sein als ich!"

Lara senkte den Kopf.

„Deshalb diese Geheimniskrämerei!", urteilte Jobst sofort.

Die Enttäuschung, die sie ihrem Vater natürlich ansah, bereitete Lara sofort ein schlechtes Gewissen. Obwohl sie nicht einmal wusste, was sie eigentlich falsch gemacht hatte. „Papsi, ich hab doch ..."

„Du hättest mir sagen können, was mich erwartet. Dann hätte ich wenigstens die Möglichkeit gehabt, selbst zu entscheiden!", schnitt er ihr unwirsch das Wort ab.

Jobst war sauer. Richtig sauer. Und wenn er sauer war, ließ man ihn besser in Ruhe.

„Tut mir leid, Frau Baumann", nur mit Mühe gelang es ihm, seinen aufsteigenden Zorn nicht im Wohnzimmer dieser Frau und vor allem vor ihren Freundinnen ... ha ... auszuspeien, „aber ich verabschiede mich an dieser Stelle."

Er machte bereits Anstalten zu gehen, da griff ihm Tessa ans Handgelenk. „Lara kann nichts, aber auch rein gar nichts dafür! Das Ganze ist ein übles

Missverständnis!" Sie versuchte, ihrer Stimme festen Klang zu geben, damit er nicht merkte, wie aufgewühlt es in ihrem Inneren aussah.

„Übles Missverständnis? Für wie blöd hältst du mich eigentlich?"

„Siehst du gar nicht, wie sehr du Lara einschüchterst?", fragte sie mit bittendem Blick.

„Sag *du* mir nicht, was ich mit meiner Tochter mache!", fuhr er sie an, bemerkte aber sehr wohl, wie die alte Blässe in Laras Gesicht zurückkehrte. Plötzlich wirkte sie wie ein kleines, gescholtenes Mädchen, vollkommen overdressed in dieser Situation.

„Ich wusste doch gar nicht, dass du Teresa kennst." Unter den Lidern des Mädchens sammelten sich Tränen.

„Und ich hatte keine Ahnung, dass ausgerechnet *du* Laras Vater bist!", fügte Tessa hinzu. „Woher auch?"

Jobst weigerte sich, die durchaus berechtigte Frage zu überdenken. „Ich hör die ganze Zeit immer nur: du, du, du! Wenn ich mich nicht irre, war es doch Frau Baumann, für die ich herkommen sollte, weil sie meinen fachlichen Rat braucht." Sein Blick wanderte durch die Runde bis hin zu Gitti, die sich nun mit schamroter Miene an Tessa vorbeiquetschte, um Eimer und Feger aus dem Besenschrank in der Küche zu holen.

„Oder?", forschte er in der plötzlichen Eingebung, dass hier noch einiges andere nicht stimmte.

„*Ich* bin diejenige, die Rat braucht, für die du hergebeten wurdest", gestand Tessa.

„Verstehe nicht!"

„Ist eigentlich gar nicht so schwer. Lara hat mitbekommen, dass ich … nun ja …" Jetzt musste sie ausgerechnet vor Jobst brachtreten, warum sie auf anwaltlichen Beistand angewiesen war, trotz reichlich knapper Kasse, und das behagte ihr überhaupt nicht. „Da hat Lara mir angeboten, sie könne mal ihren Vater fragen … also dich … wie soll ich da wissen …"

Jobst unterbrach sie mit hochschnellender Hand. „Moment, Moment, nicht so schnell! Wieso hat Lara dir das angeboten und … nächste Frage: Was habt ihr beide miteinander zu tun?"

Tessa sah zu Lara. Die schien im Türrahmen zu schrumpfen, nickte unmerklich, was Tessa als Zugeständnis interpretierte. Schon setzte sie an: „Lara kennt meinen …", da klingelte es an der Wohnungstür.

„Erwarten wir noch jemanden?", forschte Clara, die bis hierhin ruhig, aber spannungsvoll das Schauspiel verfolgt hatte. Ihre Sprenkel zeigten, wie amüsant sie es fand.

„Nicht, dass ich wüsste." Gitti, mit dem Kehrblech in der Hand, betete im Stillen, dass jetzt nicht auch noch Alwin aus irgendeinem Grund mit dem nächsten Flieger zurückgekommen war. Nur der Gedanke, dass er kaum klingeln würde, weil er ja einen Schlüssel besaß, beruhigte sie. Als sie dann jedoch öffnete, stellte sie fest, dass an diesem Abend wohl kaum noch mehr schieflaufen konnte als in diesem Moment …

„Benni!"

„Hi Gitti, ist Mama schon bei dir?"

„Ja, ist sie." Begeisterung klang anders. „Ich

dachte, du bist am Eyller See?!"

Lara, die seine Stimme hörte, zuckte, als habe sie einen Stromschlag verpasst bekommen. Was machte Benni hier? Teresa hatte doch gesagt, er sei bei Jacky. Scheiße!

Gitti schloss die Tür, er steuerte geradewegs auf sie zu.

„Lara?", rief er verdutzt. „Ich denk, du bist mit diesem komischen Fuzzi in D'dorf unterwegs!?"

„Hab's mir eben anders überlegt", gab sie schnippisch zurück. „Und nenn Enzo nicht immer Fuzzi! Ich dachte, du bist mit Jacky unterwegs."

„Hab's mir auch anders überlegt", echote er willkürlich, in seinen Augen aber stand Freude und Bewunderung. „Übrigens: Siehst klasse aus!"

Prompt wurde Lara rot und nuschelte was von „Danke."

„Benni!", krächzte Tessa, bemüht, nicht von einer Erstarrung in die nächste zu fallen.

„Wer ist das nun wieder?", zischte Jobst, der das Intermezzo natürlich mit Argusohren verfolgte, seine Tochter an.

„Benni", gab Lara kleinlaut zurück.

„Den Namen habe ich schon verstanden! Und weiter?", forderte er zu wissen.

Tessa hatte es mitbekommen. „Mein Sohn", übernahm sie. „Ich wollte dir ja eben schon erklären … Benni, was machst du überhaupt jetzt hier?"

„Ach, dein Sohn heißt auch Benni?" Jobst schluckte.

„Wieso *auch*?", fragte Benni, der seiner Mutter die Antwort schuldig blieb, sich dafür umso mehr über die offensichtliche Vertrautheit zwischen ihr und

Laras Vater – zumindest ging er davon aus, dass es sich bei dem verärgert wirkenden Typen um diesen handelte, würde er Lara sonst so angehen? – wunderte.

„Entschuldigen Sie, junger Mann, wenn ich gerade etwas verwirrt bin, aber jetzt muss ich doch mal fragen: Sind Sie ein Kommilitone von Lara?"

„Ein *was*?" Benni zeigte deutlich, dass er keine Ahnung hatte, wovon er sprach.

Jobst zog sofort seine Schlüsse: „Sie studieren also gar nicht?"

„*Ich?*" Benni grinste, als habe er eine Spargelstange zwischen die Mundwinkel geklemmt. „Nee, wieso, seh ich so aus?"

„Benni!", rügte Tessa ungnädig, während Gitti schweigend an ihr vorbei Kehrblech und Handfeger für Clara durchreichte.

„Was is'n das hier … 'ne neue Dokusoap vom Vorabendprogramm?"

Tessa überhörte Bennis Bemerkung geflissentlich. „Sag mal, hatte ich dich nicht ausdrücklich nach dem Namen von Laras Vater gefragt?" Nur wegen seiner Schlamperei stand sie jetzt mal wieder ziemlich blöde da.

„Nö, Mama, du hast mich gefragt, wie Lara heißt!", setzte der Sohnemann mit Dackelblick, den kein Wässerchen trüben konnte, wahrheitsgemäß entgegen, und grinste breit. „Aber irgendwie versteh ich das Problem hier nicht! Du, Lara?"

Die schüttelte den Kopf, wartete im Stillen schon die ganze Zeit auf den großen Zoff, wenn ihr Vater gleich die volle Wahrheit erfuhr.

Jobst kam sich vor wie der Protagonist in einem

zwielichtigen Manuskript. Seine eigene Tochter hatte ihm etwas Elementares vergessen zu sagen, bevor sie ihn hierherschickte, alle anderen Anwesenden aber waren im Bilde. „Offenbar bin ich hier tatsächlich mitten in die Dreharbeiten zu einer hässlichen Boulevardkomödie geplatzt …"

Eine unsichtbare Gewitterwolke zog durch den Flur zum Wohnzimmer und wieder zurück, stand fühlbar kurz vor der Entladung.

Gitti versuchte ihn mit einem: „Bitte, Herr Wen … äh, Entschuldigung … Birnbaum … Jobst, es ist wirklich alles ganz einfach erklärt …!" zu beruhigen. Das Hippieweib, das sich nach dem Zusammenkehren der Scherben wieder unauffällig auf dem Stuhl platziert hatte, hob ein kleines Glas mit durchsichtigem Inhalt und rief: „Auf die Zufälle im Leben! Kommen Sie, Jobst, setzen Sie sich und stoßen Sie mit an! Ich verspreche Ihnen, danach wundert Sie nichts mehr!"

„Ja, bitte, Paps. Ich erzähl dir auch …"

Er blitzte sie enttäuscht an. Sofort schwieg sie.

Tessa fand, er ging langsam zu weit. „Lara, sieh es mir nach, aber ich muss deinem Vater jetzt alles sagen, er hat Ehrlichkeit verdient!" Dann zu Jobst gewandt: „Setz dich bitte einen Augenblick und hör mir zu!"

In Laras Gesicht spiegelte sich, worauf sie wartete.

„Na, da bin ich aber gespannt!", gab Jobst bissig zurück, ließ sich jedoch von Tessa zum Esstisch führen, wo ursprünglich sein leerer Teller darauf wartete, mit dem vorhin noch so köstlich duftenden Auflauf bestückt zu werden. Aber der hatte es ja leider nur bis knapp vor die Wohnzimmertür geschafft. Konnte das sein: Knurrte gerade sein Magen? In diesem Sodom und Gomorrha verspürte er Hunger?

Kurz rang Tessa, womit sie beginnen sollte, dann sagte sie sich, dass sie jetzt sowieso nichts mehr falsch machen konnte und begann frei raus zu reden.

Tatsächlich hörte Jobst diesmal zu, ohne zu unterbrechen. Sein Zorn schien zu schwinden. Tessa atmete auf. Schließlich waren sie erwachsene Menschen und man konnte schließlich ebenso erwachsen die Dinge bereinigen. Bis sie zu dem Punkt kam, der den alten Beziehungsstatus zwischen Benni und Lara beinhaltete. „Es tut mir leid, dass es ausgerechnet mein Herr Sohn war, der Lara wehgetan hat", endete Tessa mit einer ehrlich gemeinten Entschuldigung.

„Na, mir doch auch!", rief Benni. „Ich wollte ihr doch gar nicht wehtun, ich hab … ach, ich war so Banane!" Dann zu Lara gewandt: „Ich, ich lieb dich doch! Musst du doch jetzt langsam auch gemerkt haben, oder? So, wie du mich die ganze Zeit bestrafst.

Törööö!!! Tessa war, als spüre sie einen unsichtbaren Rüsselschlag im Nacken. War Benni also doch nicht untätig geblieben, als er die Konkurrenz zu wittern begann.

„Im Ernst?" Laras Stimme glich dem Hauch des Versuches, einen vernünftigen Ton rauszukriegen. Jedenfalls hatte sich die Blässe auf ihren Zügen in Nullkommanichts verflüchtigt, ihre Wangen blühten wieder rosig und ihre Augen leuchteten, als hätte sie gerade ihren Doktortitel mit Bestnote erworben.

Clara klatschte belustigt in die Hände, Gitti sah

aus, als sei ihr ein Stein vom Herzen gefallen, dass die Komödie zu Ende war und Tessa freute sich, dass die beiden demnächst wieder gemeinsam nachts im Hofnagel'schen Kühlschrank nach Verwertbarem suchten.

Der einzige, der keine Reaktion zeigte, war Jobst. Null.

Was wollte er noch? Sie hatte ihm alles von Anfang bis Ende geschildert.

„Jobst?"

Steif erhob er sich vom Stuhl. Tessa versuchte zu ergründen, was er dachte. Nichts war mehr da von der Magie in seinen Augen, die jetzt eher wirkten wie zwei unergründliche Tiefen, in deren Mitte das Weiß der Iris gefährlich blitzte.

„Paps?", sprach Lara ihn vorsichtig an.

Sein Kopf wandte sich seitlich zu ihr. „Schon gut, Lara."

„Was machst du?"

„Ich fahre nach Hause. Der Abend ist für mich beendet."

„Jobst, was soll das? Du wirst uns doch jetzt nicht einfach blöd hier sitzen lassen?" Das war Tessa, die irgendwas nun arg übertrieben fand.

Wie ein ferngesteuerter Roboter neigte er sich vor. Sie registrierte die menschliche steile Falte auf seiner Stirn, sah, wie seine Wangenknochen arbeiteten, als versuchten sie, die Worte, die auf seiner Zunge lagen, zu zermalmen.

„Jetzt hörst du mir mal gut zu, Teresa Hofnagel! *Ich* lasse niemanden blöd sitzen, weder hier noch sonst wo! Ich erinnere mich allerdings gut daran, dass du mich erst vor einer Woche aus deiner

Wohnung geschmissen hast ..."

Benni und Lara wechselten einen verdatterten Blick.

„Ja, ich weiß", krächzte sie, weil allein die Ahnung, was er jetzt vor den beiden ausposaunen könnte, fürchterlich an ihrer Schleimhaut zerrte. „Und dafür möchte ich mich auch in aller bei dir Form entschuldigen! Wollte ich schon am Donnerstag, aber da warst du ja nicht mehr da!" Jetzt war sie gespannt. War er tatsächlich abgehauen, weil er ihr aus dem Weg gehen wollte?

„*Wie* am Donnerstag? Versteh kein Wort!"

„Ich war in der Kanzlei."

„Bei *mir*?", forschte er ungläubig.

„Ja, wo denn sonst? Deine Privatadresse kenn ich ja nicht."

„Wieso weiß ich davon dann nichts?"

„Solltest du vielleicht nicht mich fragen, sondern Tillmann?", funkelte sie ihn an. „Oder Michaela. Die war auch da."

„Ach?", brachte er nur knapp hervor.

Sie las in seinem Gesicht, dass er wirklich keine Ahnung hatte.

„Aber ist jetzt auch egal!", bockte sie.

Jobst sammelte seine Gedanken. War es das, was Tillmann ihm am Telefon sagen wollte ... dass Teresa in der Kanzlei war? Er musste zugeben, das polierte zumindest ein klein wenig sein angeknackstes Ego. Zugleich stand es ihm aber auch genau jetzt im Weg. „Lass man, Teresa! Du hast deinen Spaß an mir altem Trottel zur Genüge ausgekostet und wir sind nun quitt! Letztendlich wolltest du doch nur Rache! Rache dafür, dass ich mich im Alter von neunzehn Jahren wie ein Schwein verhalten habe!"

„Nein, das stimmt so nicht!", brauste sie nun ebenfalls auf.

„Nein? Was denn dann? Ach ja, richtig ...", er schlug sich begreifend die Hand vor die Stirn, „du wolltest ja nur mit meiner Hilfe, kostenlos selbstverständlich, deinen Mann ausnehmen, bis ihm Hören und Sehen vergeht!"

„Was sagst du da?!" Jedes seiner Worte traf sie wie ein Speer in die Eingeweide. Sie wollte schreien, sich wehren, doch sie brachte keinen weiteren Ton mehr über die Lippen.

Er sah ihr ein letztes Mal fest in die Augen. „Teresa, ich stelle fest: Du bist kein besserer Mensch als der, der ich damals war! Das war's dann, leb wohl!" Zu Lara gewandt: „*Wir* reden später!"

Damit ging er.

„Man, ist der angepisst!" Benni verstand nicht, wie sich ein Mann in dem Alter so kindisch aufführen konnte. „Ich frag mich nur die ganze Zeit, wieso hast du mir nicht gesagt, dass ihr alte Bekannte seid, Mama?"

„Ich wusste doch gar nicht, dass er Laras Vater ist!"

„Was ist denn zwischen euch abgelaufen, dass er so ...?"

„Lange Geschichte, Benni. Seid mir nicht böse, aber mir steht gerade nicht der Sinn ..."

„Schon okay", unterbrach Benni, „erzählst du es mir ein andermal aber?"

Tessa nickte. In ihrem Kopf war dichter Nebel.

Und dann tat Benni etwas, was sie schon lange

nicht mehr erlebt hatte: Er nahm sie mit einem tröstenden „Wird schon wieder alles!" in den Arm.

Seine Geste tat unglaublich gut. Nur mit Mühe hielt sie die Tränen zurück. Dann sah sie Laras traurigen Blick und flüsterte Benni zu: „Kümmere dich jetzt besser um Lara."

„Klar mach ich das!" Ohne große Worte wechselten seine Hände auf Laras Schultern. „Komm, gehen wir rüber in meine Höhle. Ich glaube, du kannst auch ein bisschen Trost gebrauchen."

„Aber nur Trost mit Worten!", machte Lara unmissverständlich klar.

„Ehrenwort!" Verliebt lächelte Benni sie an. Sie stellte neue Spielregeln auf? Auch okay. Hauptsache, er hatte sie wieder! Enzo war nur ein dummer Fuzzi, der ihm unbewusst die Angst verdeutlicht hatte, Lara ganz zu verlieren.

***

Tessa indessen kämpfte immer noch mit ihrer Schnappatmung. Sie tat sich schwer damit zu realisieren, was Jobst ihr da eben an den Kopf geschleudert hatte.

„Den hat es ordentlich erwischt!", tat Clara gibbelnd ihre Meinung kund.

„Wovon sprichst du?", fragte Gitti.

„Na, wovon wohl? Von unserer Tessa natürlich!" Clara amüsierte sich königlich. „Habt ihr keine Augen im Kopf? Das ist Liebe, sag ich euch! Wahre Liebe!"

„Tut mir bitte einen Gefallen …", grummelte

Tessa.

„Immer gerne. Welchen diesmal?" Gitti rollte die Augen.

„Erwähnt nie wieder den Namen Jobst und schon gar nicht im Zusammenhang mit Birnbaum!"

Irgendwas zischte – eine Flasche mit durchsichtigem Inhalt, die Clara irgendwo bei sich hinten aus der Ecke zauberte. „Kommt Kinder, der hilft zum Abreagieren!"

***

Diesmal waren es weder Hochleistungssportliche Geräusche aus dem Nebenzimmer noch Hitzewellen, die Tessa den Schlaf raubten, sondern Jobsts Worte, die in ihrem Gehirn eine Endlosschleife drehten.

Dass er ihre Aufforderung zum Gehen nach ihrer gemeinsam verbrachten Nacht als reine Rachegelüste betrachtete, nahm sie ihm nicht übel, war ja was dran. Aber eben nur ein kleines Bisschen! Den Rest hatte sie ihm versucht zu erklären, sogar offen ihre Angst, er könne sie noch einmal verletzen, gestanden. Dass ausgerechnet er ihr jetzt unterstellte, ihn für ein von ihr initiiertes dreckiges Scheidungsverfahren, dazu unentgeltlich, benutzen zu wollen, brannte höllisch in ihrer Seele.

„… du wolltest ja nur mit meiner Hilfe, kostenlos selbstverständlich, deinen Mann ausnehmen, bis ihm Hören und Sehen vergeht!" Wie konnte er so von ihr denken? Außerdem hatte er Udo doch kennengelernt, sich selbst ein Urteil gebildet … es war zwar erst ein paar Wochen her, aber hatte er das denn schon vergessen?

Vor allem: Was veranlasste ihn überhaupt zu dieser unverschämten Bemerkung? Es war Lara, die das Angebot machte, ihr Vater würde bestimmt gerne helfen. Woher, verdammt noch mal, hätte sie denn wissen sollen, dass er dieser Vater ist? Und von nichts bezahlen war auch nie die Rede!

Je mehr sich das Gedankenkarussell drehte, desto mehr begann in ihr die Wut zu schäumen. Gegen vier Uhr morgens war sie am Punkt der Bilanz angekommen: Jobst Birnbaum war und blieb ein Arschloch! Sie brauchte ihn nicht und sie würde ihm ab sofort keine weitere Träne mehr nachweinen! Es gab weitaus wichtigere Themen, die sie beschäftigten, und damit basta!

15

Montag …

„Paps, es tut mir leid, wirklich!" Lara wusste nicht mehr, was sie sonst noch sagen sollte.

Offensichtlich wollte er einfach nicht hören, was sie sagte. Außer diesem blöden „Ist schon gut!" zeigte er keine Regung zur Sache, und das ging nun schon die ganze Zeit so.

Schweigend saßen sie beim Abendbrot. Der Eintopf, den Lara sonst so gerne aß, wollte ihr nicht schmecken.

„Wie lange willst du mich noch bestrafen?", brach es aus ihr heraus. Sie wusste nicht, ob sie heulen oder einfach nur die Wut loslassen sollte. Benni hatte gesagt, sie könne jederzeit bei ihm wohnen. Sie wollte das nicht, aber wenn das hier so weiterging … lange jedenfalls hielt sie die Stimmung nicht mehr aus. Gut, sie hatte ihrem Vater verschwiegen, dass Teresa Hofnagel Bennis Mutter war. Mehr aber auch nicht! Sie hatte ihn zu keiner Zeit belogen. Und er selbst schien vor ihr, seiner Tochter, auch jede Menge für sich zu behalten. Dass er und Teresa sich kannten zum Beispiel, sogar mal etwas wie ein Paar waren. Woher bitte hätte sie das auch nur ansatzweise ahnen sollen? Sie hatte sich jetzt zum x-ten Mal entschuldigt, ohne zu wissen, wofür eigentlich.

Es klirrte verdächtig ärgerlich, als Jobst seinen Löffel in den geleerten Suppenteller warf. „Liegt nicht in meiner Absicht!", grummelte er, ohne sie anzusehen, schon verwandelte sich sein Mund wieder zum schmalen Strich.

„Tust du aber!" Sie knallte ihren Löffel ebenfalls in den Teller. Nur dumm, dass noch Suppe drin war. Die spritzte jetzt rundum, saute Set und Tischholz ein.

„Sag mal, geht's noch?", schimpfte Jobst und sprang auf, um einen Lappen zu holen.

Das war der Moment, in dem Lara sich zum allerersten Mal fragte, ob er immer schon so war und sie es nur nie bemerkt hatte. Entgeistert sah sie zu, wie er vor ihr mit dem Lappen hin und her rieb, als sei der der Grund für seinen aufgestauten Zorn.

„Meinst du nicht, ich hätte das selber aufwischen können?", fragte sie unwirsch, obwohl sie beschlossen hatte, besser gar nichts mehr zu sagen.

Abrupt hielt er inne, als habe allein diese Frage etwas in ihm bewirkt. Er legte den Lappen beiseite, wandte den Kopf, dass Lara voll in den Genuss seiner steinharten Miene kam. Doch dann veränderte sich das Bild, seine Züge wurden nach und nach weicher, sogar ein Lächeln versuchte von der Mundpartie die Augen zu erreichen. „Lara, ich …"

Was Lara nicht wusste: Jobst kämpfte innerlich den schwersten Kampf seines bisherigen Lebens. Er lehnte sich auf gegen das Gefühl, das ihn immer mehr erdrückte: Liebe. Egal, was war … Teresa ging ihm nicht mehr aus dem Kopf. Er hatte geglaubt, wenn er einfach das Gewesene ignorierte, regulierte sich alles von selbst. Inzwischen musste er feststellen, dass dem nicht so war. Ganz im Gegenteil, je mehr er verdrängte, desto mehr gärten die Emotionen. Er hatte nicht mit Lara über das Thema sprechen wollen, um sich selbst zu schützen. Irgendwas aber gerade an ihren Worten … oder war es das Bittere in ihrer Stimme? … hatte ihn aufgescheucht und das jähe Gefühl, er treibe Lara selbst aus dem Haus, nistete sich wie ein Schreckgespenst in sein Herz.

„Ja, Paps?" Lara hoffte inständig, dass er weitersprach.

„Komm mal her", bat er, fast schon wieder der alte Papsi, den sie kannte, und breitete die Arme aus.

Lara ließ sich kein zweites Mal auffordern, schmiegte sich an seine Brust. Eine unsichtbare Last fiel ihr von der Seele.

„Ich bin ein alter Trottel", klagte er sich selbst an. „Du hast vollkommen Recht, wenn du wütend auf mich bist. Ich kenne mich ja selbst kaum wieder."

„Sagst du mir denn jetzt mal, was überhaupt los ist?"

„Hast du denn Zeit? Wolltest du nicht weg?", fragte er vorsichtig.

„Ja, weil ich sauer war", gestand sie ehrlich. „Aber jetzt …", sie lachte erleichtert, „egal, was ich vorhabe, es kann warten!"

***

Lara hörte still zu. Was ihr Vater erzählte, ging ihr nahe. Vor allem der Part, in dem er Teresa – mit eigenen Worten – abserviert hatte. Es gab wohl kaum jemanden, der sich besser vorstellen konnte, wie es ihr damals ergangen sein, wie verletzt sie sich gefühlt haben musste, zumal im etwa gleichen Alter wie sie jetzt. Die Parallelen zu Benni und ihr lagen deutlich.

„Als er endete, begann sie zu reflektieren: „Du liebst sie! Warum machst du es euch dann so schwer?"

„Ich mach es schwer?"

„Ja, Papsilein, du! Ich glaube, sie leidet genauso wie du!"

Diesen Satz aus dem Mund seiner Tochter zu hören, machte ihn hellhörig. „Woran machst du das aus?"

„Hast du nicht gemerkt, wie traurig sie war, als du ihr vorgehalten hast, sie wolle dich mehr oder weniger benutzen, um ihren Mann auszunehmen?" Lara verdrehte die Rollen. Jetzt war sie wie die Mutter, die ihren übermütigen Sohn zur Räson brachte: „Das war ziemlich gemein von dir! Ich selbst habe ihr angeboten, dass du ihr hilfst! Sie wollte das erst nicht, meinte, du könntest auch nichts anderes machen als jeder andere Anwalt, der nur teuer Briefe hin und her schickt. Ich habe dich quasi angepriesen, gesagt, du würdest dir erstmal in Ruhe die Sachlage anhören und vielleicht auch einfach nur ein paar gute Ratschläge geben können …"

„Und weiter?"

„Nichts weiter! Dann kam die Sache mit Benni und ich habe es einfach vergessen. An dem Morgen, als du mir zur Bahn brachtest, fiel es mir plötzlich wieder ein."

Er erinnerte sich. „Da stand der Termin aber schon fest?"

„Ja, weil Frau Baumann, damit Teresa überhaupt auf das Angebot eingeht, auf die Idee kam, bei sich einen netten zwanglosen Abend mit kleinem Essen zu arrangieren. Also rief ich Teresa an, um ihr zu bestätigenden, dass du kommst ..." Lara kratzte der Hals, ein Räuspern, dann sprach sie weiter: „Dabei habe ich sie gebeten, dir gegenüber nicht zu erwähnen, dass sie Bennis Mutter ist. Was ich damit meinte ..."

Jobst verspürte einen ziehenden Schmerz unter dem Brustkorb. Und er hatte Teresa unterstellt ...?!

Lara sah ihm an, dass er in sich ging, resümierte. Mit nichts wollte sie seine Gedankengänge unterbrechen. Schweigend stand sie auf, ging in die Küche, um für sie beide etwas zu trinken zu holen. Leise stellte sie auch ihm eine Flasche Fassbrause auf den Tisch.

„Du magst sie sehr, nicht wahr?", fragte er plötzlich.

„Lara nickte. „Es hat mir einfach leidgetan, wie der olle Hofnagel ihr mitgespielt hat! So was macht man doch nicht! Oder, Papsi? Siehst du das anders?"

Ihr Blick bohrte sich in seinen und er übersah nicht die stumme Aufforderung darin.

16

Dienstag ...

Horst Hering, sonst auf seinem blöden Büttenpapier der unterzeichnende – jetzt eher *ge*zeichneter – Rechtsanwalt, schaute erst unwirsch, als unter der hilflos krächzenden Stimme seiner Empfangsdame: „Moment, Sie können doch nicht einfach ...!" die Tür zum Vorzimmer aufgerissen wurde, dann erstarrte er. Der fette Paragraphenwälzer, den er gerade aus dem Regal hinter seinem Schreibtisch gehoben hatte, drohte ihm von den Händen auf die Füße zu fallen.

„Herr Hering hat Zeit für uns, glauben Sie mir!", flötete Clara und das Vorzimmertier stand unmittelbar stramm.

„Was ...?", war alles, was er hervorbrachte und es hörte sich nicht nur an, als sei ihm jedes weitere Wort im Hals stecken geblieben, er sah auch so aus.

Grund hierfür war, wie Tessa und Gitti verwundert registrierten, der Anblick von Clara. Aber auch deren grüne Augen funkelten nicht freudig wie sonst, sondern schossen gefährliche Blitze in seine Richtung. Bei der kleinsten Regung bestand die Gefahr, dass er steif umfiel.

„So sieht man sich wieder!" Ohne Aufforderung holte Clara sich einen Stuhl aus der Besucherecke vor dem Panoramafenster. Für die schöne Aussicht auf Felder und Wiesen mit dem Egelsberg im Hintergrund hatte sie jetzt keinen Blick. „Mädels, platzt euch ... Kaffee, Tee, was möchtet ihr?", übernahm sie den Anwaltspart, wie wohl sonst er die Mandanten zu empfangen pflegte.

Tessa sah Gitti an. Gitti sah Tessa an. Keine von beiden verstand, was hier vor sich ging. Clara klopfte einladend auf die Sessel vor dem klobigen Schreibtisch, zog ihren Stuhl daneben, setzte sich und schlug grazil die schlanken Beine übereinander.

„Fraaauuu Si...siiinzig", stolperte es aus Herings Kehle, „waaas kaaann ich ... für Sie tuuun?"

„Frau Sinzig?", schmetterte Clara seine Anrede mit triefender Ironie ab. „Seit wann so förmlich, Horsti?"

Horsti? Tessa sah Gitti an, Gitti sah Tessa an – Klappe, die zweite.

Langsam schwante Tessa, weshalb Clara nach ihrem Bericht eines gewissen Gespräches jeden Wortlaut akribisch genau hatte wissen wollen: Sie kannte Horst Hering, und das nicht erst seit ein paar Sekunden. Die Frage nur: In welchem Verhältnis standen sie zueinander? Jedenfalls in keinem freundschaftlichen, so viel war klar.

Clara ließ sie und Gitti nicht länger im Ungewissen. „Tut mir leid, Mädels, ich hätte es euch direkt sagen müssen. Aber als du, Tessa, letzte Woche den Namen Hering nanntest, war mein erster Gedanke, es gibt ja vielleicht doch eine höhere Stelle für Gerechtigkeit ..." Sie stockte, atmete einmal tief ein und langsam wieder aus. „Es war noch zu meinen Bonner Zeiten. Helge war lange ausgezogen, der Scheidungstermin stand bereits fest, als ich, zusammen mit einer Bekannten, in einem Restaurant *ihn* kennenlernte…", sie zeigte abfällig auf das hochrote Gesicht mit den Schweißtropfen auf der Stirn des scheinbar immer kleiner werdenden Mannes, der sich mit dem Arm auf die Sessellehne stützte, als brauche er dringend festen Halt. „Was folgte, war eine kurze, aber intensive Affäre. Ich wusste zwar, dass er Anwalt war, aber ich wusste nicht, dass er in der Kanzlei arbeitete, die meinen Mann bei unserer Scheidung vertrat. Noch weniger wusste ich …", ein Ansatz von Glanz auf ihrer Iris, dann der nächste Blitz, der einen Hering durchaus zum mickrigen Würstchen schrumpeln ließ, „dass er Helge gut kannte, sogar mit ihm befreundet war, und obendrein kurz davorstand, den aus Altersgründen scheidenden Anwalt meines Mannes zu ersetzen. Ich dumme Gans glaubte an echte Gefühle, in Wahrheit wurde ich nur benutzt, um es Helge gutgehen zu lassen." Erhobenen Hauptes ein Seitenblick zu Horst. „Hattest du damals eigentlich auch schon diese Babette? Neben mir?"

Er riss die Augenbrauen hoch, wobei die Brille auf seinem Nasenrücken wippte.

Sie ließ ihm gar keine Zeit für eine Antwort, donnerte ungehalten weiter: „Na, wenigstens hast du dafür gesorgt, dass Helge sich mit Raphaela einen schönen Lenz auf Mallorca macht, und ich die Grundausstattung zum neuen Leben beigesteuert habe!"

„Clara, bitte …" Horsti wagte jetzt doch tatsächlich einen Einwand, erhob sich und machte eine Bewegung, als wolle er auf sie zugehen. „Ich wollte das nicht. Ehrlich! Das musst du mir glauben!" Plötzlich wirkte er wie ein kleiner Junge, der von seiner Mutter zu Stubenarrest verdonnert wurde.

„Ach nein, was wolltest du denn *dann*?"

So sauer hatten Tessa und Gitti Clara bisher nicht erlebt. Beim Gehörten allerdings gut nachvollziehbar. Besonders für Tessa, der bewusst wurde, dass Clara mehr Geheimnisse um sich hüllte, als sie zunächst annahm.

„Und jetzt, mein Lieber, machst du dasselbe mit Tessa?! Nur dumm, dass ausgerechnet ich mit ihr befreundet bin und sich unsere Wege erneut kreuzen."

Horst Hering machte seinem Namen alle Ehre: Zwei Augen, die wie große dunkle Knöpfe hin und her kullerten, und die Schnappatmung kam ja auch nicht von Ungefähr.

„Tja, Horsti, so kann es gehen im Leben … man sieht sich immer zweimal!" Die Wut in ihrem Gesicht verwandelte sich zum gefälligen Grinsen. „Setz dich lieber und trink einen Schluck Wasser, bevor dein Blutdruck auf 180 ist. Hast schon einen ganz roten Kopf."

Wie auf Kommando fing er an zu hecheln, plumpste wie ein nasser Sack auf die lederne Sitzfläche und griff tatsächlich nach dem Glas auf der dunklen Holztischplatte, dessen Inhalt unter der ruckartigen Bewegung leicht überschwappte.

„Nun zum Eigentlichen!", delegierte Clara unbeeindruckt und siegessicherer weiter: „Tessa, du bist dran …"

Tessa hatte das Schauspiel gebannt verfolgt. Jetzt war also auch *ihr* Moment gekommen! Der Moment,

Horst Hering klarzumachen, dass weder er noch sein Mandant Udo Hofnagel sich moralisch abartige Gemeinheiten auszudenken hatten, um den Mohr, der jahrzehntelang seine Schuldigkeit getan hatte – nämlich sie – auszubooten. „Ich habe jeden Euro, ach nee, waren ja noch Pfennig, vom Erbe meiner Eltern in die Wohnung gesteckt. Die Abmachung bestand klar und deutlich: Udo übernimmt die andere Hälfte! Und jetzt bekomme ich ein unverschämtes Schreiben nach dem anderen ...", Tessa knallte ihm das schnöde Büttenpapier mit seinem Namen vor die Nase, „in denen ich mit Auflistung an den Haaren herbeigezogener Faktoren aufgefordert werde, Miete zu zahlen, und habe abends um zehn angebliche Kaufinteressenten vor der Tür stehen, die die Wohnung besichtigen wollen?"

Irgendeine freche Haarsträhne klebte an ihren Lippen, die sie mit der Hand zur Seite fegte. Sie hatte sich so in Rage geredet, dass sie schon darauf biss, ohne es zunächst zu merken.

„Übrigens ...", das musste sie ihm unbedingt noch reinwürgen, „mein Mann ist auf eigenen Wunsch ausgezogen ... zu seiner Freundin ... ich habe ihn nicht rausgeschmissen! Müsste dann nicht auch *er* derjenige sein, der *mir* die halbe Miete zahlt?"

„Hä?", kam es geschauspielert unqualifiziert von links. „Das versteh ich jetzt nicht ganz."

Tessa tat, als hätte sie auf dem Höhepunkt ihres: *Und jetzt knall ich dem alles blind an den Kopf, was mir einfällt!* Gittis Anwesenheit fast vergessen.

Sachte fuhr Tessa ihre Emotion herunter. „*Was* verstehst du nicht?"

„Wieso Udo dir Miete zahlen soll, du wohnst doch drin!"

„Weil er ungefragt und unvorbereitet ohne Kündigung den Vertrag gebrochen hat."

„Ach so, ja, stimmt." Gitti lachte gekonnt. „Da müsste er nun eigentlich so was wie eine Konventionalstrafe zahlen."

Unbemerkt zwinkerten sie sich gegenseitig zu, was übersetzt hieß: „Klasse Leistung das grade!

„Okay, okay, ich rede mit ihm!", klang es auch schon kleinlaut vom Schreibtisch.

Nanu, so schnell gab Horsti sich geschlagen? Tessa fand es fast schade ... wo sie doch gerade erst in Fahrt war. Zumal sie von dem Geblöke im Stadtwald bisher noch keine Silbe erwähnt hatte.

Brauchte sie auch nicht mehr. Den Rest übernahm Clara, die mit einem zufriedenen Lächeln in ihre Tasche griff, um ihm dann die Blätter mit ihren handschriftlichen Notizen vor die Nase zu knallen. Selbst das Wasserglas vibrierte. „Weißt du, was das ist, Horsti?"

„Nein. Bitte, Clara, sag doch nicht immer Horsti", klagte er.

„Na, wenn das dein einziges Problem ist, bin ich gern bereit, dich wieder zu siezen ... vorausgesetzt, du hörst genau zu, was ich dir vorlese und unterschreibst anschließend für die Richtigkeit.

„Aber ich kann doch nicht ...!"

Clara überhörte seinen Einwand mit Absicht und legte los: „Babette ist also deine Ehefrau?"

„Ja, wieso ...?"

„Seid ihr zusammen im Stadtwald gewesen, letzten Dienstag gegen Nachmittag?"

„Woher wei..."

Clara fuhr ihm über den Mund. „Habt Ihr im Biergarten gesessen und gestritten?"

Er wirkte reichlich verblüfft, nickte aber, und es war ihm deutlich anzusehen, wie unwohl er sich in seiner Haut fühlte. Horst Hering, der mittelmäßige Rechtsanwalt, der seine kleine Kanzlei nur mit einer gewissen Klientel von etwas betuchteren Tennisfreunden am Laufen hielt, zeigte sich wahrlich nicht als Mann, zu dem *frau* aufblicken konnte. Statt mit der Faust auf den Tisch zu hauen, wie es diese drei Damen vor ihm verdient hätten, saß er in seinem eigenen Büro wie ein Angeklagter auf der Richterbank und stand auch noch Rede und Antwort. Dass aber auch ausgerechnet Clara ... Nie hatte er damit gerechnet, ihr noch einmal zu begegnen. Und dazu noch hier in Krefeld! Himmel, war die Welt klein!

Jeder weitere Satz Claras traf ihn unangenehm wie ein Wattestöpsel, der immer tiefer in seinen Gehörgang drang. Selbst bei der Erwähnung eines gewissen Pikko nickte sein Kopf wie eine willenlose Marionette und am Ende kritzelte seine Hand die Unterschrift in ausschweifenden Lettern – wie ein Staatsoberhaupt vor der Presse – dorthin, wo sie ungeduldig den Finger tippte.

„So, Horsti, das war's schon!" Rasch zog Clara das Papier unter seinen Händen weg und ließ es wieder in ihrer Tasche verschwinden. „Wir sind uns also einig: Du kündigst Udo Hofnagel umgehend das Mandat und ziehst sämtliche Forderungen gegen Teresa zurück?"

Eine Knarre an seinem Kopf hätte nicht minder

einschüchternd wirken können.

Tessa stand der Mund offen. So viel Dreistigkeit hatte sie Clara nicht zugetraut – dahin musste sie selbst erstmal kommen. Tief in ihr aber jauchzte es: Ha, Udo, wenn du am Freitag landest, hast du ein Problem! Nichts mehr mit Mauscheln von wegen: Ich reparier dein Auto, dafür schreibst du für mich ein paar Drohbriefchen.

„Tschüss, Horsti, vielleicht sieht man sich ja noch mal!", flötete Clara zufrieden.

Tessa hätte schwören können, die Lippen des Rechtsanwalts formten sich zu einem lautlosen: *Bitte nicht!*

***

„Kinder, lasst uns feiern! Der erste Etappensieg in Hofnagel gegen Hofnagel muss gebührend begossen werden." Clara jauchzte wie ein Schulkind, dessen Schule für drei Wochen dicht gemacht hatte, obwohl keine Ferien waren.

Tessa sah sich im Geiste schon an der Flasche hängen, grinste aber. „Clara, Clara, das nimmt langsam Überhand! Müsste dein Weinbrandvorrat nicht längst zur Neige gehen?"

„Hab schon nachbestellt", konterte die, „in weiser Voraussicht."

Tessa lachte gelöst. Was, wenn sie Clara nicht gehabt hätte? Sie war ihr ungeheuer dankbar, denn Clara hatte nicht nur gute Einfälle, sie setzte sie auch gleich in die Tat um.

„Und was bitte hast du so vorausgesehen?", gedachte Gitti zu erfahren, deren Claras eben gezeigte Seite – für sie völlig neu – bei ihr einen eher gemischten Eindruck hinterlassen hatte. Dieser Hering hatte die Abreibung verdient, das stand auch für sie außer Frage. Und wenn Tessa damit geholfen wurde, umso besser. Trotzdem empfand sie plötzlich ein komisches Gefühl. Bloß beschreiben konnte sie es nicht.

„Na, ich sehe sogar immer noch voraus!", behauptete Clara, ohne Gitti eine konkrete Antwort zu geben. „Also, wie steht's?"

„Ich bin dabei", rief Tessa.

„Was ist mit dir?" Clara wunderte sich, dass Gitti sich so lange Zeit mit der Antwort ließ.

„Nichts", sagte diese schnell, stimmte schließlich zu.

Clara entging nicht ihre Unentschlossenheit. „Irgendwas nicht in Ordnung?", forschte sie.

„Alles gut!", versicherte Gitti. „Aber bitte nicht wieder mit nüchternem Magen. Samstag hat mir gereicht."

Bei der Erwähnung zog ein kurzer Schatten durch Tessas Miene. „Dem schließ ich mich an. Ich mach ein paar Snacks. Einverstanden?"

„Prima", freute Clara sich. „Heute Abend um sieben bei mir? Vorher kann ich nicht, muss noch ein paar wichtige Unterlagen fürs Finanzamt fertig machen. Ich hoffe, ihr seid einverstanden, wenn eventuell meine Ma dabei ist?"

„Eleonore? Natürlich! Ich freue mich!", bekundete Tessa aus tiefstem Herzen. Sie mochte die alte Dame irgendwie, mit ihr konnte man so angeregt plauschen.

„Du kennst Claras Mutter?" Gitti zeigte sich

irritiert.

„Ja, an dem Freitag, als du in Bremen warst ..."
Tessa erzählte ihr von dem spontanen Kaffeeklatsch bei Clara.

Gitti zog eine undefinierbare Miene.

Was war denn auf einmal mit ihr los? War sie etwa eifersüchtig? Doch erinnerte Tessa sich auch gut, wie es ihr selbst aufgestoßen war, dass sie die überstürzte Abreise nach Bremen von Clara erfahren musste. „Wirst Eleonore mögen", prophezeite sie Gitti.

***

Und sie sollte Recht behalten.

Schon bei der Begrüßung nahm Eleonore Gitti für sich ein. Tessa staunte. Obwohl sie sich erst jetzt persönlich kennenlernten, lachte und spaßte die Freundin mit Claras Mutter, als seien sie uralte Bekannte, die sich zufällig nach langer Zeit wieder über den Weg gelaufen laufen waren und nun jede Menge zu erzählen hatten. Gittis Verstimmung vom Vormittag schien jedenfalls verflüchtigt.

Irgendwo dazwischen offerierte Clara: „Mama, du glaubst nicht, was passiert ist! Kannst du dich noch an den Rechtsanwalt erinnern, mit dem ich mal zusammen war?"

Trotz betagtem Alter brauchte Eleonore nur kurz, um zu wissen, von wem sie sprach. „Der mit dem komischen Namen? Irgendein Fisch ...

„Hering, ja, genau den meine ich", ergänzte Clara.

„Sah nicht mal besonders gut aus. Zumindest für meinen Geschmack. Hab mich immer gefragt, was du an dem gefunden hast."

„Weiß ich auch nicht mehr." Clara lachte. „Fakt ist aber, der hat mich ein zweites Mal kennengelernt, und diesmal richtig."

„Kind, du sprichst in Rätseln! Musst du eine alte Frau so zappeln lassen?" Eleonore schob sich ein Stück Paprika in den Mund, aber in ihren gutmütigen Augen glänzte die pure Neugierde.

Mit Tessas Einverständnis schilderte Clara in knappen Worten, jener Anwalt vertrete bis dato Tessas Mann Udo, und beide zögen nun gemeinsam dasselbe Spielchen ab wie damals bei ihr und Helge.

„So ein Fiesling!" Sofort bildete sich auf Eleonores Stirn eine Zornesfalte.

„Heute haben wir den Spieß umgedreht!" Clara zeigte diebische Freude.

„Erzähl!", forderte Eleonore und hörte aufmerksam zu, wie Clara und Tessa abwechselnd den Auflauf in der Kanzlei bis ins kleinste Detail schilderten.

„Jetzt verstehe ich, warum du so in Feierlaune bist." Eleonore kicherte genauso wie Clara das gut konnte. Dann mit dem Glas in der Hand zu den drei Frauen gewandt: „Zum Wohl, meine Lieben! Auf eine bessere Zukunft für gebeutelte Ehefrauen!"

„Ja, dir auch zum Wohl, Eleonore!", prostete Tessa, die sich sowieso fühlte wie ein Beuteltier schlechthin, zurück.

„Wie nennt man es eigentlich, wenn der Mann ausgezogen ist?", flachste die alte Dame weiter.

„Freiheit?", überlegte Gitti, wobei Tessa sofort dachte: Nanu, Gitti!?

„Falsch", sagte Eleonore.

„Aufräumen?" Clara stand kurz davor, lachend zu platzen.

„Auch falsch. Tessa, nun *du*!"

„Schöner Wohnen?"

Jetzt sah es nicht mehr nur danach aus, jetzt brachen tatsächlich alle drei um sie herum in tierische Lachsalven aus. Natürlich konnte Tessa nicht anders als mitzulachen, obwohl der Witz einen Bart hatte, der von Krefeld mindestens bis Moskau reichte.

„Aber mal im Ernst jetzt", schwang Eleonore jäh um, „Tessa, dein Noch-Ehemann ist nicht ohne, was?"

„Allerdings", seufzte Tessa. „Vor allem versucht er, sich gleich drei Eisen im Feuer warm zu halten."

„Wie ... *drei*?" Die gutmütigen Augen unter dem Silberhaar wurden größer.

„Na, Susanna, bei der er jetzt wohnt, die übrigens nur wenig älter ist als unser Sohn. Und Babette Hering ... also, wie die beiden da zwischen den Kühltheken ... äh! ... keine Ahnung, was er an der Frau findet, die sieht so nichtssagend aus wie eine leere Filmrolle. Ich weiß selbst nicht, was mich geritten hat, die auch noch zu knipsen."

„Und wer ist die Dritte?" Eleonore passte genau auf.

„Ich", erwiderte Tessa schlicht. „Udo hat gemerkt, dass ihn seine Drohungen nicht weiterbringen, also versucht er es auf andere Art."

„Typisch Mann."

„Habe ich gerade richtig verstanden", rief Clara dazwischen, „du hast ihn mit Babette Hering fotografiert? Hast du die Bilder noch?"

Tessa nickte.

„Weißt du, was ich damit machen würde ...?"

Claras Aktionslust verhieß nichts Gutes. Jedenfalls für Udo.

„Jetzt kommt's!", frotzelte Gitti.

„Eins davon Susanna schicken", vollendete Clara ungerührt.

„Da bin ich auch schon draufgekommen", gab Tessa zu, „aber ..."

„Was aber?"

„Susanna tut mir schon fast leid. Im Prinzip ist sie mit Udo genug bestraft."

„Sie weiß es nur noch nicht!", fügte Gitti an.

„Die Frau hat dir den Mann weggenommen!", erinnerte Clara an die Realität.

„Bis vor ein paar Wochen habe ich das tatsächlich so gesehen", entgegnete Tessa mit einem Lächeln, das Mitgefühl für die vermeintliche Konkurrentin zeigte. „Mittlerweile bin ich zu dem Schluss gekommen: Unsere Ehe war schon längst kaputt, Susanna nur die Spitze des Eisbergs. Udo gehört zu den Männern, die ständig angehimmelt werden müssen, das war nie meins."

„Aber würdest du Susanna dann nicht vor ihm schützen wollen?", überlegte Gitti.

„In dem ich ihr ein Bild von Udo und Babette zwischen Kühltheken schicke?"

„Auf dem sie sieht, wie Udo mit einer Frau rummacht, die nicht sie ist", stellte Clara richtig. „Was sie letztendlich damit anstellt oder welche Schlüsse sie zieht, ist ja ihre Sache."

„Ich finde, Clara hat Recht", stimmte Gitti bei. „Du bist Susanna weiß Gott kein Mitgefühl schuldig, Tess! Udo ist bei Alwin und den anderen auf Malle, Susanna hat also genug Zeit, sich zu überlegen, was sie in der Zwischenzeit tut."

„Genau", fing nun Clara wieder an. „Du musst ja nicht deinen Absender dazuschreiben. Einfach das Bild in einen Umschlag, Adresse, Briefmarke drauf, in den Kasten, fertig!"

„Nach mir die Sintflut? Hm."

„Und Babette sollte eins von Udo mit Susanna drauf bekommen", befand Gitti. „Aber da hast du keins, oder?"

Tessa schüttelte den Kopf.

Eleonore hatte sich ruhig gehalten, jetzt brachte sie einen guten Aspekt an: „Es kann jedenfalls nicht okay sein, wenn dein Mann als einzige Strafe eine Mandatskündigung erhält. Was soll das auch groß bezwecken? Er sucht sich den nächsten Anwalt und das Spiel geht von vorne los. Aber eine oder zwei Beziehungskündigungen dazu … solch geballte Ladung dürfte selbst ihm zusetzen."

Wo sie Recht hat, hat sie Recht!, ballerte es in Tessas Kopf. Was haderst du mit der Stelzenschnepfe? Ein einziges Mal hast du sie gesehen, und da war sie auch noch zickig wie ein Kindergartenkind.

„Zeig ihm, dass jetzt Schluss ist mit lustig! Lass dir nichts mehr gefallen!", machte Eleonore ihr weiter deutlich.

Tessa beschlich die leise Ahnung, Eleonore hatte in ihrem Leben ähnliche Krisen gemeistert und die Urheber zu Ameisen degradiert.

Clara kicherte. „Hört, hört, meine Ma! Wie ich sie kenne, hat sie auch gleich dazu noch eine gute Idee auf Lager!?"

„Ist kein Kunststück", antwortete die alte Dame bedächtig, als spiele sie still bereits das passende Drehbuch durch.

„Raus damit! Was schwebt dir vor?", riefen Clara und Gitti.

Tessa erwartete genauso gespannt, jedoch schweigend, was Eleonore an ihrer Stelle noch so alles täte.

„Dass keine von euch auf das Einfachste kommt!" Sie schnaubte wie ein Pferd.

„Mama, jetzt red nicht um den heißen Brei!", versuchte Clara, das Manöver abzukürzen.

„Na, dann spitzt jetzt mal schön die Öhrchen!"

***

„Klasse, Eleonore, einfach klasse!", rief Gitti begeistert.

„Meine Ma halt!", betonte Clara stolz.

„Und du, Tessa, was sagst du?"

„Ganz ehrlich?"

„Na, da bitte ich doch drum!"

„Eigentlich bräuchtest du für deine Einfälle einen Waffenschein, Eleonore." Tessas Bedenken hatten sich in Luft aufgelöst, sie schüttelte sich vor Lachen. „Saaagenhaft, echt!"

„Danke für das Kompliment", freute sie sich. „Wir starten also Aktion: „Schöner Wohnen" am Freitag!"

***

Mitten hinein in ihr Gelächter klingelte es an der

Wohnungstür.

„Wer kommt?", krähte Eleonore mit rauem Hals.

„Keine Ahnung." Clara zuckte die Schultern. „Vielleicht Horsti, der sich mal in aller Ruhe mit mir unterhalten will?" Selbst das würde ihr die gute Laune nicht vermiesen.

Sie ging zur Tür.

„Oh, Frau Droemer! Hallo!" Clara überlegte kurz, ob Horsti ihr nicht doch lieber gewesen wäre. „Was kann ich für Sie tun?"

Die sollte jetzt ja nicht anfangen, ihr Besuch sei zu laut! Obwohl sie noch nie diesbezüglich bei ihrer Nachbarin von obendrüber im Fadenkreuz gestanden hatte, wappnete Clara sich vorsichtshalber. Neugierige Frage stellen und ihre Ohren an Türen und Fenster hängen tat Marlene Droemer allemal.

Die grüßte mit einem überfreundlichen: „Guten Abend, Frau Sinzig! Entschuldigen Sie, wenn ich störe ...!?" Ein bisschen lauernd, ein bisschen traurig ...

Clara, lass dich bloß nicht einlullen von diesem Dackelblick!

„Ist die Frau Baumann grad zufällig bei Ihnen?"

Der entging wahrhaftig nichts!

„Ist sie."

Claras gute Erziehung ließ sie schon hadern, den ungebeten Gast weiter vor der Tür stehen zu lassen, als Gitti neben ihr auftauchte. „Habe ich meinen Namen gehört? Frau Droemer? Was gibt es denn?"

„Frau Baumann, ich habe ihre Stimme bis in den Flur gehört, deshalb ..."

Wohl eher mit den Lauschlappen am Holz gelegen!, vermutete Clara.

Frau Droemer hielt einen Umschlag in der Hand. Allen Ernstes fragte Clara sich, ob die alte Frau zaubern konnte oder sie ihn vorher nur nicht wahrgenommen hatte.

„Entschuldigen Sie, ich bin gerade erst nach Hause gekommen. Der Brief hier, der lag in meinem Kasten. Hat der Postbote heute wohl aus Versehen falsch eingeworfen."

„Dankeschön, das ist lieb von Ihnen."

Der Brief war nun übergeben, Marlene Droemer machte allerdings keine Anstalten zu gehen. „Ich hoffe, es ist nichts Ernstes?"

„Wie kommen Sie darauf?"

„Da steht doch was von Amt …"

„Oh!", entfuhr es Gitti unbedarft. Im Gegensatz zu der alten Tratschtante hatte sie davon noch nichts gelesen.

„Frau Droemer, wir wünschen einen schönen Abend noch!", kürzte Clara das Intermezzo ab, weil sie sah, wie wenig Gitti die Fragerei behagte, und schloss mit freundlichem Lächeln einfach die Tür.

„Oh man, die glaubt jetzt garantiert, eine furchtbar geheimnisvolle Sache aufgetan zu haben", fluchte Gitti.

„Wieso?"

„Ach, ist 'ne längere Geschichte", winkte Gitti ab, faltete den Umschlag – er war noch fest verklebt, also hatte die Droemer ihn nicht geöffnet oder es zumindest versucht, was ihr durchaus zuzutrauen war – zusammen und steckte ihn in die Gesäßtasche.

Zurück im Wohnzimmer, fing dann Tessa an: „Habe ich das richtig mitbekommen, war das etwa die Droemer?"

„Leider", grummelte Gitti, „der Postbote hat ausgerechnet bei ihr was eingeworfen, was da nun wirklich nicht hingehört."
„Bonn?"
„Japp."
„Hast du ihn schon aufgemacht?"
Gitti schüttelte den Kopf.
„Darf ich wissen, worum es geht?" In Claras grünen Augen stand ein seltsamer Glanz.
Nur Eleonore mümmelte schweigend an einem Stück Möhre mit Dipp, eins der köstlichen Mitbringsel Tessas.
„Ach, nichts Besonderes", tat Gitti ab. Irgendwie war es ihr peinlich, vor Clara und Eleonore ihre undurchsichtige Familiengeschichte darzulegen. Vielleicht, weil sie Clara insgeheim um das Verhältnis zu ihrer Mutter beneidete? Ihre eigene hatte sie ja schon so lange nicht mehr und ihr Vater … Warum sie dann doch sagte: „Ich suche meine Schwester", verstand sie selbst nicht.
Damit hatte sie jedenfalls von einer Sekunde zur anderen eine eigenartig knisternde Atmosphäre im Raum entfacht.
„Was heißt das, du suchst sie?", fragte Clara erschüttert. „Ist sie verschwunden?"
„Nein, ich suche sie im Sinne von: Ich kenne sie nicht und möchte herausfinden, wo sie lebt."
„Gitti hat erst vor kurzem von ihrer Existenz erfahren, seitdem schreiben wir Amt für Amt an, um an ihre Adresse zu gelangen", fügte Tessa erklärend hinzu.
In der Ecke seufzte es: „Ich sag ja immer: Dinger gibt's, die gibt es nicht!" Das war Eleonore, deren

Silberkopf hin und her schnellte, sich ansonsten aber vorrangig um Tessas Rohkostplatte scherte.

„Erzählst du mir von ihr?" Claras Gesicht hatte eine Röte angenommen, als sei sie innerlich tief erregt.

„Viel gibt es da nicht zu erzählen, ich weiß eigentlich gar nichts", erwiderte Gitti, deren Vorbehalte sich in dem Moment auflösten, in dem sie die vier Worte ausgesprochen hatte. Aber gut, wenn ihr unbedingt wollt ..."

„Du, das interessiert mich außerordentlich!" Clara sah aus, als würde sie vor Ergriffenheit gleich losheulen. „Schließlich sind wir doch inzwischen so was wie Freundinnen geworden, oder nicht?"

„Aber ja", raunte Gitti.

Noch vor kurzem hätte dieser Dialog in Tessa neue Eifersucht entfacht, diesmal nicht. Diesmal war da etwas anderes in ihr und sie verstand es selbst nicht. Sie fühlte jetzt dieselbe Unruhe und Spannung wie an dem Samstagmorgen, als sie sich noch mal die Bilder auf Gittis Küchentisch vorgenommen hatte.

„Gitti, gibst du mir den Brief? Während du den beiden alles erzählst, kann ich mir ja schon mal Gedanken über das nächste Anschreiben machen." Tessa hoffte, sich damit ablenken zu können.

„Klar." Gitti holte ihn aus der Hosentasche.

Tessa war schon dabei, den Umschlag aufzuschlitzen, da lenkte Eleonore sie wieder ab: „Tessa, ist eigentlich noch etwas von dem Dipp da?"

„Ja. Aber oben bei mir. Kann ich gerne holen."

„Das wäre lieb. Du, der ist so köstlich, da könnte ich mich reinlegen."

„Mach ich." Tessa schmeichelte das Lob. Später wusste sie nicht einmal zu sagen, ob sie das Schreiben unbewusst nicht aus den Händen gelassen und so in ihre Wohnung mitgenommen hatte. „Ich geh eben. Bis gleich."

„Ja, bis gleich", echoten drei Frauenstimmen synchron. Noch in Claras Diele hörte sie, wie Gitti begann, von Marie-Claire zu erzählen.

***

Tessa holte den gewünschten Nachschub aus dem Kühlschrank. Eine Paprika war auch noch da, die schnippelte sie schnell in Streifen. Dazu eine Tüte Brotchips mit Zwiebelgeschmack, das dürfte für heute reichen.

Sie hatte den Brief auf der Anrichte abgelegt. Jetzt, wo sie wieder nach ihm greifen wollte, war ihr plötzlich, als sei er ein kostbares Kleinod. Mach schon, lies endlich!, schrie der Umschlagschlitz stumm.

Nun, warum nicht? Gitti hielt sich zwar zwei Etagen tiefer auf, aber sie hatte ja ohnehin die Erlaubnis, zumal sie die Anfragen formulierte.

Das Blatt Papier unterschied sich nicht viel von den Antworten der anderen Ämter, doch bei Stadtwappen und Stempel stutzte sie. Wie konnte das sein? Ein Irrtum? Sie faltete das DIN A4-Format auseinander. Ach hier zierten dieselben Zeichen den Absenderkopf. Dann las sie die angeforderten Adressdaten. Einmal. Zweimal. Dreimal. Und noch einmal.

Das kann nicht! Das ist ein ganz, ganz fieser

Irrtum!, versuchte sie sich das Schwarzgedruckte vor ihren Augen zu erklären. Aber sie konnte trotzdem hinsehen so oft sie wollte, es war und blieb ihre eigene Anschrift. Marie-Claire wohnte somit hier in diesem Haus!

Tessas Gedanken fuhren Achterbahn: Maria C. Romanow! Stand also das C. für Claire und die Maria nur ein wenig mehr eingedeutscht anstelle von Marie? Schnell runter zu den Anderen! Das war ja der Hammer schlechthin! Oh man, was würde Gitti dazu sagen?

Aufgeregt und durcheinander türmte sie das Schüsselchen mit dem Dipp, den Teller mit der Paprika und die Tüte Brotchips, klemmte den Schrieb irgendwo dazwischen und eilte so beladen die Treppen hinunter.

Auf halber Höhe plötzlich ein grässlicher Schrei, der von unten gekommen sein musste. Beinahe hätte Tessa vor Schreck alles fallen lassen. Sie hielt inne, wartete, ob er sich wiederholte. Atmete auf, als nichts dergleichen geschah.

Komisch, dass die Droemer noch gar nicht ihre Tür aufgerissen hatte, wo sie doch sonst immer als Erste die Flöhe husten hörte!

Als Tessa den Absatz passierte, hörte sie aus der Tiefe der Droemer'schen Wohnung das irre Auflachen einer Frau.

Die hatte also bloß den Fernseher wieder viel zu laut gestellt!

Nach dem Krimi im Treppenhaus erreichte Tessa glücklich und wohlbehalten mit sämtlicher Keramik in ihren Händen Claras Tür und klingelte.

Warum dauerte das denn so lange, bis jemand

aufmachte?

Es war Eleonore. „Ah, da kommt ja mein Dipp", flachste sie. „Ich schätze, den kann ich jetzt alleine aufessen."

Tessa verstand den Witz nicht, was daran liegen mochte, dass sich ihre Gedanken mehr um das heiße Eisen in dem Umschlag unter ihrem Kinn drehten. Sie fragte auch nicht nach, folgte Eleonore zurück ins Wohnzimmer.

Derselbe Raum, eben noch erfüllt mit Spaß und Heiterkeit, empfing sie jetzt mit völlig gegenteiliger Atmosphäre. Auf der Couch saß Gitti mit unnatürlich roten Wangen, daneben Clara, die den Arm um ihre Schulter hielt und mit der anderen Hand ihren Ellenbogen streichelte, als wolle sie sie trösten.

„Gitti, ich muss dir etwas Wichtiges sagen ...!" Nein, das war nicht der richtige Moment für so eine gravierende Eröffnung, schoss es Tessa zeitgleich durch den Sinn.

„Ich dir auch!" Gittis Stimme kam einem Fiepen gleich.

Wieso war Gitti auf einmal so komisch?

„Komm mal her", bat die, klopfte auf die freie Sitzfläche neben sich.

Tessa stellte das Zeug ab, folgte Gittis Gestik.

Was war denn hier plötzlich los? Machte Clara nicht einen ebenso lädierten Eindruck?

In die Stille hinein hörte Tessa Gitti sagen: „Ich weiß jetzt, wo Marie-Claire ist."

„Ach?!" Tessa brauchte kurz zur Besinnung, dann sprudelte sie heraus: „Ich auch."

„Was du auch?" Gitti konnte ihr wohl nicht ganz

folgen.

„Na, der Brief. Ich habe ihn doch mit nach oben genommen."

„Und nachgesehen?"

„Habe ich, ja."

„Und?"

Tessas Hände zitterten ebenso vor Aufregung wie Gittis, als sie ihn an diese zurückreichte. „Lies selbst."

Wie im Trance nahm Gitti das Papier, ihr Blick darauf dauerte höchstens einen Sekundenbruchteil, dann legte sie es beiseite, als bedeute es nichts mehr für sie. „Ich weiß, was da steht. Clara hat es mir gesagt."

Tessas Blick flog zu Clara. Gitti hatte ihr doch eben erst von der Sache erzählt, wieso konnte ausgerechnet sie dazu etwas sagen? „Woher weißt *du* denn, dass die Romanow Gittis Schwester ist?"

„Die *Romanow*?" Gitti wie Clara, ja, selbst Eleonore, schauten sie nun völlig entgeistert an.

Clara fing sich als Erste: „Wie kommst du auf *die*?"

„Maria C.?" Tessa war sich sicher: Eine Alternative gab es in *diesem* Haus nicht.

„Nein, Tessa. Zufällig weiß ich von Frau Droemer, dass Maria für Maria und das C für Clementine steht. Kein Wunder also, wenn sie den Namen nicht an die große Glocke hängen möchte."

„Clementine?" Mit dem Namen assoziierte Tessa das mütterliche Gesicht einer Spülmittelwerbung aus Kindertagen. Aber warf das nun nicht wieder alle Erkenntnisse über den Haufen?

„Nein", wiederholte Clara, sandte einen knappen

fragenden Blick zu Gitti, die nickte, und löste dann das Rätsel: „*Ich* bin Marie-Claire."

„Ha, toller Witz! Komm, Clara, lass es bitte, dafür ist das Thema einfach zu ernst!" Tessa glaubte ihr kein Wort.

„Tessa, sie ist es wirklich!", drängte sich Gittis Stimmchen dazwischen, merklich bemüht, die gewohnte Festigkeit zurückzuerhalten. „Stell dir vor, sie hat die Wohnung hier im Haus gekauft, ist hier eingezogen, nur, um in meiner Nähe zu sein, um mich kennenzulernen …!"

Tessa sah drein, als habe sie gerade Nacktfotos von sich im Internet gefunden. „Kein Spaß?"

„Nein, kein Spaß!", konstatierte Clara, mindestens ebenso aufgewühlt.

***

Etwa zwei Stunden später hatten sich die Gemüter beruhigt und das Stimmungsbarometer zwischen den vier so unterschiedlichen Frauen war wieder deutlich angestiegen. Irgendwann zwischendurch hatte Gitti die Fotoschachtel geholt, alle relevanten Aufnahmen lagen nun auf Claras Wohnzimmertisch.

Der Anblick versetzte Clara in eine gewisse Schwermut, aus der heraus sie begann, ihre Geschichte zu erzählen. Während ihr mit jedem gesprochenen Wort Satz um Satz leichter fiel, wallte in Gitti das Mitgefühl.

„Dieses Bild hier …" Fast zärtlich zog Claras Finger die Konturen der Frau nach. „Ich kann mich nur ganz, ganz vage daran erinnern. Es kam selten vor, dass Vater mit uns irgendwohin fuhr, und wenn es nur zum Spazierengehen war. Ich meine, da wäre auch noch ein Mann dabei gewesen, der die Kamera gehalten hat, keine Ahnung." Claras Augen füllten sich mit Tränen. „Ich habe ihn so sehr gehasst ... unseren Vater, Gitti! Er hat uns verprügelt. Meine Mutter und mich!" Sie zog den Ärmel hoch. „Die Narbe, seht ihr sie ...?"

Tessa kannte sie ja bereits, Gitti schaute entsetzt, als wüsste sie, was folgte.

„Das war *er*. Sein Schlag war hart. Der Holzzaun hatte Spitzen, die haben sich in meine Haut gebohrt."

Gitti stockte der Atem. Ihr Vater hatte sein eigenes Kind misshandelt? Dabei hatte sie immer geglaubt, alle Seiten an ihm zu kennen, zu wissen, weshalb er sich so gefühlskalt zeigte, ihn sogar Tessa gegenüber mit einem aufgeschlagenen Buch verglichen. Wie hatte Tessa noch gesagt? Auch das hat seine Schmutzseiten! Und jetzt musste sie feststellen, was für welche!

„Meine Mutter und er waren nicht verheiratet, in den Fünfzigerjahren ein grober Makel für eine Frau mit Kind. Er hatte sie bei einem Verwandtenbesuch hier in Krefeld ... ursprünglich stammte er ja aus Dresden ... kennengelernt. Für ihn nur eine Affäre, für Mama die traurigste Liebe ihres kurzen Lebens. Danach litt sie an schweren Depressionen, die schweren Medikamente taten ein Übriges ..."

Das war der Punkt, an dem Gitti und Tessa erfuhren, dass Eleonore gar nicht Claras leibliche Mutter war.

„Eleonore und Willi Körner haben mich aus dem Kinderheim geholt, in das Friedrich Spillmann mich nach dem Tod meiner Mutter steckte, weil er mit einer Siebenjährigen nichts anzufangen wusste. Allein diese beiden herzensguten Menschen, die mich erst als Pflegekind aufnahmen und schließlich mit schneller Zustimmung meines Erzeugers adoptierten, gaben mir Wärme und Geborgenheit, halfen mir, das Erlebte zu verarbeiten und das Vertrauen in mich selbst nicht zu verlieren."

„Ach, Kind!" Eleonores Augen wurden feucht.

„Unfassbar!", stieß Gitti aus.

Tessa horchte bei der Nennung des Namen Körner auf. „Eleonore, jetzt sag nicht, du bist Leo Körner?"

„Leo Körner? Doch, ja, mein Mann hat mich gern Leo genannt. Woher weißt du …?", fragte die verwundert.

„Und wir dachten …! Gitti, hörst du, der Umschlag mit dem Foto, den Marlies …?"

Doch Gitti brauchte etwas Zeit, die hammermäßigen Neuigkeiten zu verinnerlichen. Also übernahm Tessa, es Eleonore zu erklären.

„Ja, ich erinnere mich …", kramte diese jene Szene aus ihrem Gedächtnis hervor, „es war die einzige Fotografie, die Clara von ihren Eltern besaß. Clara war zehn oder elf, so genau weiß ich das nicht mehr, da wollte sie diese unbedingt Friedrich Spillmann schicken. Wohl, weil sie hoffte, er würde bereuen, wach werden, wenn er die Worte las, die ihre Mutter auf die Rückseite geschrieben hatte. Das Bild selbst habe ich dann noch mal separat abgeknipst für den Fall, dass Clara später doch gern eins gehabt hätte."

Gitti fand wieder in die Gegenwart. „Er hatte es in einer Kiste irgendwo im Keller liegen, und die anderen im Kleiderschrank." Sie schüttelte den Kopf, als könne sie damit die Erkenntnis über die Machenschaften ihres Vaters besser verarbeiten. „Selbst Marlies wusste von alledem nichts. Gar nichts!"

„Du magst sie?", wollte Clara wissen.

„Ja, wir haben einen guten Draht zueinander"; erwiderte Gitti. „Du solltest sie kennenlernen."

„Gute Idee", befand Eleonore sofort. „Wir können ja einen kleinen Kaffeeklatsch bei dir machen, Claraliebes!"

„Ach herrje!" Tessa lachte. „Mit oder ohne Weinbrand?"

„Na, *mit* natürlich!" Clara lachte ebenfalls. „Und du bist wieder herzlich eingeladen!"

„Immer gerne. Aber jetzt erstmal weiter in der Geschichte …", sie triefte vor Spannung, „du wusstest also, dass du eine jüngere Schwester hast? Woher?"

Gitti selbst war vor lauter Lauter noch gar nicht auf die Idee gekommen, danach zu fragen. Jetzt, als Tessa es so offen ansprach, horchte auch sie nach Claras Antwort.

„Bei der Beerdigung meiner Mutter …" Clara war anzusehen, dass ihr die Erinnerung an diesen schlimmen Tag noch gut im Gedächtnis hing, „habe ich zwei Frauen, es müssen Bekannte aus der Nachbarschaft gewesen sein, reden hören. Ich war erst sieben, und als die eine von Friedrichs anderem Kind sprach, hab ich natürlich nicht verstanden, was sie meinte. Und in dem Alter traust du dich ja auch nicht, nachzufragen. Jedenfalls habe ich damals für mich beschlossen, es nicht wichtig zu nehmen, es einfach zu vergessen. Vielleicht eine Art innerer Schutzmechanismus? Keine Ahnung! Aber ich glaube, es wäre für mich als Kind unerträglich gewesen, zu wissen, mein Vater hat eine neue Familie mit einem neuen Kind und mich wirft er weg wie ein Stück Müll. Als erwachsene Frau habe ich es komplett verdrängt und ob ihr es mir glaubt oder nicht, ich bin gut damit klargekommen. Ma wollte mir helfen, meine Wurzeln zu finden, deshalb hat sie mir vor einem halben Jahr Friedrichs Todesanzeige in der Zeitung gezeigt ..."

„Stimmt, mein Name stand natürlich unter den Angehörigen", reflektierte Gitti für sich.

„Dann war es mit meiner Ruhe vorbei, ich wollte meine Schwester wenigstens *einmal* sehen, einfach wissen, ob wir uns irgendwie ähneln", fuhr Clara fort. „Es war gar nicht mal schwer, Gitti, deine Adresse herauszubekommen. Ich brauchte zwar dann doch ein bisschen Zeit, aber irgendwann setzte ich mich ins Auto und ...", sie stockte kurz, „ich weiß nicht, ob ich wirklich den Mut aufgebracht hätte, aber ich hatte zumindest vor, bei dir zu klingeln und mich vorzustellen. Doch dann kam alles ganz anders. Der Zufall wollte, dass du unten aus der Haustür kamst, gerade, als ich auf der andren Straßenseite ausstieg. Du hast mich nicht bemerkt. Aber ich habe dich sofort erkannt! Und da wusste ich mit hundertprozentiger Sicherheit, dass es stimmt!"

Tessa und Gitti hielten den Atem an. Krass, echt krass das Ganze!

„Was habe ich gemacht? Ich bin zu meiner Mutter, hab ihr von diesem, für mich sehr emotionalen,

Augenblick berichtet, und sie sagt: *„Kind, weitaus besser, als mit der Tür ins Haus zu fallen, wäre, du recherchierst im Netz über Gitti, suchst dir einen Ansatz, über den du mit ihr Kontakt aufnehmen kannst."*"

„Stimmt, das habe ich gesagt." Eleonore lächelte. „Wie man sieht, hatte ich den besten Riecher überhaupt. Sonst wärst du nie auf die Verkaufsannonce der Wohnung gestoßen."

„So ist es", bestätigte Clara mit dankbarem und liebevollem Blick. „Es war *die* Möglichkeit, meine Schwester nach und nach kennenzulernen …"

„Indem du hier einziehst und dich mit mir anfreundest."

„Ja", gestand Clara. „Ich hoffe, du verzeihst mir das?"

Gittis Wangen schimmerten rosig. Sie war nicht böse, sie war glücklich, und das sah man ihr wirklich an. „Ich bin sogar froh!"

Tessa war gedanklich damit beschäftigt, ein Puzzle zusammenzusetzen. Ihr manchmal so merkwürdiges Gefühl im Bezug auf Clara war wohl eine Art Vorahnung gewesen. Jetzt, wo die Dinge auf der Hand lagen, verstand sie. Ein Teil fehlte allerdings. „Bis hierhin kann ich alles nachvollziehen, aber was ich nicht verstehe: Gitti und ich waren doch beim Krefelder Einwohnermeldeamt. Der Mann, der uns dort …"

„Herr Winterscheidt!", rief Gitti dazwischen.

Jetzt hatte sie Tessa kirre gemacht. Noch mal von vorn: „Ja, Herr Winterscheidt. Wieso hat er uns nicht gleich diese Adresse geben können? Wieso müssen wir Anträge auf Auskunft quer durch die

Republik schicken, wenn du hier in der Stadt lebst?"
Vom selben Haus ganz zu schweigen.

„Es gibt kein Zentralregister", erinnerte Gitti sich an dessen Worte.

„Wann seid ihr denn auf dem Amt gewesen, beziehungsweise, wann habt ihr den Antrag auf Auskunft bei diesem Herrn Winterscheidt gestellt?"

„Puh, wie lange ist das her?" Gitti rechnete nach.

Tessa war schneller. „Vor ungefähr sechs Wochen, kurz nachdem wir beide uns unten bei den Briefkästen begegnet sind ..." Sie grinste Clara an. „Erinnerst du dich, du machtest dir Gedanken, weil ich so blass war?"

Clara erinnerte sich sogar gut. „Ach, da hab ich ja noch mitten in der Renovierung gesteckt. Ist damit aber dann auch ganz einfach erklärt: Zu dem Zeitpunkt war ich hier noch gar nicht gemeldet, sondern in Bonn-Poppelsdorf." Das Poppelsdorf musste sie jetzt unbedingt betonen, schließlich wohnte hier ja auch kein Hülser in Krefeld, sondern in Hüls, und ein Uerdinger in Uerdingen.

17

Freitag ... Aktion: „Schöner wohnen" ...

In der unteren Ebene bei den Ankunft-Terminals herrschte Hochbetrieb. Alle Nase lang verkündete die weibliche Lautsprecherstimme die Landung eines Fliegers, überall freudige Begrüßungsszenen und laute „Huhu, hiiier sind wir!"-Schreie.
Alwin Baumann reckte den Hals und rief seinem Freund Udo zu: „Siehst du Gitti irgendwo? Ich kann sie nirgends entdecken."

„Ich auch nicht", rief der zurück. „Hast du ihr nicht geschrieben, wann sie hier sein soll?"

„Klar hab ich. Deswegen wunder ich mich ja. Du kennst sie doch, sonst ist sie immer überpünktlich."

„Sonst hat Tessa uns abgeholt", erinnerte Udo ihn. Seine Zähne blitzten in kontrastreichem Weiß zum Tiefenbraun drumherum. Im Stillen ärgerte er sich, dass Susanna keinen Führerschein besaß und ihn nur zu machen bereit war, wenn er ihr diesen bezahlte. Andererseits konnte er sich Susanna nicht wirklich hinterm Steuer vorstellen. Manchmal hatte er das Gefühl, sie könne das runde rote Schild mit dem waagerecht weißen Streifen in der Mitte nicht von einem Erdbeerkuchen mit Sahne unterscheiden. Bildlich gesehen selbstverständlich.

„Was ist, sollen wir euch mitnehmen?", krächzte hinter ihnen eine männliche Stimme. Sie gehörte zu

Peter Maria, Kegelbruder der ersten Stunde bei *Treffer Männekes*.

Udo drehte sich um. „Wieso, holt deine Alte dich etwa ab? Geschehen noch Zeichen und Wunder?"

„Die Wunder kannste dir schenken, mein Freund", stellte Peter Maria richtig. „Nee, nee, ich fahr mit dem Taxi. Elmar auch." Er wandte den Kopf suchend umher, dann schien er gefunden, was gesucht. „Hiiier, Elmar, hiiier sind wir!"

Worauf sich ein grauhaariges Männlein mit enormem Bierbauch in Bewegung setzte. Hinter ihm noch zwei weitere „Treffer Männekes", die sich allerdings auf halbem Weg winkend Richtung Ausgang verabschiedeten.

„Wenn ihr zwei euch dazugesellt, können wir die Kosten vierteilen, dann wird's nicht so teuer", bot Peter Maria an.

„Danke, lieb von dir, aber ich denke, Gitti wird gleich kommen. Bestimmt ist sie zu spät losgefahren oder steht irgendwo im Stau."

„Hoffentlich!", grummelte Udo, dem die Warterei schon wieder ziemlich auf den Keks ging.

Und nicht nur die Warterei. Udo Hofnagel ging gerade so ziemlich alles auf den Keks, was nicht niet- und nagelfest war. Susanna mit ihren ständigen Messages: „Udo-Bärchen, ich vermiss dich so!" – „Udo-Bärchen, du flirtest da aber doch nicht?" – „Udo-Bärchen, das nächste Mal nimmst du mich aber doch mit?" – „Udo-Bärchen, wann buchst du denn mal für uns beide ein paar Tage?" – „Udo-Bärchen, du hast mir einen Einkaufsbummel auf der Fifth Avenue versprochen!" In der Tat, er hatte. Allerdings wusste er nicht mehr, was ihn *da* geritten hatte. Wahrscheinlich der anfängliche Höhenflug ihrer Beziehung. Inzwischen war er, was Susanna anging, nicht nur mit dem Flieger aus Mallorca, sondern auch auf dem Boden der Wirklichkeit angekommen: Sie nervte nur noch, und das von vorne bis hinten. Die letzten Sangrias auf der Insel bescherten ihm die Erkenntnis, besser Schluss zu machen, bevor sie noch auf die absurde Idee kam, die Pille zu vergessen. Erwähnt hatte sie etwas in der Art.

„Wenn du lieber mit Peter Maria fahren willst …", holte Alwin ihn aus seinen Gedanken. „Hast die freie Wahl."

„Lass man, ich warte mit auf deine Frau."

„Bist ein wahrer Freund, der einen nicht alleine dumm stehen lässt", grölte Alwin und klopfte ihm ordentlich die Schulter.

„Sagen wir mal so", zischte Udo, „das Taxi ist unnötige Geldausgabe, wenn Gitti wirklich gleich hier anjuckelt."

Fünf Minuten später waren Peter Maria und Elmar bereits auf dem Weg nach Krefeld, von Gitti dagegen immer noch nichts zu sehen.

„Ich versteh das nicht!" Langsam wurde auch Alwin ungehalten, versuchte sie auf Handy zu erreichen, hörte aber nur, der Teilnehmer sei zurzeit nicht erreichbar.

„Nicht, dass was passiert ist?" Ausgerechnet ein Udo Hofnagel ließ den durchaus möglichen Aspekt einen Augenblick wirken.

„Ach was, Gitti doch nicht!", behauptete Alwin, nicht mehr ganz so sicher, wie er nach außen tat. „Wenn sie am Steuer sitzt, kann sie nicht telefonieren", fiel ihm dann ein.

„Auch wieder wahr", pflichtete Udo ihm bei.

„Uuudooo!", gellte es plötzlich durch die lang gezogene Halle. Der Klang der vertrauten Stimme assoziierte einen Film in seinem Kopf. Wie im Zeitraffer eilte die schlanke Gestalt auf ihn zu, wobei ihre auffällig schwarzen Locken das gebräunte Gesicht umspielten. Der üppige Busen zeichnete sich unter dem knallroten Trägertop ab, sie trug keinen BH. Die langen braunen Beine steckten in hochhackigen Pumps im selben Rot wie das Top. Der weiße Rock schmiegte sich an ihre schmalen Schenkel. Im Bruchteil von Sekunden begann nicht nur Udos *Herz* zu hüpfen.

Tessa kam, um ihn abzuholen? Seine Tessa, die das immer gemacht hatte? Seine Tessa, die ihm die sieben Tage im Mittelmeer gönnte, ohne ihn ständig mit Nachrichten oder Anrufen zu bombardieren. Im Gegenteil: Sie hatte sich in der Zeit nie gemeldet. Auch merkwürdig!, ging es ihm jäh durch den Sinn. Ob sie ihn nie vermisst hatte? Eine Vorstellung, die ihm plötzlich so gar nicht behagen wollte.

„Tessa?", fragte Alwin konsterniert. „Wo ist denn Gitti?"

Kein Film. Udos Augen glänzten. Tessa stand wahrhaftig hier.

Tessa überging Alwins wenig freundliche Begrüßung, rief fröhlich: „Die Parkhäuser sind dicht, Gitti wartet oben beim Abflug auf dem Parkstreifen. Aber *Hallo* erst mal, ihr zwei!"

„Hallo!", grummelte Alwin auf altbewährte Art.

„Hallo!", raunte Udo. Man, sah die Frau geil aus! Und das allerbeste: Es war auch noch seine eigene!

Gebannt hielt er still, als sie ihm links und rechts ein Küsschen auf die Wange drückte und einen lasziven Augenaufschlag schenkte. „Ich hoffe, es ist okay für Dich, dass ich mitgekommen bin?"

„Warum ... sollte... es nicht okay sein?" Udo war hin und weg. Das war auf jeden Fall ein Empfang nach seinem Geschmack. „Ich freu mich. *Sehr* sogar!"

Seine Mimik sprach Bände. Tessa lächelte ihn vielsagend an.

„Ziehst du gleich etwa wieder bei uns ein?" Alwin, der Elefant im Porzellanladen.

Aber Alwin war auch derjenige, der wusste, wie viele braungebrannte Schönheiten Udo in der einen Woche versucht hatte zu vernaschen. Weil es in der Regel beim Versuch geblieben war – die knackigen Tangahintern standen nun mal nicht auf Opas – zeigte Freund Udo offensichtlich Bedarf nach umgehendem Ausgleich.

„Wer weiß!" Udo zwinkerte. Siegessicher. Tessa liebt ihn noch! Warum sonst war sie jetzt hier? Sie ließ sich eben was einfallen, um ihn zurückzuerobern! Überhaupt hatte sie sich enorm verändert und dass sie sich diese kleine Überraschung extra für ihn ausgedacht hatte, versetzte ihn in eine Ekstase, die er nicht mehr lange verstecken konnte. War also doch was dran: Trennungen können eine Beziehung neu beleben!

„Wollen wir dann?" Alwin trieb es hinaus an die Luft. Vor allem aber hinauf zu Gitti. Im Gegensatz zu Udo war er seiner Frau immer treu geblieben. Er wusste, was er an ihr hatte, das würde er niemals für dumme Schäferstündchen aufs Spiel setzen!

„Wartet ihr kurz auf mich?", flötete Tessa bittend. „Ich renn mal schnell für *kleine Mädchen*." Damit war sie auch schon weg, verfolgt von Udos lechzendem Blick.

„Junge, dir quillt der Sabber schon aus den Augen! Was hast du vor?" Jetzt, wo sie wieder unter sich waren, konnte Alwin frei reden.

„Darf ich nicht Appetit auf meine Frau haben?", antwortete Udo, als schwebe er gerade auf einer Wolke durch den Terminal.

„Und Susanna?"

„Ach, *die*!" Udo winkte unwirsch ab. „Ich glaub, das ist auf Dauer zu anstrengend für mich. Immer will sie was Neues, immer mehr! Tessa war nie so. Tessa hat immer gemacht, was ich gesagt hab.

„Und Babette?"

„Babette?", wiederholte Udo gedehnt, als müsse er grade nachdenken, wen Alwin meinte.

„Ja, klär mich mal auf!", forderte Alwin, der es schon die ganze Zeit nicht gutgeheißen hatte, dass Freund Udo mit drei Frauen gleichzeitig sein Spielchen trieb.

„Babette ist … wie soll ich sagen …", Udo grinste anzüglich, „das genaue Gegenteil von Susanna. Nicht so flachbrüstig, griffiger auf allen Ebenen, wenn du verstehst …?"

„Was gibt es da nicht zu verstehen? Du benimmst dich wie ein Rüde, der in der Nachbarschaft läufige Hündinnen wittert", konstatierte Alwin frisch und frei von der Leber weg.

„Danke für den umwerfenden Vergleich!" Udo tat amüsiert, still für sich fand er es unmöglich, wie Alwin sich auf einmal aufplusterte. Aber er sagte nichts, weil er keinen Streit anzetteln wollte. Wer wusste, ob er ihn nicht irgendwann wieder als Alibi brauchte. „Babette ist ja nun mal mit Horst verheiratet, wie du weißt, und da wird sich auch nichts dran ändern!", fügte er hinzu. „Sonst hätte ich mit ihr gar nicht erst was angefangen."

„Weiß sie das?"

„Was weiß ich, was Babette weiß! Du, das ist mir so was von schnurz!"

„Sollte es nicht!"

„Wieso?"

„Na, dann schau mal *dorthin*!" Alwin zeigte unmerklich nach links und Udos Pulsschlag gefror.

Alwin hatte sie schon von Weitem erkannt. Das markante Gesicht mit der viel zu großen Nase und den angezogenen Mundwinkeln, die graubraunen Haare – mehr grau als braun – das Outfit einer Putzfrau in geblümter Kittelschürze, und jetzt der Ruf nach Udo, vergleichbar mit dem einer Hundehalterin, die ihrem vierbeinigen Freund versuchte, Gehorsam beizubringen: Babette Hering. Völlig unbegreiflich, was Udo an ihr fand.

Von der anderen Seite kam Tessa zurück. Er konnte sich ein Grinsen nicht verkneifen. „Jetzt wird's brenzlig, alter Freund!"

Babette erreichte sie zuerst. „Na, Udo, da staunst du, dass ich dich tatsächlich abholen komme, was?"

„Allerdings", brachte er mühsam hervor, während die spröden Lippen auf Begrüßung warteten.

Udo schluckte – sein Aufschub, um sich ganz schnell was einfallen zu lassen. Wenn Tessa erfuhr, dass er auch noch eine Affäre mit Babette hatte, schwammen ihm sämtliche Felle der letzten zwanzig

Jahre davon.

„Was ist?", fragte sie und zog die Habichtaugen zu Schlitzen. „Scheinst ja nicht sonderlich glücklich, mich zu sehen!"

„Entschuldige, ich bin nur so überrascht." Er befahl sich, eine freundliche Miene aufzusetzen. „Na komm her, lass dich umarmen!"

In Alwins Blick stand deutlich die Frage, ob er noch alle Tassen im Schrank hatte.

„Du hast mir doch extra geschrieben, dass ich ..."

Während Babette sich besitzergreifend an Udos breite Männerbrust schmiegte und was von einer Nachricht faselte, auf die er sich keinerlei Reim machen konnte, war auch Tessa bei ihnen angelangt

„Ach!?" Ein einziges Wort nur. Aber so aussagekräftig wie eine Litanei von Ratgebern der Marke: *Für ein besseres Wohlbefinden – Lösen Sie sich von allem, was Ihnen nicht guttut!* Die blauen Augen warteten auf umgehende Erklärung.

Sofort schob Udo Babette von sich. „Tessa, darf ich dir vorstellen, das ist Babette! Babette, das ist Tessa." Er hüstelte unbeholfen. Scheiße war das hier!

„Und?"

Tessa schien das nicht zu genügen.

„Und?", fragte auch Babette, während sie Tessa missbilligend von oben bis unten musterte.

„Na ja ... Babette ist ...!"

„*Was* bin ich denn?" Babette verschränkte die Arme, als wolle sie ihm im Falle einer falschen Antwort mit ihren stark ausgeprägten Ellenbogenknochen bekanntmachen.

Konnte die nicht einfach ihre Klappe halten? Udo

trug keinen Hemdkragen, trotzdem spürte er, wie es ihm am Hals eng wurde.

„Eine ... eine gute Bekannte von ... Alwin."

„Wie?" Die Antwort brachte selbst Babettes Ellenbogen aus der Fasson.

Und Alwin riss den Mund auf, als müsse er kotzen.

„Aha!" Tessa atmete sichtlich auf und schenkte ihm ihr schönstes Lächeln. „Entschuldige Udo, ich wollte dir schon wieder was unterstellen! Das war gemein von mir! Vor allem, wo wir doch gerade nach Hause wollten, um unseren Neubeginn zu feiern." Plötzlich wirkte sie bekümmert. „Oder habe ich mich da geirrt?"

„Jetzt sag nicht, diese ... diese ... aufgetakelte ..." Babette schnappte nach Luft. Gleichzeitig war er wieder da, der Habichtblick, als könne sie allein durch ihn alles Unangenehme aus dem Weg räumen.

„Sprechen Sie von *mir*, werte Frau Hering?" Tessa lief zu Hochform auf. Jetzt würde sie dieser verwitterten alten Ziege zeigen, wie man den größten Bock klein kriegte. „Ich möchte Ihnen raten, Ihren Umgangston der zivilisierten Welt anzupassen. Ein derartiges Gebaren schadet sicher auch den Geschäften Ihres Mannes. Ich habe läuten hören, er hat ein wichtiges Mandat verloren und knappst ohnehin am Rande der Legalität, was die Ausführung gewisser Aufträge betrifft. Vor allem in Bezug auf verlassene Ehefrauen ..."

„Wie, wie kommen Sie dazu ...?" Babette Hering wurde aschfahl. „Woher wissen Sie, wer ich ...?"

Tessa störte sich nicht dran. „Wissen Sie was, ich schenke Ihnen sogar freiwillig mein Udo-Bärchen, ach, nee, schon wieder Entschuldigung, Udo, so heißt du ja nur für Susanna ... übrigens, wo ist sie überhaupt? Warum kommt sie dich eigentlich nicht abholen, wenn du nach einer beschwerlichen Woche der Balzversuche am heimatlichen Flughafen landest?"

„Susanna? Was für eine Susanna?", kreischte Babette wütend.

„Die nette Fünfundzwanzigjährige, die Udo so selbstlos den Trennungsschmerz genommen hat, den er wegen mir durchstehen musste!", erklärte Tessa freundlich. „Dafür darf er bei ihr wohnen und die Miete zahlen."

Babette sah aus, als sacke sie jeden Moment ohnmächtig zusammen, Udo stand wie eine Wachsfigur mit Besenstock im Rücken. Was die beiden in jedem Fall an Gemeinsamkeiten aufwiesen: Schweigen.

Und Alwin? Der sah Tessa an, als nähme er sie erst jetzt richtig wahr, fing auch noch an zu klatschen.

„Ist dir nicht gut, alter Freund?", säuselte Tessa in Udos Jargon.

„Doch, doch!", gab er belustigt zurück.

„Na, dann ... kommst du mit mir? Deine Frau wartet schon sehnsüchtig auf dich!" Dann ein mitleidiger Blick erst zu Udo. „Ich reiche die Scheidung ein und du wirst meine Forderungen unterschreiben!" Dann zu Babette Hering. „Und Ihnen wünsche ich weiterhin viel Spaß mit meinem Mann, da haben Sie wahrhaftig das große Los gezogen!"

Ha, Tessa, das war Meisterklasse!, ergötzte sich in

ihr die Stimme der Vergeltung. Stolz erhobenen Hauptes hakte sie sich bei Alwin unter. „Gehen wir?"

Alwin nickte wortlos. Für seinen alten Freund Udo hatte er keinen Blick über. Der konnte sich jetzt gerne überlegen, warum. Ihm diese grässliche Babette unterjubeln zu wollen, damit er selbst gut dastand ... nicht mit Alwin Baumann!

Die um sich sprühende Aggression einer Babette Hering drang selbst noch durch die geschlossene Aufzugtür. Tessa lächelte zufrieden.

„Tessa?"

„Ja?"

„Kann ich dich mal was fragen?"

„Seid wann so umgänglich, mein Guter?"

„Ach, komm, wir haben uns doch beide gegenseitig immer ganz gern gefoppt."

„Hast recht. Also Waffenstillstand?"

„Waffenstillstand, jawoll!" Schon grinste er wieder auf alte Art. „Aber jetzt mal im Ernst ... du bist doch nicht wirklich gekommen, um uns, beziehungsweise Udo, vom Flieger abzuholen, oder?" Seine Augen durchleuchteten sie wie Scanner.

Die Fahrt dauerte nur eine Etage, schon schwang die Tür wieder auseinander. Statt Alwins Neugier zu befriedigen, blieb Tessa stehen und zeigte zur nächsten Ausgangstür. „Da vorn steht Gitti mit eurem Wagen. Sie wird dir alles erklären, wenn du es möchtest. Abgesehen davon: Wappne dich, sie hat eine Riesen-Überraschung für dich!"

„Riesen-Überraschung?"

Er schaute so drollig konfus – Tessa hätte am

liebsten auf der Stelle losgelacht. Stattdessen zwinkerte sie verschmitzt. „Keine Sorge, schwanger ist sie nicht!"

Trotz Geräuschkulisse hörte Tessa ihn aufatmen. „Mit achtundvierzig noch? Wär ja auch 'n Ding!"

Sie hielt es für müßig, ihm zu verdeutlichen, dass es schon wesentlich *spätere Muttis* auf dieser Erde gegeben hatte. „Also, dann ... ich verabschiede mich hier schon mal."

„Du kommst nicht mit?"

„Nö. Habe noch was zu erledigen."

„Du hast Udo erledigt, reicht das nicht?", frotzelte Alwin.

„Ah, so gefällst du mir schon besser ... wieder der nette Nachbar von nebenan! Sag Gitti einen lieben Gruß von mir, wir sehen uns später."

Alwin fragte nicht mehr, obwohl es ihn schon brennend interessierte, wo Tessa in dieser Aufmachung – zumindest in dem Punkt verstand er Udos Sinnesreizung – hinwollte. Aber noch viel mehr gespannt war er auf die geheimnisvolle Überraschung, die Gitti für ihn haben sollte.

***

Tessa strebte zu dem kleinen Parkplatz am Ende des Hauptgebäudes. Gitti und Alwin fuhren an ihr vorbei. Gitti hupte. Sie winkte zurück.

Endlich hatte sie den Parkplatz erreicht. Der dunkelgrüne Kombi stand in der prallen Sonne, beide Vordertüren so weit geöffnet, wie die nebenstehenden Wagen es zuließen. Tessa legte noch einen Schritt zu, in der Befürchtung, Udo oder

der Habicht könnten sie hier einsteigen sehen.

Eleonore und Clara erwarteten sie schon ungeduldig. Sie hatten ihre Beobachtungsposten verlassen, unmittelbar, nachdem Tessa und Alwin das streitende Pärchen sich selbst überließen.

„Da bist du ja endlich!", rief Clara befreit, während sie auf die Rückbank glitt. „Du, deine Leistung eben ...", sie schnalzte anerkennend, „astrein!"

„Meinst du?" Tessa selbst war von ihrem schauspielerischen Geschick nicht ganz so überzeugt.

„Und ob!", bestätigte Eleonore die Worte ihrer Tochter. „Die Szene war wirklich filmreif."

„Besten Dank an die Regisseurin!" Tessa lachte. Sie fühlte sich plötzlich herrlich leicht. So, als habe sich sämtliche negative Energie der letzten Monate mit einem Schlag verflüchtigt.

„Wie er dich angesehen hat ...", grölte Clara, „ich glaub, der hätte dich am liebsten auf dem nächsten Klo flachgelegt. Und die Hering erst, wie die ihn zusammengestaucht hat, natürlich vor allen Leuten, herrlich ... einfach herrlich!"

Tessa behielt für sich, dass sie einen Teil dessen noch mitbekommen hatte.

„Nur schade, dass wir nicht dabei sind, wenn Susanna ihm zu Hause die Tür aufmacht ..." Claras Fantasie arbeitete auf Hochtouren. Allein die Vorstellung, das Nudelholz könne ihn erwarten, amüsierte sie köstlich.

Babette Hering einen reinzuwürgen, das musste Tessa ehrlich zugeben, hatte ihr Spaß bereitet. Und es war so einfach gewesen, an deren Handynummer zu kommen. Eine fingierte Nachricht nach bewährter Hofnagel-Art und natürlich in Udos Namen: „Hallo Süße, lande um 14.30 Uhr. Kann es kaum erwarten, Dich wieder in meinen Armen zu spüren." Sie war sich sicher, dass der Habicht sofort darauf ansprang. Um an die Nummer zu kommen, brauchte Clara nicht mal dem armen Horsti einen zweiten Besuch abstatten, denn Babette Hering besaß doch tatsächlich eine Social Media Seite, auf der sie scheinbar mit Vorliebe Fotos von belegten Brötchen postete. Hätte sie mal besser auch gleich eins davon als Profilbild genommen! Das Wichtigste aber: Die Handynummer stand offen lesbar in der Infospalte.

Was Susanna anging, hatte Tessa allerdings doch ein schlechtes Gewissen. Da konnte sie sich hundertmal vor Augen halten, wie Susanna ihr gegenüber aufgetreten war – im Stadtwald … wo Jobst noch … ach, egal! – und im Prinzip nicht besser als Babette war. Und doch bereute sie, ihr diesen Fotoausdruck geschickt zu haben. Ohne Worte, ohne Namen … nie zuvor hatte sie so etwas getan, jetzt schämte sie sich dafür.

„Dein Gewissen in allen Ehren", redete Clara auf sie ein, „denk aber bitte daran, dass Udo nicht nur ihre Miete, sondern auch ihre Wünsche mit deinem Geld finanzieren wollte!"

Nun ja, wo sie Recht hatte, hatte sie Recht! Stelzen-Susi war schließlich alt genug, mit entsprechenden Informationen entsprechend umzugehen. Wie, war ja nun letztendlich ihre Sache und wenn sie Udo-Bärchen trotzdem behalten wollte, bitte sehr!

***

Während Tessa im Fond des Kombis die Erlebnisse der letzten Tage mit dem krönenden Abschluss von eben nachwirken ließ, um sie dann durch die halb heruntergelassene Wagenscheibe auf Reisen zu schicken, merkte sie nicht Claras beobachtende Blicke durch den Rückspiegel. Sie bekam auch nicht mit, dass Clara Eleonore auf dem Beifahrersitz ein Handzeichen gab.

Clara drehte das Radio leiser. „Tessa, ist es okay, wenn wir dich gleich nur zu Hause absetzen? Ma und ich müssen noch eine Besorgung machen."

„Was? Oh, ja, klar, natürlich!"

Die holprige Antwort für beide auf den Vordersitzen der Beweis: Tessa war überall mit ihren Gedanken, nur nicht hier bei ihnen.

***

Etwa zwanzig Minuten später schloss Tessa die Haustür auf. Clara und Eleonore waren weitergefahren, sie selbst öffnete aus reiner Gewohnheit den Briefkasten. Darin lagen ein Umschlag mit Absender *„Amt 32"* – sie hatte sich schon gewundert, weil in jüngster Zeit nicht mal mehr eine Knolle wegen Falschparkens gekommen war – und ein Visitenkärtchen.

Tillmann Seltenreich & Jobst Birnbaum
Fachanwälte für Erbschafts- und Familienrecht

Tessas Herz setzte aus. Wer hatte sich diesen schlechten Scherz erlaubt? Gitti und Alwin wohl kaum. Die schienen noch gar nicht zu Hause zu sein, denn sie hatte den Wagen nirgendwo gesehen, obgleich genügend Plätze frei waren.

Wieso fühlten sich ihre Beine plötzlich wie Blei an? Warum musste sie ausgerechnet jetzt wieder eine von diesen elenden Hitzewellen kriegen? Wie ein alter Hund hechelte sie die Stufen hinauf und natürlich musste die olle Droemer wieder die Tür aufreißen. „Frau Hofnagel, alles in Ordnung mit Ihnen?"

„Alles prima, danke!" Bloß weiter! Erst in ihrer Wohnung atmete sie durch und erst jetzt merkte sie, dass sie nicht nur den Wisch für Benni, sondern auch das Kärtchen immer noch in der Hand hatte. Sie ging in die Küche, zerriss es, bis sie die Fetzen mit der Lupe suchen konnte. Jobst Birnbaum, Ablage P! Feierabend! Nicht mehr dran denken!

Das Telefon schrillte. Tessa hatte keine Lust, dranzugehen oder zumindest auf dem Display nach der Nummer zu sehen. Sie wollte für ein paar Stündchen einfach mal Ruhe haben. Vorsichtshalber stellte sie es auf leise. Doch dann meldete sich ihr Handy. Eine Nachricht von Benni. Okay, die las sie noch.

„Muteacj fu glaubsz nich, wad icj grad gehlrz gab Oaoa hat such von Susanna getrwnnt!!!"

Aha! Wäre nur schön, wenn sie auch verstünde, was das heißen sollte. Sie schickte ihm *???* zurück und schon in Erwägung, einen Dolmetscher zu suchen, kam ganz von selbst die nächste Message mit der Übersetzung: *„Mama du glaubs nich, was* *ich grad gehört hab Papa hat sich von Susanna getrennt!!!"*

Von den trotzdem bleibenden Rechtschreibfehlern mal abgesehen: Udo hatte sich von Susanna getrennt? In Tessa lachte es höhnisch. Sie schrieb zurück: *„1. Frag lieber Susanna, ob das auch so stimmt. 2. Hier liegt wieder was vom Ordnungsamt für Dich."*

Eine Antwort folgte nicht mehr. Aber im Moment war es ihr egal! Sie spürte nicht mal Schadenfreude für Udo, der es jetzt wahrhaftig von allen Seiten abkriegte. Hauptsache, er stand nicht gleich vor der Tür und machte Aufstand! Hinzu kam, dass sie tatsächlich – widerrechtlich oder nicht, es war ihr schnurz – das Schloss hatte austauschen lassen.

Schon wieder etwas ruhiger, beschloss Tessa, sich auf den Balkon zu setzen, die Nachmittagssonne mit einem selbst gemachten Eis am Plastikstil zu genießen und alles andere einfach nur noch laufen zu lassen …

***

Hätte Tessa gewusst, dass etwa zur gleichen Zeit in einer Villenstraße in Uerdingen ein dunkelgrüner Kombi vor der *Nummer 22* hielt und kurz darauf zwei Frauen in das Empfangszimmer der Kanzlei Seltenreich & Birnbaum stürmten, als seien sie Abgesandte der Armee, wäre sie vielleicht nicht so ruhig geblieben.

„Guten Tag, zu wem möchten Sie?" Michaela Meis wurde sofort klar, dass die beiden keinen Termin hatten.

„Zu Jobst ... ähm ... Herrn Birnbaum!"

Michaela taxierte ihr Gegenüber kritisch. „In welcher Angelegenheit bitte?"

„Hören Sie", mischte sich da auch noch die ältere Begleiterin ein, „es ist wichtig! *Sehr* wichtig! Sagen Sie Herrn Birnbaum einfach, dass wir kurz mit ihm sprechen möchten, dann sind wir auch gleich wieder weg."

„Herr Birnbaum ist zurzeit außer Haus, sie können ihm gerne eine Nachricht hinterlassen." Contenance, Michaela! Wo gab es denn so etwas ... einfach reinschneien und Jobst überfallen, oder was hatten sich die zwei Tusneldas gedacht?

„Wissen Sie, wann er wiederkommt?" Die grünen Augen der Jüngeren sahen sie eindringlich an. „Sie möchten doch sicher auch, dass Ihr Chef wieder glücklich ist?"

Michaela zog die Brauen hoch. Da verrutschte ihr doch glatt die Brille. Was hatte diese Ulknudel mit Pumuckl-Haar bloß mit Jobst zu tun?

Genau der richtige Moment, in dem Tillmann einen Mandanten verabschiedete und zur Tür geleitete. „Auf Wiedersehen, Herr Frings ..." Er drehte sich um. „Frau Meis, stimmt etwas nicht, Sie sehen blass aus?"

Michaela rollte die Augen. „Herr Seltenreich, diese beiden Damen hier möchten unbedingt zu Herrn Birnbaum."

„Ja, und?"

Sie rollte die Augen ein zweites Mal. „Sie haben keinen Termin und Herr Birnbaum wird erst in zwanzig Minuten zurück sein ..."

„Zwanzig Minuten?", rief die Rothaarige. „Kein

Problem, wir warten!"

„Dann ist aber ein anderer Mandant eingetragen."
Michaela schnaubte. Was war das hier?

Tillmann zeigte sich wesentlich gelassener. „Vielleicht kann ich Ihnen weiterhelfen?", bot er freundlich an. Diese grünen Augen mit den, wie es schien, lustig tanzenden Sprenkeln, zogen ihn in einen seltsamen Bann. Das Gesicht drum herum war für seinen Geschmack attraktiv, nur die bunte Kleidung passte nicht so recht ins Bild. Die ältere Dame mit dem Silberkopf an ihrer Seite schenkte ihm ein warmherziges Lächeln, das er sofort erwiderte. Seine Sympathie war entfacht.

„Wir sind hier, um Jobst zu seinem Glück zu verhelfen", tat die alte Dame kund.

„Ach, das ist aber jetzt mal interessant!" Tillmann stieß seine Bürotür auf. „Bitte kommen Sie …!"

Da war sogar eine Michaela Meis geplättet und nicht mehr in der Lage, auch nur noch einen sauberen Ton rauszukriegen.

***

Michaela wollte Jobst vorwarnen. Zu spät. Kaum betrat er das Foyer, riss Tillmann auch schon seine Bürotür auf. „Ah, gut, dass du kommst! Hier ist jemand, der dich unbedingt sprechen möchte!"

Jobst wunderte sich über die Geheimniskrämerei, und warum zog Michaela ein Gesicht, als habe sie saure Milch getrunken? Doch er folgte der Bitte seines Kompagnons und Freundes.

Was ihm zuerst ins Auge stach: rote Haare und grüne Augen. Danach: bunte Farben überall. Das

Hippieweib von Samstag! Clara ... Clara Dings, den Namen hatte er vergessen. „Oh!", war alles, was er sagen konnte.

Mehr brauchte er auch nicht. Clara Hippieweib machte ihm unumwunden klar, dass sie ein arg kniffliges Mandat für ihn hatte, von dem nicht nur das Liebesglück zweier Sturköpfe abhing, sondern auch die freundschaftlichen Bande einer gewissen Hausgemeinschaft.

Na gut, von Marlene D. und Maria Clementine R. mal abgesehen. Hörte sich aber ansonsten doch ganz gut an, oder?

***

Statt Udo fiel diesmal Benni fast mit der Tür in die Wohnung. „So eine Schweinerei, was wollen die jetzt schon wieder von mir? Kann doch gar nicht! Unverschämt!"

„Hallo Sohn, freue mich auch, dich zu sehen!", begrüßte Tessa die frühabendliche Überraschung. Sie hatte ihn mit Lara bei Jacky im Campingzelt gewähnt. O-Ton Benni: „Das is' so geil, anne Luft zu pennen, da kommt man auch morgens viiiel besser inne Puschen!"

„Was? Ach so ja, sorry, Mama! Wo is' er denn?"

„Wenn du die Knolle meinst", antwortete Tessa ruhig, „die liegt auf dem Küchentisch."

Mürrisch langte er danach, riss mit dem Daumen einen Schlitz und beförderte das zerknitterte Amtschreiben umständlich zutage. Sogleich kam es dann auch schon: „Hä??? Nee, man, das ist echt ..."

Tessa stellte die Ohren auf Durchzug. Benni war

alt genug, um zu wissen, wann er im Recht war und wann nicht! Und seine Augen waren gut genug, um sich auf dem Schwarzweißbildchen als Benjamin Hofnagel identifizieren zu können. Also wieder Zahlemann und Söhne!

„Wieso fünfzig? Bis vorgestern, wo ich da noch gefahren bin, stand da was von siebzig!", behauptete er energisch.

Das ausgewiesene Datum zeigte, besagtes Schild musste sich seit mindestens vier Wochen an der Stelle befinden. Sollte Benni vorgestern also mal wieder zu schnell unterwegs gewesen sein – aus reiner Unwissenheit selbstverständlich! –, hatte er entweder Glück, wenn diesmal keine Radarkamera im Gebüsch lauerte, oder der nächste Gruß von „Amt 32" folgte in absehbarer Zeit, so einfach war das.

„Wäre nett, wenn du wenigstens mal lächeln würdest!"

„Hä, wie jetzt? In den Radar oder was?"

Sie nickte. „Könnte man ein schönes Fotoalbum von machen."

„Fotoalbum? Von meinen Knollen?" Benni sah sie an, als habe sie heimlich gekifft.

„Genau. Und das kannst du dann deinem Big Old Daddy zum Geburtstag schenken." Sie grinste.

„Ach so, daher weht der Wind!" Benni war nicht eingeschnappt. „Ich lass es mir durch'n Kopf gehen.

Prompt mussten beide lachen.

Dann wollte Benni ihr erzählen, was zwischen seinem Vater und Susanna vorgefallen war, doch Tessa winkte ab. „Muss ich nicht wirklich wissen!"

„Sag mal, Mama", er betrachtete sie argwöhnisch,

„kann es sein, dass *du* ihr das Bild geschickt hast?"

„Was für ein Bild?"

„Komm, ich kenn dich doch!" Benni ließ nicht locker.

„Mein Name ist Hase, ich weiß von *gar* nichts!", betonte Tessa.

Was sie erntete, war eine Lachsalve vom Feinsten.

***

Benni kramte in seinem Zimmer rum, als suche er nach einem Goldschatz, der einst von ihm versteckt, nun nicht mehr auffindbar war. Mindestens fünfmal hintereinander hörte Tessa selbst in der Küche sein ungeduldiges „Scheiße, Scheiße, Scheiße!"

„Soll ich dir den Duden holen, da steht bestimmt ein gutes Synonym drin?", rief sie hinüber.

„Törööö!", kam es zurück, kurz darauf schon wieder: „Scheiße, Scheiße, Scheiße!"

Jetzt wurde es ihr zu bunt. „Was zum Teufel machst du da eigentlich?"

Plötzlich ein freudiger Aufschrei: „Ich hab ihn!"

Dann stand Benni mit einem Ring in der Hand in der Tür. „Boah, bin ich froh, dass ich das Ding nicht weggeschmissen hab!"

„Wem gehört der?" Tessa betrachtete ihn näher, kam aber zu dem Schluss, dass dieses Schmuckteil der Qualität aus einem Kaugummiautomaten entsprach.

„Ist meiner. Lara hat den gleichen. Hab ich anfangs, wo wir zusammen waren, besorgt," tat Benni kund.

Also tatsächlich der Kaugummiautomat!

„Du glaubst, sie kündigt dir ein zweites Mal die Beziehung, nur weil du das Blechding verbummelt hast?"

„Weiß nicht." Benni zuckte die Achseln und machte ein ernstes Gesicht. „Will halt kein Risiko eingehen."

Das ist wahre Liebe!, dachte Tessa. Für sie jedenfalls hatte sich noch nie jemand die Mühe gemacht und ein Zimmer so auf links gedreht, als habe ein Sondereinsatzkommando darin Party gefeiert.

„Bin dann wieder weg", rief Benni.

„Wohin?"

„Zu Jacky. Lara kommt auch hin und bringt 'ne Freundin mit. Mal sehen, vielleicht beißt er ja an!"

„Wer? Jacky?"

Benni rollte die Augen. „Na, wer sonst? Mach's gut, Mama, bis später … oder morgen, weiß noch nicht!" Er strebte zur Tür.

„Irgendwie habe ich das Gefühl, du wohnst mittlerweile auf diesem Campingplatz!"

„Ist doch Sommer, Mama, muss man auskosten! Aber mach dir keine Sorgen, ich fahr brav jeden Morgen zur Arbeit."

„Will ich dir auch geraten haben!", rief sie ihm hinterher.

Kaum knallte die Tür in die Zarge, klingelte schon wieder das Telefon.

Das ging hier heute aber auch wirklich zu wie im Taubenschlag! Ob das jetzt Udo war? Rechnen musste sie jederzeit damit.

„Ja?", sprach sie, gegen alles gewappnet, in den Hörer.

„Teresa? Hier ist Jobst."

So gewappnet war sie denn dann auch wieder nicht. „Was ... ähm ... willst du?" Am besten sofort auf Konfrontation gehen! Zwischen ihnen war alles geklärt!

„Ich möchte mit dir reden."

„Wüsste nicht, worüber."

„Natürlich weißt du es."

„Was bildest du dir eigentlich ...?" Tessa kam so in Rage, sie war nahe dran, den Hörer auf die Station zu knallen.

„Bitte, bevor du mich wegdrückst ...!"

Woher wusste *der*, was sie vorhatte?

„Ich mache dir einen gütlichen Vorschlag zur Einigung: Wir treffen uns um acht im Stadtwald, ich lade dich zum Essen ein und wir unterhalten uns zur Abwechslung mal wie zwei zivilisierte Menschen."

„Und was soll das bringen? Nachher gehst du hin und erzählst überall, ich habe auf deine Kosten meinen Teller bereichert!"

„Teresa?"

„Ja?"

„Bitte! Es ist mir wirklich ernst!"

„Mir auch!", giftete sie und schon hatte ihre Hand getan, wogegen der Kopf sich noch sperrte: aufgelegt.

***

Sie starrte auf den Apparat. Was war denn *das* gerade? Jobst wollte mit ihr reden, ach nein, unterhalten. Pah! Ausgerechnet er, der *„Fred Feuerstein"* auf dem harten Lager zwischen Omas

Einmachgläsern, sprach von zivilisiert ... ha!

Offenkundig war ihm ihre Reaktion noch nicht aussagekräftig genug gewesen, denn es klingelte erneut.

Überhör es einfach! Wenn er merkt, du willst nicht, lässt er es sein!

Gib dir nicht so eine Blöße! Sprich vernünftig mit ihm, danach wünscht du ihm guten Tag und guten Weg, und gut ist!

Da waren sie wieder: Negativ- und Positiv-Tessa. Lange hatten sie stillgehalten, jetzt ging es nicht mehr.

Was ist schon bei einem Essen dabei? Es war Positiv-Tessa, die sie den Hörer doch noch abnehmen ließ.

„Ich erwarte dich um acht unten an der Treppe zum Stadtwaldhaus! Wenn du nicht kommst, werde ich dich eigenhändig holen!", dröhnte es ihr rau entgegen, dann wurde die Verbindung von der anderen Seite unterbrochen.

Unverschämt! Du kannst mich mal! Und zwar kreuzweise!

Geh hin und schrei es ihm ins Gesicht!

Gar nichts mache ich! Soll er mich nur holen kommen, dann wird er sein blaues Wunder erleben!

Wie willst du so jemals mit diesem Mann abschließen? Geh hin, hör dir an, was er zu sagen hat und es ist vorbei!

„Nein!", gebot Tessa laut dem Hin und Her in ihrem Kopf Einhalt.

***

Der ist imstande und hupt hier die ganze Straße zusammen, wenn du nicht runterkommst! Nach zwei geballten Hitzeladungen merkte Tessa, dass das Herzklopfen keine Begleiterscheinung war, sondern mehr mit dem Gedanken zusammenhing, was ihr in anderthalb Stunden blühen konnte. Es war wie eine Mischung aus Wut, Enttäuschung und Liebeskummer, einerseits ging sie auf Abwehr, andererseits sehnte sie sich nach Jobsts zärtlichen Händen, seiner Umarmung.

Gegen halb acht war sie fertig. Nicht nur mit den Nerven, sondern auch angezogen. Warum sollte, was heute Mittag schon so phänomenal bei Udo gewirkt hatte, nicht auch bei Jobst klappen! Ha, sie würde ihn richtig einheizen und dann scharf wie Nachbars Lumpi auf dem Klappstuhl hecheln lassen. Wollen wir doch mal sehen, welche schweren Geschütze selbst Frauen um die Fünfzig noch auffahren können!

Tessa parkte den Wagen auf der Hüttenallee, unmittelbar hinter dem Kreisel an der Einfahrt zum Stadtwaldhaus. Sie schielte auf jedes Auto am Weg, den auffälligen Range Rover von Jobst konnte sie nirgends entdecken.

Der Kies unter ihren Stöckelschuhen knirschte und sie versuchte, damit nicht genauso dämlich auszusehen wie Stelzen-Susi bei ihrer ersten und einzigen Begegnung. Puh, war es warm! Immer noch. Den ganzen Tag hatte die Sonne geschienen, die Luft jetzt glich der im Affenhaus vom Krefelder

Zoo. Die weiße Bluse, weit bis ins Dekollete aufgeknöpft mit Anblick auf ihren schwarzen Spitzen-BH, klebte ihr schon am Körper, der schwarze Lederrock raschelte über ihren nackten, braungebrannten Oberschenkeln.

Sie lugte um die Ecke. Der Biergarten war proppenvoll. Kein Jobst an der Treppe.

Der würde sie doch wohl nicht hierhin bestellen und selbst gar nicht kommen?

Tessa, es ist Viertel vor acht! Warte doch ab!

Tessa, verschwinde schnell wieder!

Nein, jetzt hast du dich extra so aufgetakelt, jetzt wird geblieben!

„Guten Abend, Teresa!", meldete sich eine vertraute Stimme, die sofort ihr Blut in Wallung brachte, in ihrem Nacken.

Dreh dich langsaaam um, Tessa, zeig bloß nicht, dass du auf ihn gewartet hast!

Langsam drehte sie sich um. Seine Gesichtszüge wirkten nicht mehr verbissen, seine Augen leuchteten sie mit einer sonderbaren Wärme an, die an ihrem alten Fieberthermometer zu Hause wahrscheinlich die Quecksilberskala hätte platzen lassen. Sein maskulin sinnliches Aftershave drang in ihre Nase und wirbelte nicht nur dort die Schleimhäute durcheinander.

„Ich freue mich, dass du gekommen bist."

Mit Absicht übersah sie die ausgestreckte Hand, zischte: „Was blieb mir anderes übrig? Aber tu mir den Gefallen und mach es kurz, ich habe noch was anderes vor!"

„Soso", gab er zurück und grinste, als glaube er kein Wort. „Sagte ich nicht, ich lade dich zum Essen ein?"

„Sagtest du", bestätigte sie und setzte das gleiche Grinsen auf. „Was ich hiermit dankend ablehne. Aus Zeitgründen, versteht sich!"

„Natürlich!" Er sah aus, als würde er jeden Moment loslachen.

„Machst du dich etwa über mich lustig?", ging sie da in die Offensive.

„Warum sollte ich?"

„Weil du mich so anguckst!"

„Ich bin eben ein humorvoller Mensch und du eine überaus attraktive Frau!"

Das der sich an dem Schmalz nicht verschluckte! „Hast du mich herbestellt, um mir das zu sagen, oder ist da noch was anderes?" Stolz warf sie den Kopf in den Nacken und zwang sich, seinem Blick standzuhalten.

„Beides", sagte er knapp und nahm einfach ihre Hand. „Komm, lass uns zum Tisch gehen, ich habe extra reserviert."

Sie riss sich los, als habe er ihr eine Brandwunde zugefügt. „Ich sagte doch, ich habe keine …"

„Teresa, bitte, lass das Spielchen jetzt! Ich möchte mit dir reden, es gibt einiges zwischen uns zu klären, findest du nicht auch?"

„Meines Erachtens wurde bereits alles geklärt. Oder erinnerst du dich nicht mehr an letzten Samstag?"

„Doch, das tue ich …"

Irrte sie sich oder klang das beschämt?

„Ich weiß, dass ich einiges versaubeutelt habe."

Versaubeutelt nannte er das? Pah! Aber immerhin: Ein Jobst Birnbaum zeigte so was wie Reue. Wenn sie diesen Tag nicht sowieso schon vorgehabt hätte, rot im Kalender anzustreichen, *jetzt* garantiert! „Also gut, ein halbes Stündchen, aber keine Minute länger!", sagte sie, etwas weicher gestimmt.

Der Tisch befand sich in der äußersten Ecke beim Windfang. Tessa wollte schon einen weiter gehen – drei langstielige dunkelrote Rosen, der Eiskübel mit einer Flasche, die nun nicht gerade nach Wasser aussah, passende Gläser und zwei Gedecke, wirkten wie das bestellte Arrangement für ein Liebespaar – als Jobst sie zurückhielt: „Das ist unserer!"

Normalerweise durchfuhren Tessa die Hitzewellen vom Kopf abwärts bis zum Brustkorb, die, die sich jetzt auf den Weg machte, fing in einem Bereich ihres Körpers an, von dem sie schon geglaubt hatte, es gäbe ihn gar nicht mehr – die verdrüschte Yuccapalme auf der Fensterbank bei Herrn Wünsch war für sie irgendwie zum Symbol einer Artverwandten geworden. Es kam nicht oft vor, dass sie sprachlos war, jetzt war sie es definitiv.

Jobst rückte ihr sogar den Stuhl zurecht, damit sie sich setzen konnte, ohne sich die nackten Beine an einer Eisenkante aufzuschrammen. Er nahm genau gegenüber Platz, nahm wieder ihre Hand und suchte ihren Blick.

„Teresa!", bat er leise.

Sie spürte, nun gab es kein Entrinnen mehr. Ihr Herz klopfte wie verrückt, ihr Puls raste, sämtlicher Widerstand schrumpfte in diesen Minuten wie die Eisberge im Polarmeer, in ihrem Inneren ein Wirbelsturm der Gefühle. Ein Loslösen von seinem Blick ging nicht, sie vermochte sich nicht gegen den Bann seiner tiefgründig dunklen Augen zu wehren.

Die feinen Härchen auf ihrem Unterarm standen hoch durch seine streichelnde Berührung.

„Teresa, bitte hör mir zu …", in seiner Stimme schwangen raue Leidenschaft und Zärtlichkeit zugleich, „ich entschuldige mich aufrichtig für die schlimmen Worte, die ich zu dir gesagt habe! Ich wusste selbst nicht, was mich geritten hat. Aber inzwischen …"

„Weißt du es?", vollendete sie gequält.

Jobst nickte. „Ich bin mit meinen eigenen Gefühlen nicht klargekommen, habe versucht, dich aus dem Kopf zu kriegen … es ging nicht. Ich liebe dich wirklich, meine Tessa-Teresa, und es ist mir verdammt ernst! Ich bin nicht mehr der große Junge, der sich einst auf deine Kosten seinen Spaß gemacht hat! Ich bin ein Mann voller Sehnsucht nach der Frau, die er so sehr liebt."

Ein Basset hätte nicht drolliger um sein Leckerchen betteln können.

„Glaubst du mir das?"

Tessa stand längst in Flammen. „Ja, ich glaube dir. Habe mich ja selber benommen wie eine dumme Kuh."

Er beugte sich über den Tisch zu ihr, wie von einem Magneten angezogen tat sie es ihm gleich. In der Mitte trafen sich ihre Lippen.

„Ich liebe dich auch!", hauchte sie ergriffen.

Seine Iris leuchtete. „Verrätst du mir nun, was du heute Abend noch vorhast?"

Sie setzte ihr schönstes Lächeln auf. „Die Birnen vom Baum pflücken?"

***

„Hast du das auch grade gehört?" Tillmann Seltenreich reckte den Hals suchend über die Tischreihen.

Die Sprenkel in den grünen Augen seiner Begleiterin glitzerten mit den Strahlen der abendlich tiefhängenden Sonne um die Wette. Eine leichte Böe spielte mit ihrem roten Haar. „Du meinst das Lachen?"

„Könnte schwören, Jobst ist hier irgendwo." Tillmann besaß gute Ohren.

Clara lächelte ihn geheimnisvoll an. „Vielleicht hat er hier ein wichtiges Meeting mit einem Mandanten?"

„Moment ...", Tillmann hatte nicht nur gute Ohren, sondern auch einen überaus gut funktionierenden Verstand, „kann es sein, dass du etwas weißt, was ich nicht weiß?"

Clara blickte ihn frisch verliebt an. Dieser Tag nahm ab heute einen Ehrenplatz in ihrem Kalender ein. „Kannst du schweigen?"

„Sicher. Allein von Berufs wegen ..."

„Schön", unterbrach sie ihn und zog einen Kussmund, „*ich* auch. Kümmere du dich jetzt lieber erst mal um mich!"

Daniela Mimm

Ehemann umständehalber abzugeben

witzig *spritzig* **frech**

Paperback und E-book

Den eigenen Ehemann loswerden, ohne diesen vorher darüber informiert zu haben? Jules Verständnis für ihre Schwägerin wird auf eine harte Probe gestellt. Denn seit Esther diesen Carlos kennengelernt hat, ist sie kaum wiederzuerkennen. Die einst so grundsolide Ehefrau verstrickt sich immer mehr in ein Netz aus Lügen und bringt damit nicht nur ihre Familie durcheinander, sondern eine ganze Frauenclique.

Bis eines Tages genau durch diese Esther etwas widerfährt, womit keiner je gerechnet hätte …

Daniela Mimm

 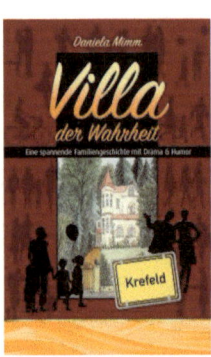 

Geschichten aus Krefeld
Herz   Schmerz   Geheimnis

Paperback und E-book

Schnitzeljagd in die Vergangenheit

Villa der Wahrheit

Das Kind im 13. Vollmond
Spurensuche auf Burg Bischofstein